Viens, on se parle

Omar Sy

Elsa Vigoureux

Viens, on se parle

Albin Michel

Bisous,

Avant-propos

Commençons par ce que ce livre n'est pas :

Ce livre n'est vraiment pas une biographie, qui raconterait toute la vie d'Omar Sy, dans l'ordre, comme si elle était déjà finie. Vraiment pas. Ce livre n'est pas non plus un de ces documents-« choc » qui révélerait « LA vérité cachée » de la star, de l'acteur, de l'humoriste. Pas du tout. Ce livre est encore moins un roman, puisque rien n'est inventé. Les ressemblances avec des personnages, des lieux, des situations de la vraie vie ne sont absolument pas fortuites, mais recherchées. Ce livre n'est surtout pas une immersion en mode grand reportage. C'est plutôt une sorte de carnet de bord.

Disons que :

Ce livre n'est pas du tout objectif. C'est une manière de voir Omar Sy. Une manière de l'entendre, d'explorer ses limites, d'apprécier ses humeurs, de regarder comme il bouge, de constater comme il s'adapte à tout. C'est une expérience humaine, pour lui qui ouvre ses portes, pour moi qui suis consciente que je deviens un élément de son décor. Une aventure littéraire aussi, pour lui qui est un professionnel du récit, pour moi qui écris.

Précisons les circonstances :

C'est un point de vue, fondé sur une somme d'échanges, qui se sont déroulés quand Omar Sy le voulait, quand je me manifestais aussi. Sur une période libre, pas arrêtée à l'avance. Dans un cadre souple, avec cette possibilité que tout s'arrête, n'importe quand, si l'exercice devenait trop lourd, s'il ne trouvait pas sa place dans l'existence d'Omar. Les rencontres se sont étirées entre septembre 2021 et février 2024. En France, au Sénégal, aux États-Unis. Par téléphone, sur WhatsApp aussi. Il faut noter qu'un lien s'est tissé au fil du temps, tantôt distant, tantôt proche, parfois irrégulier, mais solide. J'étais à l'initiative, Omar aux réglages.

Avouons l'absence de méthode, mais l'existence de règles :

Pas de questions préparées à l'avance, ni de réponses formatées. Les interlocuteurs sont à égalité, débarrassés de tout a priori. La journaliste note tout si elle veut, pour comprendre, mais Omar Sy décide de ce qu'on peut dire ou non sur sa vie privée dans le livre. Il y a deux auteurs ici. Tout est libre, on peut passer du coq à l'âne, on peut improviser des pirouettes, des esquives, les vannes sont tolérées, les secondes d'ennui comptent, autant que les paysages ont valeur de contextes.

Reconnaissons le maître du jeu :

Le présent. C'est là qu'Omar Sy habite, c'est là qu'il prend sa longueur d'avance. Là où tout se transforme. Dans cet espace insaisissable, où personne n'est rien de plus, ni moins, qu'un souffle. Le présent, c'est le temps sacré d'Omar Sy. Et comme c'est lui qu'on cherche, c'est là qu'il faut être.

D'où la forme de ce livre :

Un journal. Pour consigner ces rencontres et échanges, pour isoler le présent, saisir son épaisseur, sentir sa profondeur. Le présent, c'est le temps de ces moments qu'on oublie. Le journal les met en mémoire, il ne raconte pas d'histoire, il agrège des bouts de vie qui forment un récit. C'est comme un puzzle. Pièce après pièce, à mesure qu'on les assemble, on devine ce qui s'y joue. Le sens est dans tous les instants, tapi au creux des apparences anodines, niché dans des détails qui n'ont l'air de rien, il sommeille partout et se révèle d'un coup.

Omar Sy, lui, dirait juste que « ce livre, c'est un truc simple, chacun y lira ce qu'il veut ».

Prologue

J'ai rencontré Omar Sy pour la première fois en février 2020. Grâce à Assa Traoré, pour qui j'avais écrit *Lettre à Adama*. Omar Sy est la première personnalité à lui avoir témoigné son soutien aussitôt après la mort de son frère le 19 juillet 2016 entre les mains des gendarmes de Persan. Il avait écrit sur Twitter, le 21 juillet 2016 : « Toutes mes prières pour Adama Traoré. Toutes mes pensées pour ses proches. Que justice soit faite en sa mémoire. Qu'il repose en paix. »

En juin 2020, la France est dans la rue. L'onde de choc provoquée par la mort de George Floyd lors d'une violente arrestation policière à Minneapolis secoue le monde entier. Victime d'un plaquage ventral avec la nuque écrasée par le genou du policier, ce père de famille afro-américain âgé de 46 ans s'est plaint à vingt-sept reprises de ne plus pouvoir respirer. Et au bout de neuf longues minutes, George Floyd est mort étouffé, la tête contre le trottoir. Omar Sy poste le 31 mai 2020 un message sur Instagram : « Hier, à Los Angeles, nous avons marché en paix et solidarité en criant les noms de George, Breonna, Ahmaud et tant d'autres victimes ici aux US. Via ce post et cette photo, je crie aussi le nom d'Adama Traoré, qui, en France, le 19 juillet 2016, a perdu la vie de la même façon que George Floyd. Que leurs âmes puissent reposer en paix et que JUSTICE soit enfin faite. »

Le 4 juin 2020, Omar Sy publie un texte en forme de manifeste contre l'impunité des violences policières dans les colonnes de *L'Obs* : « Réveillons-nous ». Il parle de lui, de nos enfants, de la nécessité d'agir : « Je mesure 1,92 m, je suis noir, je leur ressemble. Est-ce qu'il peut m'arriver la même chose qu'à eux demain ? Est-ce que cela risque d'arriver demain à mes enfants ? À vos enfants ? Cette peur sans nom, cette peur injustifiée qui enfle dans nos vies, doit disparaître. (…) Qu'importent les menaces ou les pressions qui s'exercent en retour, il ne faut plus jamais se taire. Aucune parole ne doit être isolée quand elle porte un discours de justice. » Omar Sy promet que « la cause est juste, je vous garantis qu'y adhérer emplit de ferveur. On dormira tous mieux. J'appelle au changement, à la remise en cause d'un système qui ne peut prétendre à la justice sans mettre fin à l'impunité organisée qui sévit depuis des décennies. Cet ordre établi n'est plus tenable ». Les mots ont de l'écho, plus de 200 000 personnes, des célébrités, des anonymes, relaient le texte en le signant.

J'ai été témoin de cet engagement citoyen, exempt de colère et chargé de détermination. J'ai été impressionnée par l'assurance et le sang-froid d'Omar Sy, quand ses détracteurs l'insultaient à tout-va sur les réseaux sociaux pour cette prise de position courageuse, ou pour rien d'ailleurs. J'ai trouvé qu'il avait le dos large, supportant la charge de la haine sans jamais s'en plaindre. Il trace son sillon. Des programmes télé légendaires, près de soixante films à son actif, des succès planétaires, d'autres moins, mais des projets qui se bousculent, chaque jour plus nombreux… Militant de la bonne humeur et de l'accès au rêve pour tous, Omar est un aventurier des temps modernes. Chacun de ses pas est une promesse pour ceux qui suivent. Il est un pionnier dans notre époque.

Ainsi naquit pour moi l'idée de ce livre.

Cahier 1

Début septembre 2021

Convaincre Omar Sy, donc.

Oui, un livre… Pour aller au-delà de l'image. Pour se raconter soi-même, pour éviter que d'autres le fassent, pour participer au récit de sa propre vie. Pour lui, pour ceux qui le suivent. Pour ceux qui l'aiment. Pour les gens.

Je lui dis ça.

Omar Sy n'est pas persuadé de l'intérêt de la démarche :

« Faire un livre, moi je me demande pourquoi je ferais ça ? La question que je me pose toujours c'est celle de la légitimité, tu vois. La vision extérieure de moi, en vrai, ça ne m'appartient pas trop. Ma vie est ailleurs et elle est beaucoup plus simple que ce qu'on me prête. Je ne suis pas contre l'idée d'un livre, hein, je dis juste qu'elle ne me serait jamais venue, à moi tout seul, et du coup je me méfie un peu. Je ne veux pas d'un truc lourd, je ne veux pas non plus qu'on soit avec moi dans ma cuisine. Ou alors… un livre d'entretiens plutôt, tu vois ?… Ça oui, à la limite, je pourrais être d'accord, si je réfléchis encore un peu… Si c'est un truc en mouvement, un échange. Si c'est pas à mon initiative. »

Mercredi 15 septembre 2021

Omar Sy, héros de la série *Lupin*, premier grand succès français de Netflix, fait partie des cent personnalités les plus influentes du monde, selon le magazine *Time*. Il est le seul artiste français retenu dans la liste du prestigieux hebdomadaire américain, aux côtés des actrices Scarlett Johansson, Kate Winslet, de la chanteuse Billie Eilish ou de l'entrepreneur Elon Musk.

L'acteur américain Bradley Cooper écrit dans le *Time* à son propos : « Omar a tous les atouts et toutes les compétences pour faire tout ce qu'il veut : produire, réaliser, etc. – et pour faire tout cela avec un cœur généreux et ouvert. S'il y a bien une chose à retenir à son sujet, c'est sa gentillesse qui vous imprègne, ainsi que l'espace dans lequel il se trouve. »

Et puis, Bradley Cooper ajoute : « *He truly is a light.* »

Il est vraiment une lumière.

Ce qui constitue un argument de taille, question livre.

Je dis ça à Omar.

La porte s'entrouvre : « On peut toujours essayer, ça ne mange pas de pain. »

Mardi 12 octobre 2021

La presse américaine annonce qu'Omar a signé un contrat avec Netflix, deux mois avant que celui-ci arrive à échéance. Il y en a partout sur les réseaux sociaux. C'est la première fois qu'un acteur et producteur français est ainsi approché par une plateforme.

Là encore, question légitimité pour le livre, je crois qu'on est bon. Non, Omar ?

Petite réponse en forme de fuite : « Je sais pas… On verra. »

On peut se voir, on discute, je prends des notes, comme un essai ? Pour voir si c'est supportable ? Si ça a un peu de sens d'échanger ?

Omar propose : « Demain ? »

Parfait.

Mercredi 13 octobre 2021

Du coup, il faut tout noter là, Elsa.

Rendez-vous au Shangri-La, un bel hôtel avenue d'Iéna dans le XVIe arrondissement de la capitale. Il est 13 heures, le hall de l'établissement grouille de monde, des touristes, des gens en costard-cravate, mélange de genres. Le restaurant, s'il vous plaît ? Je viens retrouver Omar Sy. L'hôtesse bégaie et rosit. Elle dit « Ah, ça doit être par là, on va voir ». Oui, en effet, du bas des escaliers la voix d'Omar gronde, grave et haute. Il est entouré de quatre hommes autour d'une table ronde. Il a le visage fermé. Pas le moment de le déranger. S'effacer, là, plutôt. Ainsi donc, Omar Sy se fâche.

Il me rejoint devant les ascenseurs, tête baissée sur son portable, dans son allure tranquille et chic, jean, gilet marron clair à gros boutons en cuir foncé, baskets. Omar est préoccupé. Il se tait, et il ne me regarde pas du tout.

Alors je meuble un peu :

– Tu as maigri, dis donc… ?

– Oui, j'ai perdu 17 kilos. J'étais trop gros, j'en avais marre.

– Et tu t'y es pris comment ?

– Le sport. Et je mange une fois par jour, c'est le jeûne intermittent.

OK. Réponses courtes, un peu sèches. Omar me lâche un regard sévère assorti d'un gentil sourire. Silence dans l'ascenseur. Je crois qu'il m'envoie un message, là… Genre, ça va bien se passer, faut juste lui laisser le temps de changer d'humeur.

On rejoint la suite. Sa femme Hélène nous attend, pour grignoter à trois, sur une petite table installée dans le salon, au bord d'un balcon qui donne sur la tour Eiffel. La vue est magnifique, je prends deux photos avec mon téléphone. Hélène me met à l'aise, elle me parle. Omar, toujours un peu tendu, dit qu'il a très faim. Il demande deux plateaux de fromage, il commande des croque-monsieur de dinde avec de la purée.

– Ah bon, de la purée… Pas plutôt des frites ?

– La purée, c'est mieux, parce que les frites, tu mets deux jours à les évacuer de ton organisme. Je peux savoir ce que tu notais quand Hélène parlait, là ?

– Que tu es capable de « rester seul face à un arbre ». Hélène disait que tu peux te couper complètement de la réalité, un peu sur commande, même dans une pièce bondée de gens.

– Oui, quand j'ai besoin d'espace, je le crée. C'est ce qui me permet de faire abstraction des gens, de la caméra, de l'équipe, sur un plateau, et de jouer librement. Je sais faire ça, être moi, même s'il y a du monde : bouger, en restant là. C'est pas de la téléportation, mais presque.

– Hélène dit que tu faisais ça tout petit déjà.

– J'avais mes coins, oui. À Trappes, dans l'appartement familial. J'aimerais pouvoir acheter ce logement d'ailleurs, où mon père a été locataire pendant plus de trente ans, rien que pour ces coins, mes zones de rien, ce petit mètre carré dans un couloir…

– Et tes parents ne vivent plus là ?

– Non, je les ai déplacés, de Trappes vers Élancourt, en pensant les mettre mieux. Mais ça n'a pas marché, ils ont voulu revenir à Trappes. Rentrer chez eux, en fait.

– Et toi, tu voudrais y revenir ?

– En fait, ça me revient, comme des flashs, surtout quand je vois ma fille Amani dans son petit coin à elle, parce qu'elle n'aime pas trop qu'on la dérange.

– Tu n'as pas vu ta petite fille Amani depuis quand, Omar ?

– Depuis le mois d'août. Alors qu'elle grandit, qu'elle devient une petite fille, qui sort de sa période bébé, ça m'embête un peu… Parce que je ne vois pas cette évolution, je vois pas le truc se faire.

– Alors comment tu fais avec tes enfants… Tu leur parles tous les jours ?

– Je ne suis pas très à l'aise moi, avec le FaceTime et tous ces trucs, j'ai tellement besoin d'un contact. Quand je les vois sans pouvoir les toucher, ça m'énerve. Donc je préfère le téléphone en fait. Ou alors, on est loin, on le sait, on va se texter pendant trois semaines.

– Tu es souvent seul, quand même, Omar ?

– Bah ouais, au moins la moitié du temps.

– Tu n'en as pas marre, parfois ?

– Si, j'en ai marre parfois. Donc, je trouve des parades… Mais c'est comme ça aussi que je crée, c'est dans ces moments-là que j'invente plein de choses.

Hélène complète les réponses d'Omar. Elle affirme qu'il se débrouille, qu'il fait des arrangements avec la solitude. D'ailleurs, elle l'a déjà vu « devenir un autre : quand il a un rôle à jouer et qu'il se prépare, il devient le mec, il s'invente une nouvelle vie, je me demande s'il ne s'invente pas même une nouvelle famille dans ces moments-là, au point de parler avec des gens qui n'existent pas, il s'invente tout un contexte, lui. Je pense qu'il doit se parler à lui-même en voiture quand il est seul… ».

– Du coup, pour le livre, on y va, Omar ?
– Oui, tu as commencé de toute façon. Alors continuons.

Vendredi 22 octobre 2021

Sénégal.

Il faut voir à quoi ressemble ce pays, où Omar et Hélène Sy ont une vie.

Ici, la terre est rouge, comme un muscle irrigué de sang et d'oxygène. On appelle ça la latérite, ce sol riche en fer et en alumine, épais et dense sous les pieds. Le sentiment de liberté vient aussi du ciel, haut et dégagé, qui invite à croire que l'infini appartient à chacun comme à tous. Et ces baobabs qui étirent leurs forces au-dessus de nos têtes, c'est comme les mains du monde qui nous surveillent. La magie de cette terre rouge, c'est de donner l'impression que la lumière brille toujours, le jour comme la nuit, la lune prend le relais du soleil, illumine les paysages. On n'est jamais dans l'obscurité, au Sénégal.

Les gens s'agitent comme des fourmis. Ils sont jeunes, tous en mouvement, dans leurs petits commerces, sur les bords des routes, ils se déplacent à pied, à dos d'âne, à cheval, à mobylette, en voiture. Jamais épuisés, toujours occupés. L'activité est permanente. On dirait que c'est ici que se préparent les lendemains du monde. Le Sénégal se fabrique et s'élève à vue d'œil, comme si les possibles étaient à portée de main. D'un jour sur l'autre, les maisons se hissent le long de la côte, les unes après les autres. Ici, on n'en est pas à finir ce qu'on commence. On commence partout, tout, et sans arrêt.

Omar est différent, ici. Comme s'il s'enfonçait dans un fauteuil de cinéma moelleux, face à l'écran du réel, l'acteur se met en veille, et le spectateur profite. Il regarde les gens, le cirque de la vie, il s'enivre de ça, le quotidien de ces anonymes lointains et proches qui s'agitent, sous ses yeux jamais rassasiés. Certains reconnaissent la star, ça se passe en un regard, un sourire, comme si Omar Sy était un songe, une apparition magique, qui se fond dans le décor aussi vite qu'elle s'en évapore.

Le Sénégal, c'est un peu sa terre du milieu, où il se repose à pieds joints de ses existences en forme de grand écart. Entre le pays qui l'a vu naître, cette France complexe dont il est devenu un symbole, et les États-Unis, où il s'est expatrié avec sa famille, il y a la latérite sénégalaise. Comme s'il était ici tout à fait chez lui, regagnant la légèreté d'un ailleurs, retrouvant le confort d'un chez-soi ancestral. Cultivant ses contraires, le goût de la distance, la consécration de l'intimité. Et il y a ce rythme, ni effréné ni lent, celui des quotidiens qui s'ajustent les uns aux autres, la routine collective, celle des autres, qui le berce.

Omar est là, alors qu'il était dans les Ardennes il y a quelques jours. Il y tournait *Tirailleurs*, un film qui met en scène l'histoire d'un Sénégalais et de son fils, enrôlés dans les troupes françaises pour faire la guerre et défendre un pays qui n'est pas le leur. L'acteur et ses équipes ont transformé tout un village français en studio de cinéma. Les gens du coin se sont adaptés, ils faisaient silence quand c'était demandé, faisaient taire leur tracteur pour les besoins du film.

Omar est à des kilomètres de ce tournage, au Sénégal, autant qu'il est dans le cœur de cette histoire.

On dîne aux Manguiers de Guéréo, un restaurant planté au cœur de neuf hectares de faune, de flore, dominant la réserve de la Somone, juste au bord de la lagune. Le soleil fond sur l'horizon, orange comme un fruit, dégageant une lumière chaude et basse. Omar est posé, il demande de la purée en accompagnement. Le reflet de son polo bleu jean illumine son regard couleur noisette. Il dit : « Vas-y, je t'écoute. »

Signe que je peux ouvrir mon cahier, là. Je m'exécute. Vite.

– Toujours pas de frites, donc ?

– J'aime la pomme de terre, on a grandi avec ce légume.

– Vous n'êtes que tous les deux, ici ?

– Les enfants sont aux États-Unis. Hélène les rejoint vite et elle ne les a pas quittés longtemps. Moi, ça fait deux mois que je ne les ai pas vus, et c'est long, là... Je sais qu'ils ne le vivent pas mal, qu'ils sont dans leur quotidien, mais c'est aussi le pire pour moi : le signe qu'ils sont habitués à mes absences.

– On a dit qu'on ne faisait pas des questions/réponses classiques, mais des conversations, qu'on jouait le jeu du vrai échange, où on cause un peu de tout. De l'essentiel aussi, l'air de rien. Du coup… Parlons de la France, qui a l'air loin d'ici, mais où la campagne électorale bat son plein. On voit, on entend Éric Zemmour partout…

– J'espère que les gens vont se rendre compte des limites de cet homme. Parce que c'est pas comme d'autres, par exemple, où il y a quelqu'un dedans, un homme d'État. Là, tu peux frapper, toc, toc, toc… Y a personne.

– Il y a la haine, nouvelle « valeur républicaine », peut-être ? Et ça ne donne pas trop envie de revenir en France, ça, si ?

– Ce serait grave de faire ce choix, de déserter. Il ne faut pas laisser ce pays sombrer. Je ne sais pas si la haine est une nouvelle valeur républicaine, mais je crois une chose : le vrai problème en France est social. Et pourtant, ils ne savent pas où ils ont mal, les gens, ils souffrent mais ils ne savent pas d'où. C'est social, personne ne le voit… Bizarre. Il n'y a personne qui peut aujourd'hui incarner le médecin-chef, il n'y a que des docteurs Knock, qui veulent que la maladie demeure. Quand je pense à la France, je me dis que c'est un mauvais moment à passer. Ceux qui nous empêchent d'avancer sont ceux qui veulent conserver leur monde dépassé, ils sont en train de vieillir, ils sont à l'agonie… La haine qu'on entend, ce sont les derniers râles de ceux qui appartiennent à une autre époque. Alors, je dis que c'est un mauvais moment à passer. Je suis un optimiste.

– Alors tu ne dis rien, tu serres les dents et tu attends.

– Non. Mais je n'ai pas non plus envie d'être ce gars qui ouvre sa bouche tout le temps. Ça me rend triste de parler de tout ça, en fait. Je me remets en question, nous sommes responsables, nous, ma génération, de ce qui est en train de se passer. On ne fait rien, on regarde, on critique. Tu vois les mômes d'aujourd'hui, eux, ils se bougent… Plus que nous. Ces vieillards dont je te parle, on leur a laissé le pays. C'était tellement bien les années 80, on s'est reposés sur ce qu'on avait, c'est ça, le problème. Jusqu'au début des années 2000, où le monde entier a basculé.

Dimanche 31 octobre 2021

19 h 45. J'entends sur LCI l'annonce des invités sur le plateau : Jean-François Kahn, 83 ans, et Daniel Cohn-Bendit, 76 ans, sont à l'écran. Je regarde : Kahn lit du Zemmour, après avoir expliqué qu'il est impossible de qualifier cet homme de « fasciste ».

Tiens donc.

Je me dis, voilà une illustration parfaite du propos d'Omar sur ces « anciens » qui s'accrochent à leur dernier souffle de gloire médiatique.

20 heures. Maintenant Alain Minc, 72 ans, prend le relais.

J'envoie une capture d'écran à Omar. Pour voir, pour le relancer.

Il me répond : « Bon dimanche soir, la France. »

Soit il pense qu'on a ce qu'on mérite. Soit il fait de l'ironie. Soit il n'a rien à en dire.

Possible aussi qu'il s'en moque complètement.

Cahier 1

Lundi 15 novembre 2021

Intouchables a traversé une décennie. Avec 32 millions d'entrées en salles dans plus de 60 pays, sans compter les 19 millions en France, le film, traduit en 45 langues, est le plus gros succès au box-office mondial, enregistrant 344 millions de dollars de recettes. Et pour sa performance dans *Intouchables,* Omar Sy est devenu en 2012 le premier comédien noir de toute l'histoire de l'Académie des César sacré meilleur acteur.

Un succès inédit, un tourbillon dans sa vie, dans celle de toute sa famille. Comme un changement de dimension.

Ce film offre le premier rôle à un acteur noir, fils d'immigrés. Omar Sy y joue un héros, un vrai, un gars qui a la patate et le cœur qui va avec. Et pour une fois, il s'agit de rire avec lui, et non pas de lui. *Intouchables* est devenu culte en racontant une histoire qui fait date dans le cinéma.

Nous sommes dix ans plus tard, et on célèbre l'événement. Le comédien a changé sa boucle d'oreille qui brille contre une autre, plus discrète, noire. Une pluie fine et glacée de novembre enduit le large trottoir des Champs-Élysées, où s'amasse une foule apprêtée, plutôt parisienne, pressée de voir en chair et en os les acteurs, les réalisateurs, les producteurs du film, leurs visages, les liens qui demeurent, la place de cette aventure hors norme dans leur souvenir.

Sur la large scène du cinéma UGC Normandie, Omar Sy a forci, François Cluzet s'est assagi, les réalisateurs Éric Toledano et Olivier Nakache sont émus, ils disent qu'il faut « aimer les acteurs » pour faire un bon film, que pour *Intouchables* c'était facile, parce que Omar « est tellement sain ». Et la fusion Cluzet-Sy entre deux hommes d'univers différents a été immédiate. François Cluzet l'a expliqué dans des interviews : « Nous sommes des gens de foi, tous les deux, Omar se donne, moi aussi, de là est née cette espèce de grâce entre nous. »

Voilà pour la formule magique, qui opère encore des années plus tard.

Le film raconte la naissance d'une profonde amitié entre Philippe, riche, aristocrate et tétraplégique, et Driss, jeune homme d'origine sénégalaise, élevé dans un quartier populaire, tout juste sorti de prison et embauché comme auxiliaire de vie. Une rencontre inattendue, une relation unique, où l'un apprend du monde de l'autre, où l'art de la vanne et le goût de la littérature se valent, où le jogging et le costume cohabitent.

C'est un film qui démontre la prévalence heureuse de certains clichés : la différence est une richesse, *Intouchables* repose sur ce lieu commun, dont la valeur universelle est telle qu'elle est impérissable.

Alors, dix ans après la sortie du film, la salle rit, pleure, en redemande, comme une première fois.

Omar Sy prend les spectateurs à témoin, il dit : « Je regarde ces images, je me vois, je suis un gosse », et il se tourne reconnaissant vers les réalisateurs, Olivier Nakache, Éric Toledano, ému : « Je suis toujours aussi hébété par la confiance que vous m'avez faite. Vous avez fait de moi un adulte, les gars. »

Les gens applaudissent comme s'ils remerciaient le film pour sa fraîcheur préservée, son efficacité intacte. La soirée d'anniversaire se dissipe dans les effluves joyeux d'une foule rassasiée. Omar Sy le dit tout haut, en direction de Toledano, Nakache, Cluzet : « Je vous aime tous les trois. » « Eux », qui ont participé à ce qu'il est aujourd'hui.

Je lui demande, après tout ça :

– Tu as changé, tu es un autre maintenant ?

– Non, je suis le même. Mais augmenté.

Ah oui, voilà… Un millefeuille de personnages enfouis au fond de lui, où Driss d'*Intouchables* a sa place avec tous les autres, même si en ce moment, c'est Assane Diop qui prend la lumière et domine entre tous. Un héros moderne inventé dans l'ombre d'Arsène Lupin et taillé sur mesure pour Omar Sy. Encore un, qui ne ressemble à aucun autre, et dont le succès fait déjà date.

Omar rentre chez lui accompagné de quelques « siens », sa femme Hélène, Chillaw, son ami « de toujours et pour la vie » accompagné de sa femme Marilyne. Il aime la nuit qui s'épaissit à mesure que les rues de la capitale se vident, il foule le pavé parisien, dérobe quelques instants de liberté totale, discret comme un gentleman cambrioleur.

– Content de ta soirée, content de disparaître aussi ?

– Je donne ce que j'ai, et quand je n'ai plus d'énergie, je me casse. J'ai appris. Avant, je partais en déficit. C'est plus le cas.

– Ce sera tout pour ce soir, donc ?

– Repasse demain.

– OK, pour le déjeuner ?

– Je te dirai.

Mardi 16 novembre 2021

Omar est installé sur le tapis, par terre devant sa table basse, dans le salon, au pied de son canapé. Il déballe un petit colis : c'est un set d'outils de précision, tournevis et autres, tous attachés ensemble, ça s'appelle « 130 en 1 ».

Omar Sy est donc bricoleur.

« Je fais à manger, si ça te va ? J'aime bien cuisiner. Et on parle en même temps comme ça. »

Au menu : cordons-bleus, coquillettes, yaourts.

Donc, Omar Sy est cuisinier aussi. Sa fille Sabah, son neveu Alassane passent par là. Ils confirment en sourires : il est très fort pour le bœuf bourguignon et le thiéboudiène.

On s'assoit autour de la table ronde, pendant qu'Omar Sy fait la cuisine dans son jogging noir.

Hélène est là, occupée à ses mails, elle tient son double rythme, répond aux Français tôt le matin, aux Américains tard le soir.

Et il y a Tato aussi, le chiot staffie de 5 mois. Un cadeau d'Hélène et des enfants, pour accompagner la solitude d'Omar quand il est sur un autre continent que le leur.

Han… Tato fait pipi dans son panier. Il est pris sur le fait ! Ouh là là, Omar saisit Tato par la peau du cou, le gronde, gros yeux, grosse voix, se tourne vers moi : « Je le dresse, hein, il faut qu'il puisse me suivre partout. »

Tato doit bien se tenir. Il sera son ombre. Sa lumière aussi.

Voilà, Omar Sy est maître-chien.

– Je peux sortir mon cahier, pendant que bout l'eau des pâtes ?

– Oui.

– *Intouchables* donc, dix ans plus tard, ça fait quoi ?

– Écoute, je me rends compte que j'ai pris une petite claque hier soir, hein. Ce film est intemporel, mais il se date aussi par rapport à la liberté qu'on avait, qu'on a moins. Je vois tout ce qu'on a perdu en dix ans. La légèreté de ce film, on ne la retrouverait pas si facilement. Je me demande pourquoi on ne ferait plus les mêmes vannes aujourd'hui ? Il y a hélas beaucoup plus de verrous, ou de censeurs…

– C'est peut-être l'effet du passé, on ressent des manques quand on se retourne dessus, non ?

– Ce que je ne fais pas souvent, me retourner sur le passé. Là, j'ai comme un petit vertige en regardant derrière moi, je prends conscience de l'évolution de ma carrière. Ramené dix ans en arrière, je me rends compte que je suis plus nostalgique de mon vécu intime que de mon passé professionnel.

– Mais tu ne regrettes quand même pas ta vie d'avant, si ?

– Non ! J'aime ma vie maintenant. J'aimais celle d'avant aussi. C'était juste différent, mes enfants étaient petits, on habitait dans les Yvelines, un petit village dans la forêt, la campagne un peu chic, proche de Trappes où j'ai grandi. On était bien, avec nos enfants, nos chiens. Et avant encore, quand on avait trois fois rien, on était bien aussi, même si on bouffait des cordons-bleus avec des pâtes et des yaourts, Hélène et moi, on avait notre Peugeot 406 coupé. Hein, chérie ?

Hélène acquiesce :

– On était jeunes, on avait une seule vie pour nous tous.

C'était simple, mais pas forcément mieux. Aujourd'hui, on en a plusieurs, autant qu'il en faut pour se préserver et composer avec la célébrité et l'image d'Omar Sy, qui augmentent toujours. Les cordons-bleus, les pâtes et les yaourts sont restés.

– *Intouchables* a bouleversé tout le reste, votre quotidien.

– Il l'a explosé. François Clerc, à l'époque chargé de la distribution chez Gaumont, m'avait pourtant prévenu à l'issue de la première projection publique à Angoulême qu'un truc se passait avec les gens, qu'il y aurait un avant et un après. Sur le coup, je ne me suis pas rendu compte combien c'était vrai. Ni ma famille ni moi n'avions anticipé. Et le déclic est venu un jour quand j'ai accompagné mon fils Tidiane à l'école, quand j'ai entendu d'autres parents dire : « C'est le fils d'Omar Sy ! » Là, j'ai compris le risque de basculement dans un truc qui pourrait être destructeur, alors qu'avant j'étais juste « le père de Tidiane ». Je me suis dit je ne peux pas élever mes enfants là-dedans, ils vont me haïr, je sentais la peur monter, j'ai pensé qu'il fallait qu'on s'organise pour ne pas tomber dans ce piège.

– Et avec *Intouchables*, tu es aussi devenu un autre Omar Sy, tu as changé de dimension professionnelle après ce film.

– Oui, je ne m'en suis pas tout de suite rendu compte. Au moment où on me propose *Intouchables*, je suis un comique, moi… Je fais rire les gens sur Canal+ avec Fred (Testot), dans le « SAV » (« Service après-vente des émissions », programme culte de la chaîne). Éric et Olivier sont des gars que j'aime bien, qui me filent des rôles de temps en temps. On fait *Tellement proches* ensemble, une comédie sur la famille sortie en 2009, et ils ont un coup de cœur pour moi, ils ont envie de me donner un premier rôle. Je dis OK, les gars, je suis toujours partant moi. Ils écrivent une ébauche de personnage, qui sera développé plus tard pour devenir *Samba*, l'histoire d'un Sénégalais sans papiers, sorti en 2014. Et puis ils mettent finalement cette idée de côté, parce qu'ils tombent sur un documentaire qui les inspire, le récit d'une vie, celle de Philippe Pozzo di Borgo, homme d'affaires devenu tétraplégique suite à un accident de parapente. C'est comme ça qu'ils écrivent *Intouchables*, en glissant d'une histoire vers une autre. Sans prétention. Et Driss, pour eux, c'est moi. J'appartiens déjà à l'histoire qu'ils racontent. Ils me répètent : « Tu vas enfin comprendre que tu es un acteur. » OK, je joue le jeu. Je comprends quelle confiance ils placent en moi, je dois être à la hauteur, je me mets au sport, je perds dix kilos, je travaille au quotidien avec Julie Vilmont, coach acting, je fais tout ce que je peux pour être prêt.

– À ce moment-là, tu te mets un peu la pression, quand même ?

– Non, pas du tout, je les suis avec la même ardeur que celle qu'ils déploient pour moi. Je vis une aventure avec eux. Je ne me mets pas vraiment la pression, parce que j'avais déjà gagné mon pari, moi, décrocher un premier rôle était une victoire en soi, alors le tournage, du coup, c'était léger, sans pression, plein de passion et naturel. On s'est amusés de tous nos cœurs. Je n'avais plus qu'à être moi-même.

– Et profiter de ta chance.

– Du cadeau, plutôt. Je dirais qu'*Intouchables* est un vrai cadeau, qui en cachait d'autres… Comme une poupée russe : aujourd'hui, *Lupin*, c'est aussi une conséquence d'*Intouchables*.

Sabah apparaît, traverse la pièce, lâche ça comme un murmure :

– *The gift that keeps on giving* (le cadeau qui se prolonge)…

Elle écoute, l'air de rien.

– … Un cadeau qui aurait pu être empoisonné si tu n'avais pas compris qu'il est une imbrication de chances.

– C'est un peu la définition du succès, ça. C'est beau, c'est bien, mais si tu finis par trop y croire, si tu penses que tu es le meilleur, tes chances s'évaporent, et tu es mort. On me caressait dans le sens du poil, tout le monde me disait oui pour tout, j'aurais pu sombrer. Parfois, je ne voulais plus entendre tout ça, c'était trop. Moi, je me suis éduqué sur des refus, et c'est ce qui m'a permis d'entendre cette petite voix qui me disait « Attends, tu n'es pas à ta place là-dedans, ça sent le piège, barre-toi ». Prendre l'air, c'était la solution. Le film est sorti en novembre. En avril, nous avons pris la décision de partir avec Hélène. Et le 12 août 2012, nous nous sommes installés aux États-Unis.

– L'idée c'était donc de quitter la France ?

– Non, il n'y avait pas d'idée, mais une envie, celle de faire une pause, pour penser cette question : comment on va vivre cette nouvelle vie qui s'amorce ? Je voulais faire une espèce de *reset* total, une sorte de réinitialisation pour tout remettre à plat et dans l'ordre. Je ne savais pas à ce moment-là que mes enfants allaient devenir des Américains. Le projet c'était de partir pour la campagne des Awards qui dure quatre ou cinq mois, d'en profiter pour emmener les enfants, Selly, Sabah, Tidiane, Alijah… (Amani n'était pas encore née). Comme des grandes vacances bien méritées. On a fermé la maison des Yvelines, placé les chiens en garde. On s'est donné un an, on a inscrit les enfants à l'école là-bas, on s'est dit qu'on allait profiter de ce temps pour se poser et prendre un peu de recul.

– Et vous êtes restés.

– J'ai vu ma fille Sabah s'ouvrir d'un coup. Je suis redevenu en un soupir le père anonyme qui pouvait aller tranquillement à la kermesse de l'école, ou accompagner une sortie scolaire. Je me suis dit, c'est là que ma famille doit vivre. À l'abri. À des kilomètres de la France, certes. Mais dans une vie qui leur appartient complètement. On n'avait qu'à continuer ce qui était en route. Moi, je suis resté là-bas, et en même temps je ne suis pas parti d'ici, je n'ai pas quitté la France.

– Tu n'as jamais eu peur que tout s'effondre, tu n'avais pas l'angoisse des lendemains ?

– Moi je n'ai jamais eu ce truc-là, le souci des lendemains. Je suis un pauvre, j'ai été élevé là-dedans, je mange des pommes de terre, des pâtes et ça me va, je suis heureux. Je viens de là. Si on est bien, mes enfants, ma femme et moi, si on arrive à s'en sortir ensemble, le reste n'est pas dur. Moi, ma vie, c'est un peu comme si j'étais en colonie chez les riches. C'est un tour de manège. Réel, enivrant. Mais il ne faut jamais oublier qu'à un moment donné, ça s'arrête, il faudra descendre.

– Sauf si tu attrapes le pompon, tu gagnes un tour gratuit, et c'est un peu ton cas…

– Oui, je le décroche à chaque tour, là. Donc, je me répète encore plus souvent qu'il faudra bien finir par descendre.

– Et à force, tu peux avoir un peu le tournis, non ? Tu passes ta vie à passer d'un pays à l'autre, avec des mentalités différentes à chaque fois. Il faut composer, s'adapter.

– C'est ce qui s'appelle être un acteur, non ? J'enfile mon costume, je monte sur la scène de mon travail, et je retourne dans les coulisses de ma vie. C'est ça, la vraie liberté : être capable de jouer le jeu, connaître le cadre, le maîtriser, être tout à fait là, et quand c'est trop, pouvoir se retirer, rentrer dans un chez-soi, être un autre ailleurs, être soi-même à la maison.

– Il faut toujours que tu te ménages une issue, en fait, une sortie de secours ?

– Quand je suis ici, en France, là où je travaille et vis à moitié, je ne ressens plus ce petit truc en trop qui avant aurait pu me peser, m'étouffer, m'écraser ; il n'a pas disparu pour autant, mais disons que je le supporte, parce que je sais que je n'en suis pas prisonnier, je vais pouvoir en sortir, reprendre l'avion, rentrer auprès des miens à un moment donné. Aux États-Unis, je suis un autre, je me sens en vacances, c'est un lieu de repos, de détente, où je profite d'une autre vie. C'est difficile de faire la part des choses dans le métier que j'exerce. Le recul physique est une bonne solution, parce qu'il met à distance et oblige à la réflexion de manière assez naturelle. Se retirer pour se remettre à bonne et juste échelle.

– Et avoir plusieurs vies, plusieurs maisons… Paris pour le travail, Los Angeles pour la famille, le Sénégal pour tout rassembler.

– Et Saint-Rémy, ce week-end par exemple. Pour souffler. Là-bas, je vais acheter mon petit fromage, je fais de la moto, je vais manger ma barquette de frites, je marche. J'ai mes mondes, et je passe de l'un à l'autre. Seuls mes enfants et ma femme sont autorisés à traverser ces espaces-temps avec moi.

– Ces mondes, que tu quittes, que tu rejoins, qui vous

rassemblent, qui vous séparent, tous ces allers-retours d'une scène à une autre ne semblent pas altérer votre vie de famille.

– Ça tient beaucoup à Hélène, ça, qui a une capacité d'adaptation surhumaine, elle est capable de souplesse et de détermination. Et les naissances de nos enfants sont autant d'étapes vers des ailleurs, elles ponctuent notre envol et consolident notre parcours. Selly, ma fille aînée, est née le même jour que moi, à Trappes, mise au monde par le docteur Viel, qui m'avait vu naître vingt-trois ans plus tôt. Sabah, Tidiane et Alijah ont vu le jour à Versailles. Et Amani, la petite dernière, est née à Los Angeles. J'étais présent à chaque accouchement. Les enfants sont une donnée de base dans ma vie, ils sont partout, j'ai grandi avec des enfants autour de moi tout le temps, j'ai beaucoup réfléchi à eux, à leur condition, je crois que les adultes sont là pour donner aux petits les clefs pour bien fonctionner, ce qui passe essentiellement par la conscience de soi, de sa propre histoire, pour pouvoir continuer. J'essaie de m'appliquer à ça avec les miens.

– L'histoire de tes enfants est plutôt américaine, non ? Complètement différente de la tienne, en tout cas. Et lointaine, peut-être ?

– Ils ont embrassé la culture américaine, c'est une évidence, mais pour autant ils n'ont pas cessé d'être français. Mes enfants et moi n'avons pas la même histoire, en effet. Et c'est ma victoire, mon bonheur : ils ont une autre vie que la mienne, c'est acquis, c'est déjà pas mal. Leur histoire s'inscrit dans un mouvement vers l'avant. Mon père avant moi a voulu que ses enfants comprennent ça : on ne répète pas un vécu, on le prolonge, on continue, on avance. D'ailleurs, à chaque fois que nous nous quittons, mon père me répète toujours cette phrase, c'est son au revoir à lui : « N'aie pas peur, mon fils, fonce, file, ne regarde pas sur les côtés. » Je viens d'ailleurs par rapport à mes enfants comme mon père venait d'ailleurs par rapport à moi, je crois que de génération en génération, c'est peut-être ce qui nous rassemble et nous ressemble, cette aptitude à s'inventer de nouveaux ailleurs. On n'est pas si loin les uns des autres, finalement.

– Alors d'où viens-tu, toi, dans ce même mouvement, justement ?

– D'une famille nombreuse, où les liens sont multiples, forts, mais compliqués aussi. Mon père vient du Sénégal, où il est né en 1934, et il a construit une partie de sa vie en France où il est arrivé en 1962. Il s'est d'abord marié avec une femme qu'on appelait « Gogue » (tata, en peul), Selly de son vrai nom, qui avait quatorze ans de moins que lui. Comme elle n'arrivait pas à avoir d'enfant, mon père a épousé une deuxième femme : Diaratou, ma mère donc. Qui elle venait de Mauritanie, de la ville de Sélibabi, où mon père a aussi une partie de sa famille. Ma mère a débarqué en France en 1974 (elle avait 16 ans) pour se marier à ce monsieur de 40 ans, pour cohabiter à la maison avec une autre femme de dix ans son aînée, et pour devenir mère à l'âge de 17 ans.

De son côté, Gogue est allée chercher l'enfant de sa sœur au pays, pour l'adopter avec mon père ici en France. Il s'appelle Ibrahima, c'est le plus grand de la fratrie. Et ma mère, elle, accouche de mon frère aîné, Alassane, en 1975. Six autres enfants suivent. Il y a ma sœur Selly, dite Aminata, en 1976. Puis moi, le 20 janvier 1978. En 1979 arrive Oumou, puis Ramata en 1983, Moustapha en 1990, et Djiby en 1992. Donc, je suis un enfant du milieu.

J'ai connu deux phases dans mon enfance, celle où j'étais un petit frère, celui d'Ibrahima, Alassane et Aminata. Et celle où j'étais l'aîné, le grand frère de Oumou, Ramata, Moustapha et Djiby. Hélène a connu les deux derniers alors qu'ils avaient 7 et 9 ans, on s'en occupait comme des enfants qu'on n'avait pas encore.

On grandit dans cette ambiance compliquée, entre deux femmes qui se font la guerre, et en même temps entre deux mères qui nous aiment tous autant les uns que les autres, et que nous aimons de la même manière l'une comme l'autre… Ma sœur Oumou et Gogue s'adoraient.

On est bien tous ensemble, dans notre appartement de type F5, square Renoir à Trappes. On vit comme toutes les familles cainfri (africaines), dans des chambres avec des lits superposés, et moi je dors dans celui du bas. Aux murs, il y a des posters de footballeurs et de basketteurs. Dans le frigo, y a un piment à l'intérieur, et ça fait du vent quand tu l'ouvres parce qu'il n'y a pas grand-chose d'autre dedans. Il y a beaucoup de bouches à nourrir, peu de moyens, mais on s'en sort. Nous, les enfants, on ne vit pas de difficultés, on ne ressent pas de manque… Même si on redoute les conflits, même si on a la boule au ventre quand on rentre de l'école le samedi midi parce qu'on sait que notre père et nos mères se retrouvent ensemble à la maison, c'est le jour où personne ne travaille, on essaie tant bien que mal d'arbitrer des crises qui nous dépassent.

Mais je répète qu'on est bien tous ensemble, parce que pour nous les enfants, il y a de la vie, des joies, de la chaleur. Nous, on a grandi dans les vannes, le charriage… La musique aussi : mon père Demba écoute Dalida et Sylvie Vartan, ma mère chante Joe Dassin, Claude François, et Gogue connaît tout le répertoire de Sacha Distel. On écoute tous ensemble Stevie Wonder, Youssou N'Dour, et les divas maliennes à n'en plus finir. Le vrai problème, entre ma mère et Gogue, en fait, c'était Demba, mon père. Sinon, ces deux femmes qui vivaient ensemble étaient solidaires. Ma mère lisait à Gogue un par un les *Amina* (le magazine numéro un de la femme africaine et antillaise). Et Gogue était devenue la patronne des tartines de pain tous les matins.

– Tes parents travaillaient ?

– Mon père Demba était magasinier, à Saint-Ouen-l'Aumône, chez Sonauto. Il vendait des pièces Yamaha, Mitsubishi, Seat et Porsche. Il y allait en RER, et aussi à moto. C'est grâce à lui que je me suis assis pour la première fois de ma vie dans une Porsche. Je me souviens, c'était une 911, couleur gris métal, intérieur havane. J'étais installé au volant, je me suis dit un jour, j'aurai une Porsche.

– Et que faisaient Gogue et Diaratou ?

– Ma mère Diaratou était femme de ménage dans des bureaux un peu partout, et à la fin au Technocentre Renault à Guyancourt. Et Gogue travaillait dans une cantine à Paris. Elle partait un peu plus tard le matin, c'est pour ça que c'est elle qui faisait les tartines.

– Où en sont-elles toutes les deux aujourd'hui ?

– En 1988, mon père et Gogue ont divorcé, poussés par les aînés. Elle est partie vivre à Mantes-la-Jolie. Je me souviens d'un samedi où elle a sonné à la porte, elle venait chercher ses affaires. On était tous attachés à elle, c'était une mère gentille et bienveillante, elle faisait partie de notre vie. Aujourd'hui, je me demande si elle est vraiment partie pour nous laisser « tranquilles », comme elle le disait. Est-ce qu'elle a vraiment cru à ça ? Nous, sans elle, on a eu besoin de beaucoup de temps pour retrouver la tranquillité.

Je suis fort ému quand je parle de ça parce qu'il y a ce malentendu-là laissé derrière nous. Et ce regret, celui de ne pas lui avoir dit ce petit mot qui représente toute ma reconnaissance d'enfant : merci.

– L'enfant que tu étais a reçu de l'amour en double, à la maison. Tu n'as jamais eu l'occasion de dire à ces femmes combien elles comptent pour toi ?

– Pour Gogue, j'ai pas eu le temps hélas, elle est morte avant que j'apprenne à verbaliser ce genre de choses. Les sentiments. Mais je crois lui avoir témoigné à ma manière ma reconnaissance. Je l'ai fait par des actions : dès que j'ai eu le permis, je suis allé la voir régulièrement à Mantes-la-Jolie. Les deux premières années, sans le dire à ma mère… C'est l'enfant en moi qui cachait ça. Mais en fait, ma mère, elle était même contente quand elle l'a appris. Fière de moi, en mode mon-fils-c'est-un-gars-bien. Et puis, Gogue est morte en 2005, elle avait un peu plus de 60 ans. Elle a connu mes filles Selly et Sabah. Et Selly porte son prénom. J'espère qu'elle peut entendre mon merci d'ici.

Et pour ma mère, oui… C'est réglé maintenant, je dis « je t'aime », je dis « merci », je dis « bisous ». Avant, j'aimais, je remerciais, je faisais des bisous, mais sans les mots.

– Comment ça se passait pour toi à l'école ? Quel genre d'élève étais-tu ?

– Je me suis toujours bien débrouillé, je dirais que j'ai fait une bonne scolarité. J'étais studieux, j'avais de bonnes notes. Genre félicitations à tous les trimestres. Je crois que j'étais plutôt un matheux.

– Bon élève alors, le petit Omar…

– Oui, et un peu agité aussi. Je me battais pas mal à l'école, et surtout j'ouvrais beaucoup ma bouche, je passais mon temps à poser plein de questions, je voulais sincèrement qu'on m'explique, pour comprendre, mais certains enseignants trouvaient que j'en demandais trop… Mme Prime prétendait que j'avais des problèmes de lecture, je me souviens de ses doigts qui attrapaient et tiraient nos petits cheveux, juste au-dessus des oreilles. D'autres prenaient mes interventions pour de la provocation, de l'insolence. Et c'était pareil avec les grands du quartier d'ailleurs, ils disaient que je répondais trop, et ils me fracassaient.

J'ai redoublé mon CM1, mais ce n'était pas lié à un problème dans les apprentissages, c'était encore une fois le comportement qui m'était reproché. Du coup, je me suis retrouvé au même niveau que ma sœur Oumou, qui me talonnait, et là, j'ai eu un déclic, j'ai décroché les meilleures notes de la classe. C'est cette année-là que je me suis retrouvé avec Nico et Karim. Après ça, au collège, j'avais les félicitations à chaque trimestre, j'ai obtenu la meilleure note en maths de tout mon établissement au brevet.

– Nico et Karim, c'est donc : Nicolas Anelka, le footballeur international français, et Karim Debbouze, le frère de l'humoriste et acteur Jamel ?

– Oui. Les Anelka et les Debbouze étaient mes voisins, ils vivaient dans le quartier Van-Gogh, à Trappes. On a grandi ensemble. Et Jamel et moi avons aujourd'hui chacun une maison à Saint-Rémy-de-Provence, là où Vincent Van Gogh a vécu, là où il s'est coupé l'oreille, là où il a dû séjourner en hôpital psychiatrique.

– Comme si l'histoire de ce peintre était un peu liée à la vôtre… Tu ne laisses rien au hasard, toi.

– Voilà. Et je me dis… Donc, c'est qui ce mec, en fait ? Il y a du sens partout.

– C'est rare que trois élèves d'un même quartier connaissent le même type de destins exceptionnels.

– Nico, Karim et moi, on vit de la même manière aujourd'hui. C'est l'histoire du manège, on tourne ensemble, on se regarde, on se dit la même chose, qu'un jour on descendra. Quand on se retrouve on se souvient d'avant, de nos enfances, on était pauvres c'est vrai, mais on s'est amusés, on jouait au foot, on se charriait, on allait chercher du maïs dans les champs, des châtaignes dans les arbres, des cerises et des prunes dans les jardins des gens. Quand on se voit, au premier bafouillage ils m'allument : « On sait que tu sais pas parler français, fais pas genre… » J'aime bien que ça continue… Le charriage, ça fait tout. Quand, enfant, tu as quinze potes qui rient de toi, ça te fait le cuir épais pour l'avenir. Ça t'apprend le culot, l'audace, à savoir te placer par rapport aux autres, à te défendre par la répartie. J'ai besoin de retrouver cette ambiance, ça me remet à ma place, ça me rappelle qui je suis au fond, d'où je viens. J'ai besoin de ça. Je ne vais quand même pas commencer à croire à tout ce que je dis ?

– Tu n'es pas celui qu'on croit alors ?

– Si, mais c'est une petite partie de moi-même, je ne suis pas juste l'image d'Omar Sy. Faut pas se tromper, c'est pas un confort, ça. Ça fragilise. Si je deviens l'image, je suis fixé dans quelque chose qui a l'air de tout, en apparence, mais qui n'est rien en profondeur, et je ne suis plus vivant, je suis mort… Je disparais de ma propre vie. (Tato s'agite. Il veut sortir.) Va falloir qu'on s'arrête, là, Elsa.

Je crois qu'il en a assez, Omar. Les plongeons dans le passé, ça rince un peu. On va plutôt travailler en mode pataugeoire tous les deux. Sans trop se mouiller.

– D'accord. Alors juste ça, pour finir : ce rêve d'enfant dont tu parlais… Tu n'as pas de Porsche aujourd'hui ?

– Je l'achèterai pour ma retraite. Quand je descendrai du manège. Ce sera ma récompense, le signe que j'aurai touché mon rêve.

Mardi 23 novembre 2021

J'apprends que le ministre de la Justice s'est invité sur le tournage de *Lupin*, place Vendôme, à Paris. Une grande scène avec plus de trois cents figurants, qui a nécessité de longs échanges avec les autorités. Le ministre est venu serrer la main d'Omar Sy lors d'une prise. Pendant la campagne présidentielle.

J'en parle à Omar.

Ça l'agace. « Je ne suis pas un morceau de viande », dit-il.

Comprendre qu'il n'y aura pas de cliché de ce moment. Ni de commentaire, même pour moi.

Mercredi 24 novembre 2021

Des corps gisant à la surface des eaux françaises ont été découverts dans le détroit du Pas-de-Calais par un pêcheur. Vingt-sept morts, dont six femmes et une fillette. Deux personnes ont été sauvées.

Omar retweete l'association Parcours d'exil qui gère un centre de soins où sont pris en charge des migrants, leur lot de souffrances, leurs multiples traumatismes.

Du coup, je l'appelle.

– Tu as deux minutes, Omar ?
– Pas beaucoup plus, Elsa. Mais vas-y, je t'écoute…
– Je me demandais pourquoi tu as fait ce tweet sur cette association ?
– Oui, alors il va me falloir un peu plus que deux minutes pour te répondre… Mais je peux me poser un peu là, pendant que je suis tranquille, si tu veux, c'est juste que ça ne pourra pas durer trop longtemps, parce que j'ai un call dans une demi-heure.
– Bah je prends, hein.
– OK, donc… Les migrants, c'est ça ?
– Oui. Tu fais valoir sur les réseaux sociaux le travail d'une association qui s'occupe de leurs souffrances. Tu veux qu'on les regarde ?
– Le destin de ces gens m'interpelle en permanence, ça nous regarde tous. À quelques années près, ça aurait pu être moi. Si mon père n'était pas parti quand il l'a fait, c'est moi qui aurais fait ce chemin. À quelques années près, je pourrais être l'un de ces hommes sans passeport, et ne pas être celui que je suis aujourd'hui. Les migrants, ce sont des personnes comme toi et moi. Avec le courage, en plus. Parce qu'il en faut beaucoup pour partir comme ils le font, alors qu'ils n'ont rien, et que c'est pour eux le seul moyen de survivre. Il faut voir tout ce qu'il y a derrière les statistiques, les chiffres, derrière le mot « migrants »… Il y a des hommes, des femmes, des enfants, qui ont des prénoms, une histoire, qui méritent qu'on les regarde comme des semblables. Qui sait de quelle contrée seront demain les « migrants » ? D'où ils partiront, où ils iront ? Ce sera peut-être toi, peut-être moi, peut-être nos enfants, qui devront fuir pour survivre. Et pourtant… les associations de défense des animaux en font bien plus

pour les bêtes que nous tous pour les migrants. Le fait est que le sujet dérange tout le monde, personne ne veut le résoudre. On décide de ne pas regarder, on laisse faire. C'est comme la faim dans le monde, le truc est installé, c'est une donnée comme une autre dans l'époque qu'on vit. Je me sens totalement impuissant. Je ne fais pas le malin, je suis le premier à détourner le regard parce que je ne sais pas quoi faire. On vit de l'intérieur cette inégalité, on est nous du bon côté, eux du mauvais. On n'a pas les clefs à titre individuel pour mettre fin au drame des migrants, pour rétablir l'équilibre, ça relève de l'économie et de la géopolitique. Il faut être honnête, on a beau crier, hurler au secours devant cette misère, personne ne calcule cette catastrophe. On détourne le regard, on retourne tous à nos vies.

Omar Sy, à la sienne. Il a un call.

Moi aussi, j'ai à faire.

On raccroche tous un peu au nez des migrants, finalement.

Dimanche 5 décembre 2021

Aujourd'hui, nous avions convenu qu'Omar m'emmène à Trappes. Pour qu'il me montre les chemins de son enfance, ce qu'il en reste, la taille des bâtiments qui rapetissent peut-être avec l'âge, le temps, la distance ; pour voir quels souvenirs remontent à la surface de sa mémoire, quand il vient la titiller, comme ça, en passant.

C'était une bonne idée.

Mais Omar me dit au téléphone qu'il préfère qu'on

reporte notre virée. Le tournage de *Lupin* à Rungis ces derniers jours l'a fatigué : « J'espère que tu ne m'en veux pas si on fait ça une autre fois, j'ai pas envie de bouger, là. Je suis un peu à plat, et c'est logique. Reprendre *Lupin*, les trucs à gérer à côté, Hélène qui est loin, tout ça me pèse un peu. Je t'appellerai le week-end prochain de Saint-Rémy. »

Oui, je comprends.

Mais c'est dommage quand même.

Limite, ça m'énerve un peu, en fait.

Parce que d'accord, Omar, tu es fatigué, c'est sûr. Mais je sais que tu te méfies un peu aussi, hein, et ça, tu ne me le dis pas… J't'ai capté, Omar Sy, faut pas croire, je comprends le fonctionnement de la bête, et je sais que tu es dans l'hyper-maîtrise de ton image.

Voilà, Trappes, c'est important pour Omar Sy. C'est le spot incontournable.

On le dit toujours, partout, Omar Sy « de Trappes », comme une particule qui colle à ton nom, définitivement associé à des origines populaires. Omar Sy est un mec de quartier, c'est la vérité. Mais pas que. Faudrait donc pas l'y résumer tout entier non plus. Il sait que tout est une question de dosage dans le regard de ceux qui l'observent, dans mes yeux à moi. Tout dépend pour lui de ce qu'il me donnerait à voir, donc. Ce n'est pas tant qu'il se méfie de moi, c'est qu'il pense que tout repose sur lui, sur cette énergie qu'il va déployer à anticiper sur le décor, à lui donner des couleurs, à l'animer, à choisir les souvenirs, les gens, qu'il va raconter ici ou là. Et c'est du boulot tout ça, pour lui.

Donc aujourd'hui, je crois qu'il n'a pas envie de me

sortir au musée, de jouer au guide dans son propre jardin, là où il a poussé.

On ne va pas à Trappes. Pas cette fois.

C'est lui qui décide.

Dimanche 12 décembre 2021

Omar est chez lui, à Saint-Rémy-de-Provence. Dans sa bulle. Avec son Tato.

J'espère qu'il va m'appeler, comme prévu.

Ah voilà, je vois son nom qui s'affiche sur mon portable avec sa tête. Ouf.

Parce que le raté de Trappes, ça m'a inquiétée, à vrai dire.

– Ah, ça va, Omar ? Tu fais quoi ?

– J'ai marché. Deux heures dans la nature. Et mangé des frites.

– La purée, c'est mieux, il paraît. Mais bon…

Il rigole.

– Et toi, tout va bien ?

– Oui, oui, t'inquiète pas, moi ça va. Et toi, c'est tout ?

– Non, je téléphone beaucoup, j'essaie d'avancer quand je suis ici, tu sais. Et je lis aussi.

– Ah oui, tu lis quoi ?

– Le livre *Will*, de Will Smith et Mark Manson. En audio. L'écriture, ça s'écoute. La lecture, ça se raconte. J'aimerais bien que notre livre ait aussi une vie audio… Que je lise ce que je te dis, que tu lises ce que tu écris.

– D'accord, faut voir ça avec l'éditeur alors.

– Je veux qu'on insiste sur l'importance de l'oral. C'est aussi un clin d'œil à l'Afrique, où la culture est orale, où toutes les lois ne sont pas écrites.

– Pourquoi ce choix, de lire Will Smith ?

– Par curiosité. J'aime bien l'acteur, ça m'intéresse de voir quel homme il est. Il raconte cette histoire : un jour d'été, le père de Will a détruit le mur en face de son commerce, et demandé à ses deux fils de 12 et 9 ans de le reconstruire. Ils ont pensé que ce serait impossible, ils ont finalement réussi un an et demi plus tard. Pour arriver au bout d'un tel projet, il ne faut pas penser qu'on bâtit un mur, il ne faut pas voir grand et haut tout de suite, il faut se concentrer sur ce qu'on peut faire dans l'instant, sur la mise en place de chaque brique, chaque jour. C'est petit à petit qu'on arrive à faire de grandes choses, en commençant par le début. C'est à force d'empiler les briques qu'on finit par avoir un mur.

– Tu veux dire qu'on avance pas à pas dans la vie…

– Voilà. Mais ce qui m'intéresse le plus dans cette anecdote, c'est la question de la transmission. C'est le point de vue du père de Will Smith, qui est ici repris par son fils, et diffusé à ceux qui suivent. Ce que je veux dire, c'est que le « Je pense, donc je suis » de Descartes est un peu court… si je peux me permettre, René, hein ?

– Ça ne te paraît pas évident ?

– Pire, je n'y crois pas du tout. Je crois que le « je » n'a pas de sens, on n'existe pas tout seul. À ce compte-là, il n'y a que le « nous » qui vaille. Je pense que nous sommes tous faits de ce qui nous précède. C'est peut-être dans mon éducation, dans ma culture, parce que c'est vrai que c'est assez oriental comme vision. En tout cas, Descartes, je ne l'ai pas trop calculé à l'époque. Et là, je suis sur ses côtes.

– Pour toi, il n'y a pas de « je » donc, seulement un « nous », si je te suis bien…

– Des chasseurs-cueilleurs que nous étions aux capitalistes que nous sommes devenus, nous avons évolué à travers la transmission de nos aventures. C'est profondément *sapiens* de se raconter des histoires. Le récit est fondamental dans notre évolution. Il n'y a pas de « je », le « je » est une méprise, une chimère. Il n'a de sens que dans sa portée universelle. D'ailleurs, le petit « je », c'est souvent lui qui fout la merde : l'ego. Parce qu'il sait qu'il n'existe pas, au fond. C'est ça, mon chemin philosophique : l'ego fait tout pour exister, parce que justement il n'existe pas !

– D'accord. Mais l'ego existe quand même un peu, et il sert à quelque chose… À se défendre au moins, par exemple ?

– L'ego te protège seulement, et parfois. Il est là, dans le lien, pour marquer la distance avec l'autre. Et le recul que tu parviens à avoir, c'est justement quand tu arrives à te dissocier de lui. On a un pacte, mon ego et moi : je le laisse exister là où j'ai besoin de lui. Dans l'image, là où il y a foule. Lui, il est content au milieu du monde, alors je le laisse prendre, il s'agite dans ce truc qui n'existe pas, cette chimère. Moi, je reste à distance de tout ça.

– Toi et lui… Comme s'il s'agissait de deux personnes différentes, hein.

– Ouais, on est une équipe, mon ego et moi, un binôme. Il est en surface, je suis en retrait. Voilà notre pacte.

– Ton équilibre.

– Quand on se confond, c'est difficile, mais je gère de mieux en mieux, c'est un travail.

– C'est un rapport au succès surtout, non ?

– Je ne crois pas au succès, pour moi, c'est quelque

chose qui n'existe pas non plus. C'est comme si je disais « Tiens, j'ai acheté une licorne ». Un cheval, c'est possible. Mais une licorne, franchement… ? Donc, je peux envisager ma réussite, oui. Mais pas le succès. Je ne suis pas à l'aise avec tout ce qui dépasse les dimensions humaines. Il faut rester dans la juste mesure des choses, sinon tu peux rapidement avoir des problèmes. À se voir trop grand, trop important, on finit par se décaler de soi-même, par sortir de ses rails. Et on déraille.

– C'est quoi ton ambition alors ?

– De m'amuser, d'être heureux en faisant mon métier d'acteur. Je soulève des questions, j'aime ça, je pousse la curiosité, je vais au-delà des choses établies, je retourne des clichés. Je me rends compte que ce métier, qui n'était a priori pas pour moi au début, m'est finalement familier. Il me ramène à mes racines, à ma culture, à mon éducation, où les histoires, le récit, sont centraux. Je m'y retrouve.

On raccroche.

Là, je suis sonnée.

Je pense à Descartes. Le pauvre.

Et je fais des recherches aussi sur les licornes, ces animaux légendaires qui peuplent notre imagination depuis des siècles. Hmm, rien ne prouve qu'elles n'ont pas existé, hein. Il en est fait mention dans des écrits bibliques, et les apothicaires du Moyen Âge prétendaient que leurs cornes étaient un précieux remède.

Donc, serais-je choquée si Omar Sy me disait « J'ai acheté une licorne » ? Bah non, vraiment pas, pas de la part d'un gars comme lui, qui nous vend du rêve. Son succès n'est pas dans sa tête, il est dans nos yeux.

Dimanche 19 décembre 2021

Omar me laisse un message vocal pour me souhaiter de bonnes fêtes : « On se parlera après de tout ce qu'il nous reste à faire. Mais je voulais juste te dire que j'aime bien le mot "dialogue" pour ce livre qu'on est en train de faire. Ça nous met sur un pied d'égalité, tu vois. Je voudrais savoir ce que tu en penses. Tu me diras quand on se verra. Plus tard. »

Je souris bêtement.

Je lui réponds dans ma tête : Un truc à deux… OK, Omar Sy.

Je crois que c'est gentil ce qu'il veut me dire là. Genre, l'échange qu'on mène, ça lui convient, il y prend un peu goût.

Mais le pied d'égalité, euh… Non, là, je te vois bien venir, Omar, et ça ne va pas marcher ton truc, où tu te fonds dans le décor : ce n'est pas ma visibilité qui réduira la tienne. Faut pas se cacher derrière moi, hein.

Chacun sa place.

Moi, je te regarde ; toi, tu le sais. Et on s'y fait.

Faut que je lui dise, ça, à Omar.

Dimanche 9 janvier 2022

Ça y est, il est sorti du monde des autres, pour rejoindre celui des siens. Omar et Hélène Sy sont au Sénégal, en famille. Avec les enfants, ils font du quad sur la terre, du scooter sur la mer. Omar fait son sport tous les matins, derrière sa baie vitrée, face à l'océan, devant le spectacle des oiseaux qui s'agitent. Il sirote sa petite boisson, gingembre-citron-miel.

La famille a organisé une virée en Mauritanie, à Korokoro. C'est le village de la maman d'Omar. Demba et Diaratou, les parents Sy, sont donc là. Avec leurs sept petits-enfants, Alassane, Bayou, Selly, Sabah, Tidiane, Alijah et Amani. C'est la première fois que tout le monde est réuni dans ce décor familial, aussi intime que lointain, ce village où Diaratou est née, situé à des milliers de kilomètres de leur vie à tous.

Je demande à Omar si c'était bien, si c'est lui qui voulait faire cette excursion, et pourquoi ce choix.

Il me répond juste ça, par WhatsApp : « J'ai voulu emmener tout le monde là-bas, parce que je trouve ça important de transmettre, que mes enfants découvrent d'où ils viennent, parce qu'on est tous la continuité de quelque chose. Alors oui, dans notre histoire, il y a tout ce qu'on sait, Trappes, le Sénégal, mais il y a aussi ce pays, la Mauritanie. L'aventure était un peu épique, mais j'étais content d'observer ça. De voir mes parents raconter à mes enfants leurs souvenirs dans ce village, leur vie d'enfants, y avait un lien direct entre eux tous. Pour une fois, je n'étais pas le trait d'union, là. Rien n'est loin quand tu te déplaces géographiquement dans ton passé. Ma mère était très fière, mes enfants ont fait le plein de souvenirs. Et moi, ça m'a ému tout ça. »

Du coup, je comprends d'où vient le nom de la boîte de production d'Omar à Paris, Korokoro.

Samedi 5 février 2022

Omar a quitté Hélène et les enfants à l'aéroport de Dakar, il y a trois semaines. Il ne me donne pas de nouvelles depuis. Donc, j'en demande.

Il m'écrit que « la séparation, c'est difficile ».

Comme un élastique qui se tend entre plusieurs continents, aux quatre coins de la vie de la famille Sy. C'est toujours un effort pour les adultes qui tiennent le lien.

Il le répète : « Deux mois sans eux, c'est relou. »

Après le Sénégal en famille sous le soleil et le bleu infini du ciel, retour à la vie parisienne. En mode solitude, sous la grisaille, tête dans le travail. Le changement est violent.

Il faut remplir le temps, pour que l'absence ne creuse pas le manque. Tato est là, compagnon fidèle qui suit les pas de son maître sur les pavés encore chauds de la capitale, quand tombe la nuit, quand se vident les rues, quand Omar respire. Il suffit de peu, ce sentiment de liberté partagé entre un homme et son chien, et la solitude devient légère. Le confort d'Omar est dans sa tête, il aménage ses priorités en fonction des circonstances : « Je t'ai dit que Tato, il a une meuf ? Une petite du quartier. Son maître, c'est un gars d'Argenteuil, il est gardien d'immeuble, on a un peu sympathisé. »

Tato, trait d'union entre tous les mondes, agent de la trêve. Avec lui, Omar se retire sans s'absenter de la cacophonie quotidienne, juste ce qu'il faut, pour que rien ne l'accable. Il sait bien faire ça, être là, sans tout à fait y croire. La France s'agite, l'élection présidentielle approche. Il voit bien tout ça, mais on dirait que ça se passe loin de lui. Je vais lui parler de la campagne, qui bat son plein. Avec ces chiffres égrenés chaque jour qui font gonfler la popularité d'une nouvelle espèce d'homme politique, comme cet ancien journaliste, Éric Zemmour, par exemple. Je cite ce nom, je me dis que ça va le faire réagir, peut-être ? Pas du tout. Alors j'insiste encore :

– Hein, Omar… Éric Zemmour ?
– Mais tu veux qu'on parle de lui ?
– Oui.
– Qu'est-ce que tu veux que je dise, moi ?
– Bah, ce que tu en penses.
– Je rigole pas mal à suivre ses aventures, et pas que les siennes.
– Tu n'as pas peur qu'il passe le premier tour ?
– Jamais de la France !
– Tu as bien confiance dans les gens… Il est célébré tous les jours sur Twitter, par exemple.
– Bien sûr que j'ai confiance dans les gens ! Twitter, c'est pas la France, Elsa. C'est rien qu'un petit oiseau bleu, qui ne vole même pas, une image, qui peut se transformer en vide du jour au lendemain. Ça n'existe pas, les oiseaux bleus, tu sais. Dans quatre ans, si on parle toujours autant de Zemmour, je commencerai à m'inquiéter.
– Du coup, faut pas en parler avant ?
– Je ne dis pas ça. Mais moi, je ne panique pas.
– Tu suis les aventures de Christiane Taubira, qui laisse planer le doute sur une éventuelle candidature ?
– Je ne peux pas dire que je la suis, Elsa. J'entends, je vois. J'adorerais rencontrer cette femme. J'aurais rêvé qu'elle soit ma tante, Christiane Taubira, pour aller manger chez

elle tous les dimanches. Je regrette qu'elle soit là en troisième division, alors que sa place est plutôt de jouer en Ligue des champions. Ça la dessert, ça la réduit, de jouer ce jeu-là, je trouve. Elle dégage tellement de force, d'intelligence, et de dignité. C'est une joueuse d'échecs et là, elle se retrouve à faire un Puissance 4.

– C'est la règle du jeu, aujourd'hui, on dirait.

– Ou c'est l'époque, qui est petite. Et elle, trop grande.

– Tu vas voter ?

– Bah bien sûr, que je vais voter. Quelle question.

– Est-ce que tu dois résister à des sollicitations de personnalités politiques ?

– Non, ça y est, on ne me demande plus rien… Je suis devenu clivant, peut-être ? Depuis l'appel dans *L'Obs*…

– Ton texte contre les violences policières, publié en juin 2020 ?

– Oui, je sens bien qu'il y a un avant et un après. Mais ça me convient, en fait. J'ai dit ce que je voulais, que maintenant ça suffit, je ne regrette rien, c'est selon moi ce qu'il fallait faire, c'était le bon moment. Après la mort de George Floyd aux États-Unis, qui a choqué le monde entier, comment ne pas demander justice pour Adama Traoré ? Que certains citoyens puissent encore vivre avec la peur accrochée au ventre de croiser des forces de l'ordre, c'est inadmissible. Je connais cette peur. Ça fait longtemps qu'elle existe. Il faut que ça s'arrête.

– Tu n'as pas l'habitude d'être clivant ? Pourtant… les humoristes font souvent grincer les dents des gens, ils explorent les limites, c'est leur métier.

– Moi, je fais des vannes, à la base. Pour détendre les gens, pas pour les faire grincer des dents. J'ai toujours été comme ça, bonne-ambiance-man. Je veux que tout le monde soit bien, je suis un bon ingrédient pour la fête. Je danse, je fais rire. D'autres, comme Dave Chappelle (acteur et humoriste américain), font ce que je ne fais pas, ils sont très intelligents, très drôles, très pointus aussi, et je respecte beaucoup leur travail. Je les admire même de faire ce que je ne sais pas faire. Cet exercice, quand il est mal fait, c'est de la provocation pour la provocation. Je n'aime pas ça, donc je ne fais pas ça. Je ne cherche pas les clivages dans mon métier. Mais bien sûr, j'ai des opinions, que j'assume. Depuis ce texte qui m'engage contre les violences policières, qui coûtent la vie à de jeunes hommes, j'entends des petites réflexions, oui, je sens que quelque chose a bougé dans la tête des gens, dont certains se disent désormais : « Ah, on l'aime bien, mais il a un truc contre la police, ce garçon, quand même… »

– Rien de très grave, finalement… Tu n'as pas été blacklisté dans ton travail, par exemple ?

– Non. Certains m'avaient mis en garde. Mais je ne me suis pas senti mis de côté pour autant. Ce texte a été publié en juin 2020, et *Lupin* est sorti en janvier 2021. Compte tenu du succès de la série, je pourrais m'étonner de ne pas avoir des propositions d'annonceurs tous les matins en me levant. Mais est-ce que c'est à cause de cet appel contre les violences policières ? Franchement, je ne sais pas du tout. Ou alors c'est parce que je suis noir ?

– Tu te poses vraiment la question ?

– Non, c'est la question qui m'est posée. Aux États-Unis, notamment. Là-bas, tu vois, je reçois beaucoup de propositions depuis le succès de *Lupin*.

– Alors c'est le traitement qui t'est réservé en France qui te frustre ?

– Pas du tout ! Je note seulement une différence. Un changement peut-être lié à la publication de cet appel contre les violences policières ? C'est une question, et encore une fois, ce n'est pas moi qui la pose.

– Oui, c'est moi. Bon, cet appel a aussi suscité des retours positifs, j'espère ?

– Oui, beaucoup. Des anonymes m'ont félicité, m'ont dit que j'avais dit tout haut ce qu'ils pensent sans que ça s'entende. Un chauffeur de taxi qui me remercie, une dame dans la rue qui m'encourage à continuer, des jeunes qui témoignent leur reconnaissance, et même des policiers, j'ai eu tout ça. Et puis, il y a ceux qui m'en veulent, ceux qui prennent mal ce positionnement public. Avant, il y avait une bonne vibe partout pour moi. Ceux qui ne me supportaient pas se taisaient. Là, ils sont là. Voilà ce qui a changé. Mais en vérité, le seul truc qui compte pour moi, c'est de me sentir droit dans mes baskets, d'être en accord avec moi-même au bon moment. J'avais envie de m'exprimer sur les violences policières, parce que cette peur que j'ai moi-même connue, qui a touché nos frères, atteint maintenant des jeunes de l'âge de nos enfants.

– Le sujet reste quand même très sensible en France. Manuel Valls en veut d'ailleurs à Christiane Taubira, rien que pour ça, pour le soutien qu'elle a apporté à Assa Traoré. L'ancien premier ministre a dit dans *Le Journal du dimanche* : « Assa Traoré est pour elle une “chance pour la France”. Pour moi, c'est une malédiction pour la gauche. Faire de cette militante racialiste un modèle pour nos jeunes est une faute morale. »

– Mais c'est une bonne chose que ce monsieur critique Assa Traoré. C'est un homme qui était de gauche, maintenant on le regarde suivre le même chemin que d'autres…

Je ne vais pas me salir la bouche avec leurs noms. Ils font tous le même trajet, celui de la honte.

– Tu trouves qu'Assa Traoré est une femme courageuse ?

– Sinon, je ne la soutiendrais pas. Elle avance, malgré les critiques. On est d'accord ou pas d'accord avec elle, elle tient bon. Elle énerve peut-être les gens pour ça. Mais elle redouble de force. C'est ça qui est honorable chez elle. Je trouve sa détermination exemplaire quand elle demande la vérité et la justice pour son frère. C'est un droit pour elle, mais aussi un devoir pour nous, si l'on veut que les choses changent.

Lundi 7 février 2022

Omar est au calme aujourd'hui, il travaille de nuit toute la semaine. En tenue d'intérieur décontractée, pantalon noir, pull gris clair, sa petite trousse de manucure déballée sur la table basse du salon, Omar est installé sur le canapé. Il regarde la télé. Et Tato regarde Omar Sy. Chacun sa passion. L'émission, c'est « Vintage Mecanic » sur RMC, Omar a l'air de bien aimer, il y a des types qui démontent et remontent de vieilles voitures.

– C'est de l'artisanat, ça me fait kiffer de voir comment ils s'y prennent.

– Tu as vu les images des heurts qui se sont produits hier soir dans Paris ? Les Lions ont remporté hier la CAN (Coupe d'Afrique des nations), après des tirs au but. Les supporters ont afflué sur l'avenue des Champs-Élysées, et ça s'est mal fini, les CRS ont gazé, il paraît.

– Bien sûr que j'ai vu. J'y étais. Cette victoire, ça m'a

mis en joie, comme tous ces gens. Le foot, ça transcende tous les problèmes, tous les clivages. Le sport, en général. Au Sénégal, après cette victoire, les gens vont être contents pendant un bon mois, ils vont oublier leur merde. C'est ça, la magie du sport. Les joueurs de foot donnent du rêve aux gens.

– On dit qu'ils sont trop payés pour ça.

– Personne n'est trop payé dans ce monde. Mais il y a des voleurs, c'est sûr. Du coup, moi, je suis champion du monde et désormais champion d'Afrique. C'est ça, la binationalité. Alors je dis merci.

– C'est vrai, tu es d'ici et de là-bas.

– Je suis de partout, moi. Ma maison, c'est l'endroit où je me trouve. Je suis un Peul, un descendant de nomades. Mon chez-moi, c'est là où je me pose. Tu me mets demain au Canada, je te dirai que c'est ma maison.

– Ton identité, c'est le mouvement ?

– Oui. Ce n'est pas seulement une question de géographie. Bouger, c'est une nécessité pour moi. Ne pas rester toujours le même mec. Les gars qui te disent « Bah dis donc, t'as changé… » comme s'ils t'insultaient, ça me fait rire. Parce que, ouais, les gars, c'est un peu le but dans la vie… Devenir, évoluer, se transformer. Bon, il y a des chances que je finisse au Sénégal quand même, en mangeant, en me reposant, en priant, en profitant de la lumière d'un pays chaud, entouré de jeunes.

– Tu aimes prier ?

– Ça fait du bien, oui, comme après une bonne douche. Ou un peu comme quand tu as les mains pleines de courses, et que tu te poses, tu lâches les sacs.

– Tu pries depuis toujours ?

– Petit, tu fais comme ton père. Il prie, tu pries. Comme

quand il répare sa moto. Tu apprends. Et puis l'adolescence est venue mettre un coup d'arrêt là-dedans. C'est la phase où j'étais un peu con, un peu vénère, aucune autorité ne pouvait s'imposer, tout le monde était raciste, même le Coran.

– Et tu es revenu à la religion plus tard ?

– En 2010, oui. Je vivais des choses incroyables, je faisais des trucs incroyables, j'offrais des moments incroyables aux miens. C'était trop. Il fallait croire en Dieu, sinon on finit vite par penser qu'on est soi-même Dieu.

– On ? Pas tout le monde, si ?

– Je dis « on », parce que Dieu nous a tous faits avec cette capacité de choisir ou pas, de croire ou pas. C'est le libre arbitre. Mais je parle de moi, évidemment. Il n'y a pas de règles auxquelles il faut se soumettre, pas de vérité qui s'impose. C'est un guide, pour moi. Comme il existe le *Guide Michelin*, qui recommande des restaurants. Chacun fait comme bon lui semble, mais se braquer et dire « Ah non, surtout pas, parce que c'est dans le *Michelin* »... C'est dommage, non ? Pour ma part, si je ne croyais pas, je ne serais pas le même homme que celui que je suis aujourd'hui.

– C'est quoi pour toi, la religion ?

– Là, ta question est impudique, Elsa. La religion, c'est une affaire intime, personnelle, qui ne regarde personne d'autre que soi. Mais je vais te répondre : si j'aime Dieu, c'est parce qu'il est pour moi le lien entre les humains. C'est en ça que j'ai décidé de croire, c'est ça que j'aime.

– Oui, tu parles d'humanité, en fait.

– Voilà. Nous sommes tous au même endroit. On ne parle pas tous la même langue, et ce n'est pas le même mot que nous prononçons pour dire ce lieu. La manière que nous avons, chacun, de pratiquer notre foi relève de l'intimité.

– Tu n'aimes pas qu'on aborde ce sujet, en parler ?

– Si, au contraire. Mais je n'ai pas envie de le faire publiquement. Et quand des journalistes me posent la question de la religion, je réponds qu'elle est déplacée, intrusive.

– C'est normal, tu es Omar Sy, une personnalité publique, tu appartiens un peu aux gens, qui veulent tout savoir de toi.

– Oui, je suis Omar Sy, cette personne dont tout le monde parle. Ce concept commercial. Et si je suis tranquille avec ça, c'est parce que je sais que ce n'est pas tout à fait moi. Je ne m'y perds pas, je ne me confonds pas. Je dois veiller à toujours m'appartenir, c'est une vigilance de tous les instants. Donc, il y a des choses qui ne regardent pas les gens, désolé. J'ai récemment regardé un documentaire sur Marie Laforêt, cette femme était d'une extrême timidité. Et elle s'est retrouvée confrontée à la notoriété. Elle est devenue quelqu'un d'autre, et Marie Laforêt, cette image, ce concept, a fini par lui casser les couilles. Moi aussi, j'ai une part de moi qui est timide, que je ne veux pas montrer, que je préserve de l'autre part, plus publique.

– Mais tu as une image publique qui t'échappe, de toute façon.

– Oui, au départ, je vends des entrées de cinéma avec ma gueule. Mais c'est devenu autre chose ensuite, par le truchement du succès, de l'époque, du pays dans lequel on vit. Il y a une dimension politique, sociale, affective, qui échappe à mon personnage. Les gens décident de voir ce qu'ils veulent en toi, en fonction de leurs situations, de leurs manques, de leurs difficultés, de leurs combats. Malgré toi.

– Euh… malgré TOI, là, plutôt. Moi, je n'ai pas trop

ce souci, tu sais, Omar. C'est un vrai problème de star, en fait.

– Oui, malgré moi, en effet. Je fais ce que j'ai à faire, eux ils prennent ce qu'ils veulent, ils en font autre chose. Vivre avec son image, c'est assumer ses choix, et accepter que les conséquences nous échappent. Il n'y a qu'une seule force au-dessus, pour moi. Je ne considérerai jamais être au-dessus d'un autre homme, tout comme il est impossible qu'un autre homme se place au-dessus de moi.

– Ça me fait penser, tiens… Tu sais, le pied d'égalité justement, entre toi et moi, je voulais te dire, ça ne peut pas marcher…

– Je ne comprends pas du tout de quoi tu me parles.

– Ta note ! Tu sais, à propos de ce livre… Ce vocal que tu m'as fait du Sénégal, tu vois ?

– Ah oui, ça me dit quelque chose…

– Bon, on va dire que l'égalité, c'est d'être chacun à sa place, t'es d'accord ?

– Ça me va, Elsa.

– Tu ne places pas ton humanité au-dessus de la mienne, je pense que c'est plutôt ça, que tu voulais me dire, non ?

– Je crois que je t'ai dit ce que je voulais te dire. Mais tu peux entendre autre chose. Bon, faut qu'on s'arrête de toute façon. On doit partir bosser. Hein, Tato ?

Le chien rapplique, au garde-à-vous, collé au pied de son maître.

Lui et Tato forment donc un « on », l'armée d'Omar Sy.

Ce soir, il a du taf, Omar Sy part au front. Il est Assane Diop pour Netflix.

Omar enfile sa veste noire à capuche, un manteau chaud

d'hiver. Comme un super-héros met sa combinaison. Tato trépigne à côté de lui, prêt à partir en mission, les yeux rivés sur les gestes de son maître, soulagé quand Omar finit par lâcher : « Tato, on y va ! » Une moto les attend au pied de l'immeuble. Le chien rentre sans broncher dans un grand sac bleu, qu'Omar hisse sur ses épaules avant d'enfourcher la moto. Départ pour le boulot donc, avec son Tato dans l'dos, le concept Omar Sy est en route pour l'aventure *Lupin*.

Je fais une photo de ce moment.

Je la lui envoie par WhatsApp. Avec un merci, pour le temps perdu dans ces échanges, pour leur légèreté, pour leur profondeur aussi.

Mardi 8 février 2022

Réponse sonore sur WhatsApp en retour de mon message : « Salut Elsa, merci pour la photo… Merci à toi aussi pour ton temps ; non, moi je n'ai pas le sentiment de perdre le mien, j'ai plutôt même l'impression inverse : est-ce que ce n'est pas toi qui es en train de le perdre avec moi ? Je me dis… Mais est-ce qu'on mettra tout ça dans un bouquin, mes petits délires, des pensées furtives et futiles ? Dans notre livre ? Très bizarre pour moi de parler d'un livre en mon nom… Tout le monde s'en fout, non ? Je ne crois pas que ce soit toujours intéressant, je ne sais pas si j'assume tout ça. Bon, voilà, ce sont mes questions en tout cas. »

Mardi 15 février 2022

– Quoi de neuf ?

– Je regarde le match, la Ligue des champions, PSG-Madrid. Et je pense au cinéma en même temps.

– Comme ça, d'un coup ?

– Non, parce qu'on m'a demandé si j'acceptais de remettre le césar de la meilleure actrice à la prochaine cérémonie des César. J'ai répondu oui, j'ai envie de dire que le cinéma est une fête. Même si les salles ont fermé longtemps à cause de la pandémie, le cinéma c'est de la magie, des tonnes de métiers, des petites mains, des acteurs, du pop-corn, des rires, des larmes, des voyages les yeux ouverts, du rêve dans des fauteuils rouges, de l'action sans bouger, des images dans le noir. Je crois que le cinéma est immortel.

– Il peine pourtant, depuis le Covid.

– Il se réinvente par les plateformes. Je suis d'ailleurs assez fier d'avoir fait ce pari avant tout le monde, d'être pionnier dans cette nouvelle aventure, qui consiste à proposer de nouveaux formats. On inaugure de nouvelles manières de faire, de raconter aussi, on invente ensemble, on verra bien où ça nous conduit, et si ça prend.

– Tu te sens à l'aise dans ce nouveau monde ?

– Disons que je suis directement confronté à l'industrialisation du cinéma… Ou plutôt, pour être plus exact, la plateformisation des films. Ça me préoccupe beaucoup, parce qu'il faut être vigilant tout le temps, imposer le souci de la qualité quand celui de la quantité menace de prendre trop de place. Il faut trouver ses repères, oser marquer ses limites, mais c'est une expérience qui me plaît, parce qu'on est au début de quelque chose, le champ des possibles est ouvert, et c'est comme si j'étais à l'école, j'apprends beaucoup, ça me passionne.

– Mais il ne faut pas y perdre ton âme…

– Ce risque n'existe pas. Si ça ne me plaît pas, j'arrête. Je suis conscient que mes victoires seront celles des autres, tout comme mes échecs.

Vendredi 25 février 2022

Des images tournent sur les réseaux sociaux. La nouvelle est diffusée en boucle sur les chaînes d'info : le tournage de la saison 2 de *Lupin* vient d'être attaqué dans le quartier Pablo-Picasso, à Nanterre. Trois cent mille euros de matériel aurait été dérobé.

Omar raconte : « Moi, je les vois arriver de loin… Des mômes qui couraient vers nous, désarticulés, tous en noir, capuche sur la tête, ils font du bruit, tout un cirque avec leurs mortiers. Je me dis, ce sont des petits, ils vont s'arrêter, on va parler, ça va aller. Mais un tir de mortier me frôle, Abdou (son garde du corps) m'attrape par le bras. C'est la panique générale tout autour. On se met à l'abri dans un kebab. Et quand on ressort de là, on se rend compte qu'ils ont tout pris : caméras, perches, consoles, objectifs, tout le matos du tournage. Certains ont été terrifiés, jusqu'à croire à un attentat.

J'ai pas eu peur, moi, je connais ça… Je ne les vois pas autrement que comme des gamins, auxquels tu as envie de dire : “Mais tu as mal où, mon petit ?” En même temps, je ne me reconnais plus en eux. Leur violence me dépasse, je suis déphasé, je ne suis plus de ce monde-là.

J'ai 44 ans, on a changé d'époque. Le nouveau monde sous nos pieds, ce n'est pas le nôtre. Tout ce que je connais de la banlieue, je ne peux rien en dire, sauf à parler de la mienne, de mon temps, de mes lieux, des miens.

Nanterre ne veut pas de nous, on va changer d'endroit. Tant pis. Les laisser ici, avec notre plainte, une enquête, et tous les problèmes que ça va engendrer dans leurs vies. »

Il est en colère, là.

Changement de décor. Tenue de soirée.

« C'est l'heure de la récré », il dit.

Direction l'Olympia, la cérémonie des César. Arriver, repartir. C'est sa règle.

Omar Sy ne traîne jamais, ni avant ni après.

Se rassembler, être entier, il va falloir remplir le moment.

Y croire. S'amuser est un jeu sérieux.

Interdit d'être à côté, d'être à moitié, d'être un peu.

Le maître de cérémonie, Antoine de Caunes, l'annonce. Omar débarque, comme un courant d'air qui pousse fenêtres et portes des intérieurs. De l'impro. De la fraîcheur. Il dit ce qu'il veut, ce qu'il pense, que le cinéma est une fête.

Et il invite le public : « Alors, on danse ? »

Il a l'envie qui donne envie d'avoir envie.

Omar prend le risque de lui-même.

Osent-ils l'envie, eux, ces gens qui le regardent ?

Ils suivent, timidement. Un par un, puis ensemble. Acteurs, producteurs, réalisateurs, politiques, tout le monde est debout sur les paroles et la musique de Stromae.

Omar a le sourire, il avoue sur la scène de l'Olympia

qu'il n'y croyait pas : « J'avais tout préparé en me disant que vous ne vous lèveriez pas. Et vous êtes prêts. »

Voilà pour sa journée, la traversée des univers : de Nanterre à Paris, des tirs de mortiers aux paillettes, de la cité Pablo-Picasso à la scène des César… Omar Sy est le passe-muraille.

Samedi 26 février 2022

Hélène s'envole pour Los Angeles, quitte son mari pour retrouver ses enfants.

Omar reste à Paris. Avec son Tato. Pour « le boulot ».

D'un continent à l'autre, l'absence n'entame pas le lien, elle le tend. Les routines des enfants comme celles des parents s'imbriquent, se nourrissent. Hélène et Omar s'inventent des espaces-temps, dans les interstices de leurs quotidiens, décalés, parfois emmêlés, mais qui ne font qu'un. Plusieurs vies, une seule intendance.

Hélène Sy fabrique des ponts au-dessus des océans, tous les jours.

Omar Sy abolit les frontières du réel, tous les jours.

Cahier 2

Vendredi 11 mars 2022

Château de Courances, tournage de *Lupin*, saison 2.

Omar est installé avec Tato dans une dépendance du domaine, soixante-quinze hectares de nature, de verdure, avec quelques chevaux dans les prés, les vapeurs de la rosée qui mouille la terre tous les matins, tout ça à une cinquantaine de kilomètres de Paris :

– Je reste là-bas parce que je n'ai pas la famille à la maison.

– Han, tu te sens seul, là ?

– La solitude me coûte un peu en ce moment. J'ai la tête dans le boulot, je ne regarde pas trop le monde tourner, la dernière fois que je l'ai fait, je me suis senti écœuré, à part. Je crois qu'être heureux, c'est se retrouver dans son époque, y être à l'aise. Là, je suis un peu dérouté, moi. Je me sens un peu décalé, à côté. Comme un petit décrochage… Le signe que je vieillis, peut-être ?

– Ou l'actualité qui t'inquiète, la guerre qui se profile, Vladimir Poutine qui a lancé son « opération spéciale » pour la « démilitarisation et la dénazification de l'Ukraine », les réfugiés qui affluent…

– Je me sens égaré. Choqué aussi. Je me dis que les conséquences de ce conflit risquent d'être folles. Est-ce que ces événements vont tout geler économiquement ? Et cet élan d'accueil pour les réfugiés me renvoie au sort des migrants. Donc, on fait des différences entre les uns et les autres, ceux auxquels on ouvre grand les bras, ceux auxquels on ferme les portes au nez. Je regarde l'humanité se diviser, triste spectacle. Le problème le plus grave n'est finalement pas le risque des missiles, mais la haine qui coule partout, dans tous les camps. Les gens sont tous d'accord pour se haïr.

– La tentation du repli sur soi, pour se protéger, est forte. Tu n'y échappes pas, même dans le confort qui est le tien.

– Dans deux semaines, je retrouve Hélène et les enfants. J'ai hâte, parce qu'en ce moment je me dis qu'on est un peu à côté de ce qu'on construit tous les deux. Il ne s'agit pas de se replier, au contraire… Seulement de se recentrer.

– Je peux venir avec toi, aux États-Unis ?

Il rigole.

– Bah non ! C'est trop tôt. Et puis, je ne veux personne d'autre que ma femme et mes enfants, là.

– C'est pour voir ta vie là-bas, Omar…

– Va voir Hélène, si tu veux.

Bon. OK, d'accord, je vais le faire.

Cahier 2

Vendredi 18 mars 2022

Hélène m'attend à l'aéroport.

La maison est bien celle d'une famille aisée américaine. Blanche. Large. Lumineuse. Avec des voitures garées devant. La porte d'entrée est presque aussi large que haute.

À l'intérieur, le rythme est triple : c'est celui des enfants, les allers-retours vers les écoles, le quotidien bien réglé ; c'est celui de la France, les coups de fil, l'encadrement technique et pratique de la vie d'Omar ; et c'est aussi celui d'un couple, entre les matins d'Hélène et les nuits d'Omar, il y a comme un interstice où ils se glissent tous les deux, dans le dos des autres.

Le temps aurait pu éclater l'espace. Les éparpiller, les séparer.

Mais il y a un fil qui les relie, Hélène et Omar, une espèce de raccourci permanent, un truc magique qui les enlace et les attache. Dont ils ne peuvent pas se défaire. Je me dis que ça doit même les énerver, parfois. Ça ressemble à une attraction continue et puissante, telle que les kilomètres, qui se comptent normalement en longues lignes droites inflexibles pour le commun des mortels, sont entre eux pris dans une sorte de rotation infernale. Hélène et Omar se sont inventé un centre, là où la géométrie et la géographie n'en prévoient pas. Ils sont un cyclone à eux deux, capables, sous l'effet de leurs forces contraires, de resserrer toutes les distances, d'écraser les décalages horaires.

Rien ne s'oppose à eux, on dirait.

Ou plutôt : alors que tout s'oppose à eux, ils résistent.

Ça fonctionne dans tous les sens.

Hélène enchaîne, elle a déposé la petite Amani à l'école, fait quelques courses, elle appelle les grands pour qu'ils l'aident, ils déballent, rangent dans les placards, Hélène répond sur ses téléphones, textos, vocaux, coups de fil. Tac, tac, tac, faut que ça tourne. Elle dit aux enfants que s'ils ont faim, ils se servent, pas question de cuisiner là, après faut tout ranger, donc « vous vous débrouillez, OK ? ».

– Là, si je te pose des questions, ça va faire beaucoup, non ?

– Ah, pas du tout. Je t'écoute, en même temps que je fais le reste.

– Tu voulais faire quoi dans la vie, petite ?

– Assistante sociale. Ou psychologue. Ou instit. L'idée que j'avais, c'était de m'occuper des autres. D'ailleurs, j'avais commencé à Rennes une formation à l'IRTS (Institut régional du travail social) après mon bac L, option langues.

– Tu as toujours eu envie de t'occuper des autres ?

– Je crois que ça vient de mon enfance. J'ai grandi en Basse-Normandie, avec des parents tournés vers l'extérieur, et préoccupés par le sort des autres. Ma mère était bénévole dans une association. On hébergeait des Cambodgiens. Ma mère est toujours en contact avec eux. Mon père, lui, était président du club de foot et d'associations pour la jeunesse.

– Tu as vécu en Bretagne aussi ?

– Je suis allée à Rennes quelques années, oui. C'est là que j'ai fait la formation, en même temps que je faisais des ménages et des baby-sittings pour l'argent de poche. Mais j'ai vite arrêté tout ça, pour venir à Paris en 1996, où j'ai passé mon bac. Je voulais de l'indépendance, bosser, me faire des sous. En plus, je voyais ma mère et sa sœur, toutes les deux dans le social, galérer à cause de leur métier. Je me suis dit, non, moi, je ne fais pas ça, je ne serai jamais libre.

– C'est là que tu rencontres Omar, donc, en arrivant à Paris ?

– Pas tout de suite. Je fais plein de petits boulots, des enquêtes pour les consommateurs, mais j'adore la musique, ça me vient de mes parents qui étaient très éclectiques en la matière. Alors je me débrouille, j'écris un peu pour des magazines et des sites spécialisés dans la musique, je fais des interviews. Et puis, j'ai une copine qui fait du rap, une fille originaire des Yvelines. Je l'héberge un temps, parce qu'elle a des soucis de famille. Elle parle de faire un clip avec son groupe en y invitant des potes qui étaient à l'école avec elle. Elle me parle de plusieurs mecs, dont un, Omar Sy de Trappes. On cherche son numéro dans l'annuaire. On appelle de la cabine téléphonique le 01 30 50 25 84… je m'en souviens, vingt-cinq ans après ! Ils se donnent rendez-vous. Et moi, je m'en occupe plus.

Jusqu'à ce jour de 1999, où il doit venir. Alors que mon amie l'a complètement oublié, elle. Moi, je suis à l'appartement, quand le téléphone fixe violet sonne. C'est lui, Omar Sy, le mec de Trappes, il est là. Il dit « Je suis à la hauteur du métro Laumière, je suis perdu, tu peux me guider jusque chez toi ? ». Je lui réponds « Bah attends j'arrive ». Il est en voiture. Je monte dedans, une Opel Corsa bleue.

– Et là, tu vois Omar pour la première fois. C'est le coup de foudre ?

– Il y a un truc fort qui se connecte entre nous. Et je l'aime tout de suite, oui. Mais je le trouve un peu jeune. Et maigre. Il m'a l'air très gentil… Mais je suis quand même un peu stressée, parce que je suis dans la caisse d'un mec que je ne connais pas, et que je n'ai pas rendez-vous avec lui, moi, à la base. Il monte chez moi, et on est plantés tous les deux dans mes 40 mètres carrés, à attendre comme des cons notre copine commune qui ne vient pas. Il est timide, il ne dit rien. Je dis « Bon bah on va regarder des clips en attendant qu'elle arrive ». Et là, je me rends compte qu'il ne connaît pas la musique aussi bien que moi, je me dis il est un peu un campagnard, celui-là. Mais en même temps, je le trouve tellement charmant, il est intimidé, je trouve ça mignon, sa gêne. Je lui pose des questions sur ce qu'il fait… Il ne me répond pas trop, il ne me dit pas qu'il vient de louper son bac, il ne me parle pas du tout de Nova, il m'explique qu'il veut monter son entreprise de génie civil dans les trucs climatiques au Sénégal, comme ça il deviendra son propre patron.

– Vous avez deux jeunesses bien différentes, tous les deux, des trajectoires qui n'ont a priori pas grand-chose en commun.

– Moi j'ai mon indépendance, un boulot, un appartement, et lui dort toujours dans une chambre avec ses frères dans des lits superposés. Ce n'étaient pas les mêmes vies, c'est sûr. Quand ma copine est enfin venue nous retrouver, Omar a dit qu'il devait partir parce que sinon sa mère allait s'inquiéter.

– Et vous vous êtes revus ensuite…

– Dans les semaines qui ont suivi, on allait manger, mais jamais tous les deux, souvent avec d'autres. Omar flirtait avec une voisine, à l'époque. J'ai attendu qu'il rompe. Et puis, on est « sortis ensemble »… C'est comme ça qu'on disait. Je lui ai proposé qu'on parte tous les deux. À Dinard, dans l'appartement de mon père. Et voilà, c'était notre première escapade. Mon père a toujours cet endroit, il y tient. Nous aussi, d'ailleurs. Et quand on est rentrés de Dinard, on est tombés en panne dans l'Opel Corsa. Du coup voilà… À notre mariage, Omar a commandé une réplique de cette voiture, même couleur, même modèle, avec la station Laumière et nos prénoms dessinés dessus.

– Finalement, tout s'est fait simplement entre vous deux ?

– C'était assez évident oui, mais pas si simple. En août 1999, j'ai quitté Omar. Il m'avait annoncé qu'il voulait faire de la télé. Moi, je suis allée travailler dans une Maison d'accueil spécialisée pour psychotiques et trisomiques. Et il est venu me chercher là-bas, dans sa voiture de location, une Ford Ka verte, avec un bouquet de roses. Il était amoureux, il voulait me reconquérir. Moi aussi, j'étais très amoureuse, je le trouvais tellement gentil, il me faisait beaucoup rire, je le trouvais touchant aussi, et tout paraissait aller de soi avec lui. On se reconnaissait l'un l'autre, de manière évidente. Mais c'était aussi la rencontre de deux mondes.

Lundi 4 avril 2022

La Californie, le Nevada, le Colorado.

Les grands espaces, l'air qui va avec, l'énergie sans limite d'un pays jeune, l'invitation au déploiement de soi.

Les retrouvailles. Les enfants. Les chiens.

Leur rythme qui s'impose au sien.

De la solitude parisienne à la vie de famille aux États-Unis, le grand écart est certain.

Omar Sy a la souplesse de son métier, être acteur fait les adducteurs.

Et collectionner les motos permet quelques échappées dans ce paysage. Rouler jusqu'à Santa Barbara, par exemple. Et respirer.

On échange par WhatsApp :

« Comment ça va, bien arrivé au pays de l'Oncle Sam ?

– Oui, ça va. Il y a comme toujours un petit sas de décompression, mais je m'adapte aussitôt… je suis un acteur. Sinon, je n'ai pas grand-chose à dire. »

Il n'a pas envie de parler, je crois.

J'essaie de me mettre à ta place alors, Omar, et je me demande : quel sentiment as-tu quand tu es entre deux mondes, quand tu voles d'un bout à l'autre de tes chez-toi, quand tu passes au-dessus du Groenland, quand tu es dans l'avion, tu te demandes quel monde tu quittes ? Quel monde tu habites ? Quel monde tu choisis ? Est-ce que ton monde c'est l'ailleurs des tiens ?

Les États-Unis, c'est chez toi, bien sûr, parce que la question ne se pose pas quand le choix porte sur ta femme et tes enfants. Mais au fond de toi, tu n'es jamais devenu américain, si ?

Tes enfants, eux, le sont.

C'est drôle comme l'histoire se répète, quand tu crois que tu t'en es éloigné autant que tu pouvais.

L'ascension qu'offre le succès ne modifie pas les trajectoires : les lignes de vie restent les mêmes, calquées de génération en génération.

Tu es un immigré aux États-Unis, là où tes enfants grandissent, comme ton père en a été un en France, là où tu es devenu un homme.

Tu gagnes ta vie, pour les nourrir. Loin d'eux. Tu es absent de leur quotidien, alors que tu es celui qui le leur rend possible.

Est-ce que tu ressens ce décalage ? Est-ce que tu retrouves ta place au milieu d'eux, quand tu les rejoins ? Il ne s'agit pas de ta place dans leur cœur, qui est faite, mais de celle dans leur vie bien ordonnée, rythmée par des habitudes dont tu ne fais pas partie. Est-ce que c'est difficile pour toi, tout ça ? Est-ce que c'est possible de s'inclure dans la banalité de la vie quand on est devenu celui que tu es, Omar Sy, une icône française, quand on évolue dans un cadre professionnel aussi extraordinaire que le tien ?

Car ton existence ne ressemble à aucune autre, tu es différent de tout le monde, même des tiens. La voilà alors, cette implacable solitude qui t'arrache à l'ordinaire, te prive si souvent des tiens, et t'offre paradoxalement l'énergie d'inventer du rêve, ce carburant qui fait avancer le monde, l'or de l'humanité.

Tu voyages en première classe, tu as carrément un lit quand les autres voyageurs se plient en quatre dans leur fauteuil à angle droit. Le confort n'est-il pas une vaine consolation pour toi ? Ne seras-tu pas toujours fatigué de ce que tu es, Omar Sy ? L'acteur d'un pays, avec ses devoirs, son image qui irradie, qui se déforme dans le miroir des regards, avec toutes les responsabilités qui incombent à une personne célèbre, il faut donner l'exemple, il faut fédérer, il faut être un pionnier, il faut inventer un monde meilleur. Tu sais d'où tu es, d'où tu viens, petit homme comme un autre, né dans sa condition de fils d'immigrés, pétri de tout ce que les adultes de ta famille, de ton quartier, t'ont transmis.

Et finalement aujourd'hui, tu n'as pas de terre ? Ou alors il te faut l'habiter tout entière ?

Réponse d'Omar : « Ça fait beaucoup de questions. Que je ne me pose pas. Sinon, je ne pourrais pas avancer. Ces questions n'ont pas de réponse, pour l'instant. Ici, je profite de mes enfants, d'Hélène, je me vide la tête. »

OK, OK. On n'ouvre pas des portes fermées à clef, Elsa.

Vendredi 8 avril 2022

Omar publie sur les réseaux sociaux l'annonce d'un prochain long métrage dont il sera l'un des acteurs principaux. *Shadow Force* est une production américaine, avec Joe Carnahan à la réalisation. C'est Kerry Washington, l'actrice qui incarnait Olivia Pope dans la série *Scandal*, qui a pensé à Omar Sy pour jouer à ses côtés.

On en parle au téléphone :

– Elle m'a laissé un message sur Instagram, disant qu'elle voulait me parler. Elle est à l'origine du projet, qu'elle développe en tant que productrice. Elle a vu *Lupin*, et elle a pensé que je serais le bon partenaire. Le film, c'est une sorte de *Mr et Mrs Smith* version renoi. J'ai lu le scénario, j'ai tout de suite aimé, j'ai dit oui. Ça me plaît, je vais avoir le souci de rien, sauf de bien jouer, je vais être comme un gosse à la récré, à vivre un jeu d'enfant avec des moyens d'adulte… On s'occupe de toi comme d'un gamin, on te demande si tu as fait pipi, si tu as bien mangé, etc. On te porte. C'est plaisant quand c'est pas tout le temps.

– Quand tu acceptes ce genre de projet, tu consultes des gens autour de toi ?

– Oui : Tato.

Il rit à sa vanne. Moi aussi, et j'insiste :

– Tu dois bien avoir parfois des doutes. Qui sont ceux avec qui tu les partages ?

– Hélène, bien sûr, toujours. On est mari et femme, on est papa et maman, on est entiers l'un avec l'autre. On est une team. Tout ce que j'envisage, je le vois avec elle, il faut que ça cadre avec notre vie. Il n'y a pas un gros dispositif autour de moi, si ce n'est celui qu'on forme Hélène et moi. Les agents, bien sûr, je les consulte, mais ce n'est pas le premier cercle. Et in fine, c'est toujours moi qui décide, parce que je dois avoir envie. Mon métier demande un tel engagement personnel, intime, que je dois être solide dans mes volontés. Parfois, un tournage peut devenir difficile, dérangeant, déstabilisant, si je tiens toujours bon, c'est parce que ces situations relèvent de mes propres choix. Personne ne décide rien pour moi.

Il laisse traîner un silence.

– Et sinon… ? C'est le ramadan, là… Pas trop dur ?

– C'est un bon moment pour moi, je me pose, je réfléchis, je pense au lien à la vie, aux autres, au temps.

– Et… ?

– Et je travaille aussi.

– Sur ?

– J'attends le retour du festival de Cannes sur mon film *Tirailleurs*, où je suis producteur et acteur en même temps.

D'accord.

Je rame un peu.

Omar fait des efforts. Il est gentil.

Mes questions le gonflent, en vrai. Je lui dis.

C'est comme s'il les écoutait de très loin. Et ces blancs qui ponctuent notre échange ne correspondent pas à un temps de réflexion, celui qu'on prend quand on cherche ses mots, non, non : ses silences sont autant de forces qu'il rassemble pour me satisfaire sans rien lâcher.

En vérité, il n'a pas du tout envie de parler, là ?

– Peut-être, oui, concède-t-il.

Je l'entends dans son souffle, comme s'il prenait de l'élan. Ça le fatigue.

Il dit que ça a toujours été comme ça avec les journalistes, que je ne dois pas le prendre pour moi. Il a appris à faire semblant d'être avec eux. À les entendre sans vraiment les écouter. C'est un dispositif de défense. Il dit qu'il faut bien le reconnaître, les journalistes ne sont pas toujours bienveillants.

Il laisse encore un silence.

– C'est le moment où je dois me sentir un peu visée ?
– Bah non, je ne serais pas en ligne avec toi, là, si j'avais des doutes.

Ouf.

– Donc, cette distance, ce fossé avec moi, ce n'est pas de la méfiance ? Je ne dois pas le prendre personnellement, si ?

– C'est une manière d'être. Je suis comme ça. Et puis, c'est toi qui disais ça l'autre fois… Le pied d'égalité, c'est chacun sa place, c'est ça ? Bah voilà, on y est.

Il vit dans une bulle, impénétrable. Il a bien le droit.

Partout ailleurs, il joue la comédie.

Sincèrement. Généreusement.

Sans jamais se moquer des gens.

Il donne tout ce qu'il peut, sans jamais rien y perdre.

C'est lui qui décide de se rapprocher des autres, comme il veut, quand il veut. C'est son pouvoir. Le chemin inverse n'existe pas.

Omar Sy est une impasse dont lui seul sait se sortir.

Comme dans le couloir de son enfance, où il passait de longues heures, seul. Il y convoquait et y congédiait les personnages qu'il choisissait. Les autres n'existaient pas.

Lundi 16 mai 2022

Retour en France pour Omar.

« C'est pénible de partir comme ça de la maison, si vite, comme si j'allais revenir dans un quart d'heure. Alors que non, pas du tout. Je pose le pied en France et je suis aspiré dans une autre dimension. Bien sûr, c'est positif, que des bonnes nouvelles : je m'associe avec la plateforme HBO en tant que producteur, je suis félicité partout pour le succès *Loin du périph* sur Netflix, je me prépare à aller à Cannes pour la projection de mon film *Tirailleurs*. J'ai

Lupin qui continue, le film avec Kerry Washington qui va se tourner en Colombie à la fin de l'été. Ça en fait des choses, c'est bien, je suis content. Je touche mes rêves, je ne vais pas me plaindre. Les succès, les médailles, les performances, les cartons, ça secoue, et le plus important, c'est de passer tout de suite à autre chose, pour ne pas sombrer. Atteindre son but, ce n'est que la moitié du travail. Tenir debout après, continuer à avancer, ça compte aussi au final. »

Omar veut du mouvement, il en a.
Il faut gérer les vertiges qui vont avec, maintenant.

Mercredi 18 mai 2022

Le couple Sy s'envole pour Cannes. Petite chemise d'été en soie et à motifs bleus et gris sur fond blanc, lunettes de soleil à branches épaisses et transparentes pour Omar ; ensemble jupe-chemisier à rayures bleues et orange, sac à main assorti au bleu de son mari pour Hélène. Voyage tout confort, en jet privé, avec banquettes de cuir blanc et rafraîchissements à bord.

Avec eux, il y a Alassane Diong, leur neveu, qui fera ses premiers pas d'acteur sur la Croisette.

Il y a Abdou aussi, deux mètres de masse et de muscles, gardien de l'intégrité physique d'Omar Sy. Âgé d'une quarantaine d'années, ancien sportif de haut niveau, Abdou dessine avec son regard aiguisé comme un couteau un rayon infranchissable autour d'Omar. En silence. Personne n'ose approcher, les yeux d'Abdou sont comme des ondes irradiantes qui passent tout ce qui bouge au scanner.

Les Sy sont attendus à l'hôtel Barrière Le Majestic, sur le boulevard de la Croisette.

Ils se préparent pour le soir. Robe noire, longue et chic, cheveux nattés, maquillage discret pour Hélène. Smoking d'usage pour Omar.

Élégants et sobres, tous les deux.

À lui le tapis rouge. Il en fait une fête, il sait que le fouler aujourd'hui est un honneur, une petite victoire qui n'est pas seulement la sienne.

Acteurs, réalisateurs, producteurs, vedettes et idoles ont l'habitude d'y distribuer leur image, à coups de sourires, de profils et de poses patiemment travaillés, dans le crépitement des flashs des photographes, ils entendent leur nom crié dans toutes les bouches. On les appelle, on les célèbre, on les consacre. L'exercice est éprouvant, les stars s'immobilisent, saisies et stupéfaites par leur propre succès, comme si elles se regardaient, comme si elles sortaient d'elles-mêmes, faisant toute la place à ces appareils qui les capturent, les immortalisent. On les arrache un peu à elles-mêmes, ces stars.

Omar, lui, est différent. Il débarque comme un éléphant dans un magasin de porcelaine, excité de toucher du bout des orteils ce tapis marqué des pas de ceux qui font l'histoire du cinéma ; et en même temps il est aussi à l'aise qu'un poisson dans l'eau, parce qu'ici c'est chez lui, comme partout où il se trouve. Alors Omar prend sa place, toute la place, sans laisser de vide.

C'est son moment. Il est dedans, à fond.

Il ne se fige pas, il s'agite ; il ne sourit pas seulement aux photographes, il rit ; il ne marche pas, il danse. Et il emmène sa femme Hélène dans ce mouvement de joie, du bout des doigts, il partage avec elle, en l'attrapant par la main, la poésie de cet instant ; et il leur offre à eux, ces photographes qui l'interpellent, tout ce qu'il peut de lui-même, son œil qui pétille, cette envie de ne jamais en finir qui habite son sourire.

Il grimpe les marches en brandissant son portable, enchaîne les selfies, avec Hélène, avec Alassane, comme un touriste qui découvre l'une des merveilles du monde. Se prendre en photo pour se souvenir qu'il a vécu ça, pour croire que l'émotion ainsi gravée dans la mémoire de l'iPhone lui appartient pour l'éternité. Personne avant lui n'a jamais fait ça ici. Omar est comme un gosse.

Si ce n'est pas du show… C'est quoi cette énergie qui déborde ?

Sa gratitude, immense, démesurée.

Voilà, il dit merci aux gens. Merci d'être là. De le porter. De l'aimer. De prêter attention à ce qu'il fait.

Le film *Tirailleurs*, réalisé par Mathieu Vadepied, Omar y tient plus que tout autre. Parce qu'il n'en est pas seulement l'acteur principal, mais aussi et surtout le producteur de bout en bout (avec Bruno Nahon). À la tête de sa boîte Korokoro, qu'il gère avec Maryvonne Le Meur (rencontrée à Canal+), Omar Sy est fier de dévoiler à Cannes son *Tirailleurs*. Dix ans de maturation lente et nécessaire ont conduit à ce film qui explore aujourd'hui des non-dits, des parcours tus, des vies oubliées, des liens tissés par la force d'hier, qui s'inscrivent encore dans nos lendemains.

C'est l'histoire d'un père et de son fils, enrôlés de force en 1917, arrachés à leur pays, le Sénégal, pour renforcer les rangs de l'armée française, pour combattre dans les tranchées sous les couleurs d'un pays dont ils ne connaissent rien, pas même la langue. Omar Sy est Bakary. Alassane Diong est Thierno, son fils.

La langue du film est celle de ses héros, elle est leur lien ultime. Père et fils parlent le peul, sous-titré en français à l'écran, les mots de la souffrance, des doutes, des souvenirs, sont les leurs, et c'est comme s'ils nous tenaient par la main. Omar Sy avait prévenu tous les partenaires du film qu'il refuserait de jouer un soldat noir parlant le français avec un accent africain. Le peul, c'était sa condition. Parce que c'est ce qu'il reste quand la terre manque, et même au-delà. La parole.

C'est la clef de ce film, l'accès à l'intimité de ses personnages, qui transforme ces étrangers en proches. Nous sommes tous des Bakary, des Thierno, des gens qui, loin de chez eux, survivent à leur manière, des gens qui transmettent ce qu'ils ont autant que ce qu'ils ont perdu, et la filiation se retrouve mise à l'épreuve de l'émancipation, avec un père dont la vie n'est plus qu'un brûlant souvenir, et un fils qui s'affranchit douloureusement de son existence passée pour s'assurer un avenir.

La réussite de *Tirailleurs* est là, dans cette exigence d'un récit authentique de la vie de deux hommes, Bakary et Thierno, héros de la Première Guerre mondiale, un père et un fils, dont les noms se sont effacés dans le silence sourd de l'Histoire qu'ils ont pourtant écrite de leur sang. *Tirailleurs* réhabilite ces existences, ces petites histoires sacrifiées sous le rouleau compresseur de la grande Histoire, celles de ces hommes venus d'ailleurs.

Le soldat inconnu pourrait avoir tant de noms. Celui de Bakary autant que tous les autres.

Le noir s'abat sur le grand écran, le générique défile, et les applaudissements éclosent, les bravos s'envolent quand les lumières se rallument, les joies se multiplient, les soupirs et les larmes de soulagement les accompagnent, et les bras s'ouvrent pour enlacer son voisin. C'est comme si *Tirailleurs* avait réglé quelque chose, d'un coup. Comme si ce film venait répondre en images à des questions laissées si longtemps suspendues. Et le public, dans son unanimité, consent.

Omar s'y retrouve bien. L'enfant d'immigrés, le fils sénégalais, le descendant mauritanien, le jeune Français de Trappes, le père de famille devenu un peu américain, l'acteur noir qui fédère, le producteur qui s'affirme par le récit de l'histoire qu'il partage, tout le monde est là, réuni en un seul homme.

Omar Sy est tout entier, à Cannes.

Dimanche 22 mai 2022

Hélène est repartie pour les États-Unis.

« Tu es ma première interaction humaine depuis son départ », me dit-il.

Omar, dans son bas de survêtement noir et son t-shirt qui porte le sourire de Maya Angelou (écrivaine, poète et militante afro-américaine), a prévu « qu'on dîne tranquille » dans la cuisine de l'appartement de l'avenue Victor-Hugo. Sur la table ronde et blanche, et sous l'œil attentif de Tato qui se lèche les babines à chaque tintement de vaisselle. Omar met la table, déballe le repas. Sort des barquettes d'un sachet plastique. Il précise le menu, demande si ça me convient, parce que sinon on commande, hein. Un tiep de poisson, accompagné de son traditionnel riz cassé, avec ses galettes caramélisées grattées dans le fond de la marmite, « celles qu'on donne toujours au patriarche ».

Parfait, ça me va très bien.

Il parle avec Tato : « Toi, tu arrêtes de me suivre, tu as mangé, tu vas à ta place », il lui fait des gros yeux, épaissit sa voix : « Je te sortirai après. » Et le chien joue le jeu, baisse la tête, tend son cou vers le bas, en rajoute, rampant presque pour rejoindre sa niche, accroché au regard de son maître qui ne le lâche pas plus. Selon les experts sur Internet, « le staffie n'est ni agressif ni timide. Il doit tolérer ses congénères pourvu que ceux-ci le respectent, sinon ses réactions sont terribles. En cas de défi, son comportement est décrit dans sa devise : Nul ne me défie impunément ».

« C'est pour ça que c'est mon chien », dit Omar.

Son animal, son proche. Taillé sur mesure.

Très obéissant.

Très respectueux de l'homme.

Très attaché à son maître.

Omar est fier.

Il envoie régulièrement des photos à l'éleveur. La semaine prochaine, il veut aller dîner avec lui : « J'ai des questions à lui poser, sur son poids, sa taille, son père, sa mère. Et j'aimerais qu'il voie comme il est bien élevé aussi. »

D'accord.

Omar Sy aime maîtriser son animal. Et les machines aussi. Les voitures, grosses, berlines, électriques, vintage, il essaie tout ; les motos, il les collectionne presque.

– Et les bateaux ?

– Je vais demander à un pote qui en a un qu'il me le prête un jour.

– Ah, tu as le permis ?

– Bien sûr, je pilote tout, moi, sur terre ou sur mer. Et j'adorerais tenter l'air. J'ai passé l'examen bateau à Toulon, j'aime bien cette ville, j'ai de bonnes histoires de camaraderie là-bas, des copains gendarmes, des sous-mariniers, des bons gars, qui ont tous un truc qui me fait des frissons… Cette fraternité profonde, que tu trouves nulle part ailleurs que dans les rangs de cette armée-là. D'ailleurs j'ai un t-shirt à l'effigie de la marine nationale, j'aime bien le porter.

– Tu as rencontré ces gens à l'occasion du tournage du film *Le Chant du loup* réalisé par Antonin Baudry, c'est ça ?

– Oui, pour nous imprégner de l'ambiance d'un sous-marin, on avait embarqué vingt-quatre heures à bord. J'étais fasciné. C'est la chance de mon métier, je dois jouer, rêver, imaginer que je fais partie d'un monde, je visite des endroits inaccessibles, j'explore des dimensions ignorées, j'y trouve une place qui devient la mienne l'espace d'un moment. Ce qui est magique, c'est que tout ce que je vois dans ces circonstances-là est réel.

Ça te dérange si on sort le chien ? Comme ça, tu vas peut-être rencontrer mes copines du quartier… ça te dit ? Tiens, prends ce livre en même temps, je voudrais que tu me dises ce que tu en penses.

Il me tend *Ainsi parlait ma mère*, de Rachid Benzine. On descend de l'avenue Victor-Hugo vers l'avenue Foch. Omar marche vite, c'est une astuce, pour échapper aux gens qui le reconnaissent, rendre le bonjour ou la joie dans la volatilité d'un mouvement, jamais plus, jamais moins, ne prêter le flanc ni à l'entrave ni à l'insulte. Tato s'arrête au bord de tous les trottoirs. Il connaît le chemin, il trépigne, mais il ne fait pas un pas sans le consentement de son maître pressé, qu'il regarde à n'en plus pouvoir, la tête tournée à 180 degrés derrière lui pendant que ses pattes le portent en avant.

Sur les pelouses qui s'étalent presque jusqu'à la place de l'Étoile, des chiens gambadent autour de leurs propriétaires. Tato entre dans la danse, Omar lance son bonjour intimidant, grosse voix, regard tendu comme un hameçon dans les yeux des gens. La dame blonde au petit chien poilu, une quinquagénaire qui a l'accent du XVIe arrondissement, appliquée à faire les voyelles grasses, les consonnes légères grâce aux liaisons, fait remarquer à Omar que sa prestation à Cannes l'a touchée. Que ce film *Tirailleurs*, il n'y a que lui qui pouvait le faire passer comme ça. Avec le sourire, et en douceur.

Surtout, elle a retenu cette phrase qu'Omar a dite dans la presse : « On n'a pas tous la même mémoire, mais on a la même histoire. » Ah, ça lui a bien plu !

Omar est un pro, il invente des sortes de maximes, comme des pirouettes qui lui permettent de ramener tout le monde à l'universalité de sa condition, en appuyant sur nos failles, en révélant les ombres où l'on se cache. Ou comment resserrer les rangs autour d'enjeux qui fâchent, en un petit tour de formule magique.

La dame récite ça comme un vers de poésie : « On n'a pas tous la même mémoire, mais on a tous la même histoire. »

Lundi 23 mai 2022

Dans *Ainsi parlait ma mère*, on peut lire : « Les transfuges de classe ont toujours le cul entre deux chaises. Ce n'est pas la position physique qui fait mal, mais la douleur muette qui vous donne ce sentiment ineffaçable d'être un traître à votre propre famille. À celles et ceux qui vous sont le plus chers. Et qu'inconsciemment et patiemment vous avez appris à mépriser. »

– C'est intéressant…

– C'est la raison pour laquelle, Elsa, si je te servais un verre de vin tu ne pourrais pas l'écrire dans ce livre. Parce que je respecte mes parents. Parce qu'ils méritent de ne jamais s'inquiéter de ce que je suis devenu, je suis leur fils et je leur dois de le rester. C'est assez difficile comme ça, le bond fait en avant en l'espace d'une seule génération. Mon père est arrivé du Sénégal, sans rien, il y a à peine cinquante ans. Et moi, son fils, je suis devenu un acteur célèbre, qui vit entre plusieurs continents, et exerce un métier qui n'a jamais existé dans le champ de ses possibles à lui. Il y a des mondes qui nous séparent. Alors les petites choses qui me rappellent mon lien à mes parents sont précieuses… Prière de ne pas y toucher, merci beaucoup.

– C'est très grave ?

– Oui, y a un endroit où c'est très grave. C'est l'endroit public. Là où ça résonne.

Dimanche 29 mai 2022

« Si tu veux voir un tournage, tu peux venir sur celui de *Lupin*… Mais je ne pourrai pas m'occuper de toi, moi. Je travaille. D'accord ? »

Oui, bah moi aussi.

Omar Sy parle de son métier d'acteur comme ça : « le boulot », « le travail », « je suis de nuit », « j'ai un jour de congé », « je fais le taf ». Un peu comme s'il avait un job, ce truc important, qui est le signe qu'on fait bien partie de la masse, de la majorité de ceux qui font tourner la machine, la société. Ce truc précieux, avec lequel on ne rigole pas, parce que c'est fondamental dans l'équilibre social d'un homme d'être un travailleur, qui gagne son pain en participant à la vie des autres.

– C'est ça ?

– C'est-à-dire que moi, je me sens bien dans la vie ordinaire.

– Mais la tienne n'a rien d'ordinaire, Omar.

– C'est vrai. Mais ce que je veux dire, c'est que je me satisfais de la vie, moi. J'aime les trucs simples… C'est vrai qu'on m'a donné des trucs fous. J'ai envie de dire merci tout le temps, du coup, parce que… tout ce qu'on me donne, quand même, c'est beaucoup. Et je veux croire que quelque part je reste comme tout le monde, que je suis aussi un homme qui se lève le matin pour gagner sa vie. Un homme ordinaire, à ma manière.

Omar Sy a un rêve, donc, celui d'être un homme ordinaire. Là, c'est raté.

Mardi 31 mai 2022

Rendez-vous rue de Mogador, le soir. La voie n'est pas barrée, elle est seulement filtrée quand ça tourne. Les gens passent, le poids de leur journée dans les pattes, sortie de bureau, ils se dirigent en grappes vers leur bouche de métro, en quête de repos, ou s'engouffrent à la hâte dans les grands magasins pour quelques emplettes du soir, comme un dernier sprint. Tous tracent vers leur but, tête baissée.

Omar est sur le trottoir, seul, grand et droit, entouré des siens comme un cercle invisible. Il feint d'ignorer la bulle qui s'épaissit autour de lui à mesure que les regards sont nombreux, et dans laquelle Tato est le seul à pouvoir librement circuler, occupé à chasser le pigeon parisien.

Quand les yeux des gens se heurtent par inadvertance à Omar, un sursaut les saisit, les arrache à leurs pensées, rompt la mécanique sourde de leurs pas. C'est viral, la foule tout entière se prend les pieds dans le tapis de sa routine. Ils s'étonnent, les gens ; ils s'arrêtent, intimidés, contents, ils hésitent à y croire, ils s'exclament, ils prennent à témoin un autre passant, ils s'agitent tous en fait. Mais pas un n'approche la star.

Omar Sy est impressionnant, il le sait. Il dit en riant : « Je suis capable de me mettre à leur place. »

Il supporte le poids de son personnage public, comme si sans en avoir l'air il portait un uniforme lestant son ego. Et en même temps, il doit s'abstraire, faire place à celui qui l'habite, à Assane Diop, son rôle dans *Lupin*.

Il fait le grand écart, encore.

Il se tue les adducteurs, quand même.

Mais il sourit.

À l'heure de la pause, l'équipe de sécurité forme un cordon autour d'Omar, qui accélère le pas. Trace vers l'hôtel Intercontinental, où se trouve sa loge. En chemin, on l'interpelle, on le hèle, la sécu laisse Omar répondre des « bonsoir madame », des « merci mon grand », des « désolé mon gars, j'ai pas le temps », faire des pouces en l'air, des sourires, comme s'il lâchait des confettis de lui pour ces passants qui le dévisagent tel un rêve échoué sur le bitume, juste à côté d'eux.

La loge est une chambre en hauteur, avec petits balcons étroits en fer forgé, qui donnent directement sur les anges d'or perchés sur les toits de l'Opéra de Paris. Deux pièces réorganisées pour les circonstances, avec les vêtements d'Assane Diop et les changes d'Omar Sy, une table de maquillage pour passer de l'un à l'autre devant le miroir, des fauteuils pour son équipe, quelques fruits frais ou secs, des boissons, pour recharger les batteries entre les prises. Le temps de se changer, et on repart direction la cantine.

Ça se passe sous une tente juste à côté de l'Olympia.

Tout le monde mange là, techniciens, acteurs, réalisateurs, du plus petit poste au plus gros, c'est le même traitement pour tous. Omar a faim, il prend tout en double, les steaks hachés, les yaourts Perle de Lait, le pain.

Ludivine Sagnier, qui joue la femme d'Assane Diop dans *Lupin*, se rapproche d'Omar à table. Demande pourquoi j'écris dans des cahiers tout ce qu'il dit, tout ce qu'il fait.

Je lui explique : on fait un livre d'entretiens, on se parle, et j'essaie de le suivre quand il veut bien que je sois présente, c'est-à-dire rarement.

L'actrice commente : « J'ai dû lui parler de légitimité pendant longtemps. Et aujourd'hui, on peut lui avoir foutu un césar et plein de dollars dans la gueule, il doute toujours de lui. Avant, il n'avait vraiment pas confiance en lui, il était tremblant. Il croyait qu'il avait de la chance, alors que non ! Omar a toujours eu un rapport particulier au monde, qu'il a su transformer en savoir-faire. Je l'ai connu il y a vingt ans, il n'avait pas besoin de se mettre en avant pour être charismatique, il était flamboyant de nature, parce qu'il était là. »

Sa différence est là, dans cette simple présence, dans le moment qu'il habite pleinement. La plupart des gens pensent à avant, tout ce qu'ils ont déjà fait ; et à après, tout ce qui leur reste à faire. Ainsi échappent-ils au présent, en le vivant, sans le sentir. Omar, lui, mange par exemple son steak comme s'il avait le goût du moment sous les dents.

Il confirme : « C'est vrai, moi je suis dans le présent, celui de maintenant, dans l'immédiateté… On a l'impression que ça ne dure pas longtemps parce qu'on juge sur la longueur, mais en vérité c'est en profondeur que ça s'apprécie, un moment. »

À minuit passé, Omar est prêt.
Chapeau sur la tête, lunettes de soleil sur le nez.
Perché sur sa chaise haute, dans les Galeries Lafayette.
Il est Assane Diop.

Samedi 2 juillet 2022

Omar est quelque part en Turquie, il tourne pour Brandt Andersen dans le film *The Strangers' Case*. L'histoire est celle d'une femme médecin syrienne qui, avec sa fille, tente de fuir son pays déchiré par la guerre. Omar Sy a le rôle d'un passeur.

– Ça me fait du bien d'être un peu un tarba (bâtard), un méchant.
– Ça te fait une respiration au milieu de *Lupin*, un peu. Une coupure avec le personnage d'Assane.
– Oui, voilà. J'ai envie de rester un loup, moi.
– C'est-à-dire ?
– Bah le chien, c'est le loup qui a eu beaucoup trop de confort. Il devient dépendant, il ne voit plus que par le prisme de son maître. Moi, j'ai envie de rester un loup… Ce que je veux dire, c'est qu'il faut faire attention : avec un bon fauteuil, tu peux devenir vite fait un clébard. Et *Lupin*, c'est un peu un piège à loups. En sortir, l'espace de quelques semaines, me permet de mieux revenir, et surtout de ne pas m'endormir dans le fauteuil.

– Les loups restent sauvages, ils peuvent nouer une relation avec l'être humain, mais ne lui accorderont jamais leur totale confiance.

– Alors je suis un loup parmi les hommes.

– Tu n'as pas confiance dans les gens ?

– Je fais partie de ceux qui se méfient des autres, ou plutôt de ceux dont la confiance n'est pas acquise.

– Pourquoi ?

– Je pense que c'est une attitude qui dépend beaucoup de ce qu'on a vécu dans le passé, des coups qu'on a pris, ou pas, dans la vie, de l'environnement dans lequel on a grandi. Quand une situation qu'on t'a jurée infaillible faillit, tu te dis que tout peut faillir. J'ai le souvenir d'avoir été conscient tôt que la garantie n'a rien de garanti, que tout est muable en fait. C'est des trucs que tu emmagasines petit et tu avances avec, ça façonne ta grille de lecture pour l'avenir.

– Quel genre de trucs ?

– J'ai un exemple en tête… Je suis à la piscine avec mon grand frère, j'ai 6 ou 7 ans, je ne sais pas nager. Il me tend les bras dans le grand bain pour que je le rejoigne. Je lui demande « Tu me laisses pas hein ? Tu m'attrapes ? », il me répond « Fais-moi confiance, je suis là ». J'y vais. Et lui, il m'abandonne. Depuis, quand on me dit « Fais-moi confiance », je me méfie tout de suite, et je me prépare à la trahison. Mon frère, en ne tenant pas sa parole face à moi, brise un principe fondamental chez moi. La confiance, après ça, est morte. Je me méfie de ceux qui veulent trop prouver leur loyauté, ils sont pour moi ceux qui en ont le moins. On démontre, on commente, tout ce qu'on n'a pas, tout ce qui nous manque.

– C'est une règle générale ? Une nouvelle formule à retenir ?

– Parfaitement, ma petite dame ! J'en ai moi-même fait l'expérience… Les voitures, les montres… Les exhiber, les convoiter, je suis passé par là, je sais ce que c'est que ce sentiment. C'était quand je n'avais pas encore l'argent que j'ai aujourd'hui. Une fois que tu l'as, ce n'est plus si important de le montrer, de le faire savoir, de le prouver. C'est comme les gars qui te disent « Attends, je te dis la vérité, frère »… Euh, d'accord, mais du coup juste avant, tu disais quoi alors… « frère » ?!

Maxime du jour, à retenir donc : « On démontre, on commente tout ce qu'on n'a pas, tout ce qui nous manque. »

Mercredi 13 juillet 2022

Pas de vent, une chaleur qui vient de la terre. Comme si, à Saint-Rémy, la nature provençale nous immobilisait dans ses bras, au milieu des arbres, pour faire toute la place aux cigales mâles qui font claquer leurs membranes à n'en plus pouvoir. Leur inlassable chant impose le rythme, la lutte des insectes pour se reproduire, assurer l'avenir, oblige les gens et leurs vacances au farniente.

Les Sy aussi, pour quelques jours.

Hélène et Omar Sy reçoivent des amis de passage.

Hélène, il faut la regarder, dans ses robes à fleurs, tourner, valser, monter, descendre, s'enflammer, se calmer, redoubler d'énergie, comme si la vie était une danse. Elle fabrique de l'air à ceux qui en manquent, elle chasse les nuages de leur ciel. Elle est un anticyclone à elle toute seule, un réchauffement climatique, on entend sa voix partout dans la maison, on la cherche dans une pièce, elle est déjà dans une autre, on l'entend rire en même temps qu'elle répond à ses mails, elle met de la musique partout où elle passe. Quand elle reçoit, elle laisse dans les chambres des petits mots ou des poèmes dans des enveloppes, des pierres, des fleurs, pour dire sa reconnaissance à ceux qui sont présents. Et elle enlace, embrasse ses enfants quand ils passent.

Ils sont sept, les enfants. Cinq « plus deux », parce que les neveux d'Omar et Hélène, Alassane et Bayou, nés en 1997 et 2000, sont comme des frères pour les enfants. Alassane, le plus âgé, le comédien, qui prend doucement la lumière. Bayou, son petit frère qui retient ses mots, mais dont la reconnaissance pour son oncle et sa tante déborde des yeux. Puis vient l'aînée des filles. C'est Selly la grande, ça se voit tout de suite. Née le 20 janvier 2001, jumelle de son père à quelques décennies d'intervalle, elle est peut-être la plus française d'entre tous, parce qu'elle a été élevée dans les Yvelines, où elle a connu une petite vie d'écolière, avant que le succès d'*Intouchables* vienne bouleverser son quotidien, et la catapulter dans une autre dimension. Saillante, vive, rapide, c'est la patronne de la fratrie, qui veille, qui scanne tout étranger à l'approche de sa tanière, qui protège ses frères et sœurs comme elle est capable de les secouer. Ensuite, il y a Sabah, aussi française qu'américaine, profonde, passionnée, le même sourire que son père, avec une voix de chanteuse, et de la poésie accrochée au cœur. Tidiane est le premier des garçons, né en France aussi, presque plus grand que son père, athlétique, élancé, déterminé, accueillant, gentil, mais pas trop de temps à perdre, parce qu'il reste concentré sur ses objectifs, ne déroge pas à son cadre : tenir bon à l'école, atteindre le plus haut niveau au basket. Vient derrière lui Alijah, né à Versailles en 2009, plus grand à 12 ans que n'importe quel enfant du même âge, il est rempli de tendresse et a le sourire d'un bébé, en même temps qu'il s'excuse presque de l'aura qu'il dégage déjà. La petite dernière, c'est Amani, installée dans ses 4 ans derrière le rempart invisible formé par sa fratrie tout entière, bien à l'abri dans sa bulle, elle voit tout, elle entend tout, et comme son père petit dans son couloir à Trappes, Amani n'est jamais seule dans sa solitude, trop occupée à s'inventer des mondes à la pelle.

Omar, en marcel blanc, se balade au milieu de ses « gens », se laisse porter par les ambiances. Les enfile comme un costume, ou les quitte comme une pièce. Il peut être l'animateur en chef un moment, lancer un débat ici, porter la contradiction là, mettre son nez dans les cuisines en bon maître de maison, ou disparaître d'un coup, comme un soupir. Il profite, câline ses enfants, observe les plus jeunes, taquine les grands, s'en va faire un peu de musculation (pour le prochain film qu'il va tourner, avec Kerry Washington), passe ses coups de fil. Donne ce qu'il a en stock, à ceux qui le regardent, quand ça lui chante. Il tient des rôles, celui de l'acteur de théâtre qui s'impatiente, avec une grosse voix pour masquer son énorme stress… « Mais qu'est-ce qu'on fout bordel, là ?! », celui du bon Français agacé qui râle sur les gens, juste pour le plaisir, et surtout pour rien… « Tous des connards, vraiment, tous des cons. »

Il est drôle.

– Drôle… Ce n'est pas à moi de le dire. Mais je sais que je peux faire rire les gens. J'essaie souvent, en tout cas.

– Et quand ils rient, tu ris aussi.

– Ça me rappelle les Rita Mitsouko, ça. L'humour, c'est un peu comme l'amour. C'est puissant, c'est viral, ça fédère. Et c'est bon à partager.

– C'est aussi un risque… Il faut de l'ego pour tenir, retomber sur ses pattes en cas d'échec.

– J'en ai.

– Beaucoup ? Comme souvent, les acteurs, tu me diras…

– Assez pour me défendre. Mais moins que tu le crois. Pour moi, l'ego c'est de l'offensive. C'est mon « je », et il n'intervient que lorsque je me sens en danger. Je sépare le « je » et le « on ». C'est ce qui me permet de décaler mon cerveau, dans le jeu d'acteur. Il faut se détacher de soi, sinon le « je » devient un tyran, soucieux de l'image qu'il dégage, de la performance qu'il accomplit, il se regarde en faisant, il se demande s'il est assez beau, s'il plaît. Donc, il est important de s'en séparer, si on ne veut pas faire de la merde. Selon moi, hein.

– Vous êtes plusieurs à l'intérieur de toi, donc ? Il n'y a pas que « je »… Tu n'es jamais tout seul, toi.

– Le « je » n'est pas capable de partager, en fait. Donc, il y a un « on ». Et moi je compose avec ces deux-là. Et ça se passe plutôt pas mal, à vrai dire… Une fois que tu as compris que ton ego, c'est ton bouclier, ta défense, ça devient ton chien d'attaque. Si tu réfléchis bien, le « je » se gonfle et prend tout l'espace quand tu es en danger, il est là pour faire face à la peur de la mort que nous avons tous. Une fois que tu as compris ça, il faut savoir le remettre à sa place, savoir lui dire « ta gueule » ou « casse-toi »… Il arrive que le chien d'attaque sorte et ne t'obéisse pas. Je crois bien faire la différence entre le « je » et le « on ». L'ego est un concept humain, une création formidable de notre esprit, qu'il faut appréhender comme un outil. C'est comme ça que je suis le meilleur avocat de mes personnages. J'interdis au « je » d'intervenir dans le jeu, ce n'est pas sa place, parce que « je » ne lâche rien, alors que « on » est libre, et la liberté est une condition pour le jeu. C'est ma clef, en tout cas, ma petite cuisine, c'est comme ça que je pilote mon navire intérieur. Je les vois, les autres, qui savent jouer et se regarder en même temps, je les reconnais… C'est un vrai talent, qu'ils ont !

Pour moi, être acteur, c'est conduire les gens à me croire, de manière profonde, qu'ils aient foi en mon personnage. Je dois les convaincre que je suis un autre.

– Ce qui ne doit pas être facile à mesure du temps qui passe, parce que Omar Sy est de plus en plus Omar Sy, une image, une célébrité, qui prend beaucoup de place.

– Oui, et c'est pour ça que c'est d'autant plus important pour moi de bien séparer le « je » du « on », pour me retrouver. Il y a deux équipes en moi, « je » ne suis jamais seul. « Je » gère Omar Sy, et « on » veut être tranquille. L'un travaille pour l'autre, et inversement.

– Un peu schizophrénique comme mode de vie intérieure, non ?

– Oui. Mais je suis heureux comme ça. « Je » a parfois des angoisses, mais « on » avance toujours. Je fais attention qu'ils ne soient jamais en conflit. C'est un arrangement, un consensus permanent entre eux. Et il faut tout le temps faire des réglages, des ajustements, rester bien attentif à ce qui m'entoure, pour adapter mon comportement, faire en sorte que le « je » ne déborde pas, et que le « on » ne soit jamais timide.

– Mais ce que tu dis aussi, c'est que ton « je » peut bondir comme un mauvais génie…

– Oui, dans les relations humaines, dans les sentiments, le « je » peut tout foutre en l'air. L'histoire le montre : quand le « je » prend toute la place, ça peut craindre à mort, ça peut vite devenir une quête effrénée de pouvoir, conduire à la guerre. Le « je » peut être aussi nocif que fort… C'est un pouvoir extraordinaire. Regarde où il m'a conduit. Il faut contrôler son « je ».

– Heu… Concrètement, ça donne quoi ?

– Tu vas à la boulangerie. Tu fais la queue. Et tu essaies : tu te mets en mode « je ». Et puis la fois d'après tu te mets en mode « on ». Tu verras, tu ne géreras pas l'attente de la même manière.

Sabah, la seconde fille d'Omar, passe par là. Elle lâche sa petite formule, à qui veut bien l'entendre : « *There is no I in a team* » (Il n'y a pas de « je » dans une équipe).

Omar a un « je », un « on ». Il a aussi un « tu ». Hélène, qui danse pour lui, au milieu des autres. Elle est le cœur de sa team.

Vendredi 15 juillet 2022

Le *New York Times* propose à Omar Sy de contribuer à son numéro de fin d'année, en publiant dans ses pages une réflexion sur la manière dont la culture et le divertissement peuvent bien jouer un rôle dans les opinions que se font les gens. Sur ce qui l'engage politiquement dans l'exercice de son métier.

– Tu vas le faire ?

– Oui, j'aime bien ce qu'il propose, la question est ouverte. C'est rare qu'on me donne l'occasion de m'exprimer sans que ce soit en réaction à quelque chose. Ça m'intéresse de réfléchir à cette idée de la portée politique de ce que je fais, pour expliquer que ce n'est justement jamais la question politique qui me meut, mais le sens que je donne, que je vois, que je reconnais, dans le parcours d'un personnage qu'on me propose, dans le récit qu'on me soumet. Je n'ai pas d'idée arrêtée en amont, je ne suis pas de ceux qui croient qu'il existe des vérités absolues, et qui s'appuient dessus. Moi, je suis quelqu'un qui se sent convaincu par certaines choses, quand j'y suis confronté, et je deviens alors capable de les exposer. Je suis sincère dans ce que je partage. Si j'accepte de jouer tel rôle dans tel film, c'est parce que ça me parle. Je réponds de moins en moins à des propos, des discours, je vais de plus en plus vers des histoires, des sujets qui m'animent, m'éveillent. Ça se fait tout seul. Inconsciemment. La série *Lupin*, le film *Tirailleurs*… C'est ce que j'avais envie de faire, raconter des invisibles, ces gens qu'on oublie, mais qui comptent.

– Tu parles de la place des Noirs dans notre monde ?

– Non, je fais un constat social. Quand on parle d'invisibilisation, on parle de ces gens qui travaillent et qu'on laisse dans l'ombre, qu'on ignore, qu'on ne regarde pas ; ce n'est pas parce qu'ils sont noirs qu'on ne les prend pas en compte. Moi, je suis noir, et on me voit. C'est plutôt parce qu'ils occupent cette place-là dans la société. De mon point de vue, le problème est plus social que racial.

– Voilà un vrai discours politique, pour le coup.

– Mais je ne suis franchement pas à l'aise là-dedans. Ça fige mon propos et ce n'est pas ce que je souhaite. Je veux pouvoir changer d'avis, moi. Tout ce dont je suis convaincu pour le bien de tout le monde, c'est qu'on ne doit jamais oublier personne ; les gens, il faut les reconnaître pour ce qu'ils sont. C'est mon moteur quand je joue, de les faire vivre à travers mes films. Comme dans *Chocolat* (inspiré du livre de l'historien Gérard Noiriel *Chocolat, clown nègre : l'histoire oubliée du premier artiste noir de la scène française*), comme dans *Tirailleurs* aussi, récit de la vie de quelques hommes venus d'Afrique, et dont la bravoure a servi la France. Mais je peux en dire autant pour *Samba*, ou *Intouchables*... Migrant, immigré, je revendique la vie, l'histoire, l'identité de tous ces personnages que je défends quand je les joue. Et ça me plaît de penser qu'en faisant le tour des écrans, ils deviennent des « quelqu'uns ». Ils trouvent leur place dans l'imaginaire des gens.

– Et participent à la construction d'une mémoire collective ?

– Je ne sais pas. C'est là que ça ne m'appartient plus. Ce qu'un film provoque, les réactions qu'il suscite, je ne maîtrise rien de tout ça. Tout ce que j'offre moi, c'est un éclairage, une lumière. Chacun sa partition. Je donne ça. Ceux qui reçoivent sont libres d'y voir ce qu'ils veulent, ce qu'ils peuvent. Par exemple, dans *Lupin*, certains voient une dimension politique, je suis fasciné d'entendre des gens me dire que cette série fait avancer des choses, bouger des lignes. Alors que ce que je crois apporter avec le personnage d'Assane Diop dans *Lupin*, au départ, c'est un petit truc léger et drôle.

– Il y a comme un malentendu parfois, alors ?

– Non, pas du tout : chacun sa place. Ce que je veux dire, c'est qu'il ne faut pas imaginer dans mon intention plus que ce qui existe déjà. Pour *Tirailleurs*, je voulais raconter cette histoire entre un père et un fils, tirés de force de leurs existences en Afrique pour se battre en France dans les tranchées pendant la Première Guerre mondiale, je voulais que cette histoire trouve sa place dans un film. Si les gens sont remués par le film, par l'histoire qui y est racontée, la petite, ou la grande, ça me va. Ça me plaît. C'est le partage.

– Mais ça procède d'un certain engagement…

– Celui d'être sincère dans les choix que je fais. C'est le seul. Je ne fais pas de politique, parce que la politique passe par le discours, et elle se construit justement les moyens de passer à côté de cet effort d'honnêteté. C'est pour ça que j'aime être acteur. Je l'ai compris après le succès d'*Intouchables*… Les gens venaient me remercier. Il se passait quelque chose de plus fort, de plus évident, que l'effet d'une simple blagounette. Il y avait tellement d'émotion… C'était plus que n'importe quel discours. C'est beau, la force d'une histoire. Participer à des récits en donnant des bouts de ma vie, c'est construire un monde, le nôtre… J'y participe à ma mesure. Mais je n'en démords pas, ce qu'il peut y avoir de politique dans mon travail ne m'appartient pas. Je n'apporte rien d'autre que ce que je suis, moi, un être avec son histoire et son environnement.

– Un jeune homme noir qui a grandi en banlieue parisienne à la fin du XXe siècle, ça a un certain sens quand même.

– Oui, je suis une minorité à moi tout seul. Et on me voit. Ça donne *Lupin*. C'est mon histoire qui offre cette résonance particulière au personnage. Mais c'est le public qui donne toute sa force au récit de cette aventure. Au final, c'est comme ça qu'on réussit à mettre de la lumière sur ce qui dort dans nos ombres.

Omar Sy œuvre à la péripétie collective. Son engagement est poétique.

Vendredi 22 juillet 2022

Omar m'envoie une chanson sur WhatsApp.
« Ordinaire », de Céline Dion.

(…) Vous me voyez comme une déesse
Je suis une femme, pas une princesse
Si je peux vous faire un aveu
C'est quand je chante, que je me sens mieux
Mais ce métier-là, c'est dangereux
Plus on en donne plus le monde en veut
(…)
Autour de moi il y a la guerre
La peur, la faim et la misère
(…)
Je suis pas qu'une chanteuse populaire
Je suis rien qu'une femme bien ordinaire

L'histoire d'une artiste, Céline Dion, qui se rêve une vie comme tout le monde. Qui regarde le temps passer, et la notoriété qui résiste à tout, comme un élastique qui la retient hors du monde. Être populaire, c'est une sorte de tension permanente, un décalage forcé qu'il faut résorber au quotidien, si l'on veut garder un bon contact avec les siens. Toujours faire autant le lien que la différence entre

Omar Sy qui est partout, qui est aux autres, et Omar qui vit en lui, qui appartient aux siens.

Sa grande fille Sabah dit ça : « On a un père très présent, qui occupe une grande place dans nos cœurs, et pourtant il nous manque tout le temps. »

Lundi 1er août 2022

Omar est à Bogota depuis trois jours. Il va tourner *Shadow Force*, avec Kerry Washington, qui a prévenu les gens sur les réseaux sociaux. Elle a posté une vidéo d'eux deux, complices dans leur tenue de sport, gants de boxe aux poings. Elle y présente son « homme principal » dans le film de Joe Carnahan, l'histoire d'un couple séparé poursuivi par un tueur à gages.

Vendredi 12 août 2022

Je vais à la pêche aux nouvelles, via WhatsApp :

« Ça va, Omar ? Pas trop de pression sur les épaules pour ce tournage ?

Réponse :

« Ça cavale ici, tout comme j'aime. On est à fond dans le travail, et ça m'enlève justement toute pression, parce que j'ai la tête pleine d'une chose : le boulot… Ça me plaît bien, cette petite fuite en avant productive. »

Samedi 13 août 2022

C'est le moment d'en profiter, de faire « l'expérience de la boulangerie ».

Le contexte est parfait, queue d'enfer, week-end du 15 août.

Essayons donc d'être Omar Sy.

Mode d'emploi : quitter son « je » impatient, se prendre pour « on ».

(Sentir la compassion enfler en soi…)

Résultat : les gens se transforment tous en copains de queue, d'un coup.

C'est comme si chacun se métamorphosait en petit Playmobil, une pièce parmi tant d'autres pour faire un monde.

Omar s'amuse bien quand il achète son pain.

Mercredi 31 août 2022

Il est dans une voiture, bloqué dans des embouteillages, dans l'immense ville de Bogota, au pied de la cordillère des Andes. Avec lui, le chauffeur, un garde du corps et un assistant.

Il raconte le tournage :

– On est très contents avec Kerry (Washington) de ce qu'on fait tous les deux, on va chercher un peu au-delà de la feuille. C'est une femme tranquille, bien dans la vie, entière avec les gens, elle ne fait ni trop son actrice ni trop la femme qui ne serait personne. Elle est juste dans ses relations avec les gens, c'est agréable.

– Et toi aussi, tu trouves bien ta place ?

– Toujours, moi ! Où que je sois, quand je me définis, c'est lié à un instant, à la manière dont les autres me regardent. Je m'adapte toujours. Entre d'où je viens et où je suis, il y a tout ce que je suis, tout ce dont je suis fait, c'est dense, et ça bouge tout le temps, sans problème.

– Tu es toujours à l'aise dans ton métier, parce que même un tournage, pour toi, c'est une histoire dans une histoire.

– C'est le cas. Et les histoires qu'on raconte, qu'on se raconte, changent la vie des gens. Mon métier, c'est comme avoir la foi. Il me transporte. Les fictions m'ont porté d'univers en univers, elles m'ont façonné. Pour moi, être acteur, c'est inventer des mondes en permanence, vivre plusieurs vies. Alors oui, je suis à l'aise là-dedans.

– Tu n'es jamais perdu ?

– Non, je sais à peu près ce que je suis. Ou plutôt d'où je viens. Je crois que nous sommes tous le résultat de ce qu'on nous a donné, de ce qu'on nous a refusé.

– Les enfants de nos parents…

– Voilà, je parle de la filiation, c'est un ressort de fiction puissant, justement parce qu'il est universel. L'humanité repose en partie sur nos héritages. Même si ça va plus loin, parce qu'on est aussi ce qu'on devient, ce qu'on décide de rendre à ceux qui suivent ou de garder pour soi. J'avance avec ça, moi, le souci de la transmission. Je me demande tous les jours ce que je fais passer à mes enfants. C'est important. La filiation, ça peut aussi être ce fil qui te rattrape au dernier moment quand tu risques de te vautrer définitivement.

– Ça a été ton cas ?

– Oui, à 19 ans, mon père s'est mis en travers de mon chemin, l'air de rien. Lui qui parlait peu de son histoire, de sa vie, il m'a emmené avec lui. Pour un périple en voiture. Je me souviens, c'était l'été 1997… Je crois que c'est à cette date-là, durant ce voyage, que j'ai rencontré mon père. Pour de vrai.

On a roulé à deux, de la Mauritanie vers le Sénégal. Quelques jours sur les routes brûlantes, seuls, avec un véhicule qui avait déjà bien vécu, qui tombait en panne sans arrêt. Ça m'énervait, je pestais, je n'avais rien à foutre là. Lui riait. Il a arrêté le temps, le mien. Cette escapade avec lui, c'est un tournant dans ma vie.

– C'est-à-dire ?

– Mon père, c'était un homme drôle, mais silencieux, assez en retrait. Il m'a suffisamment observé pour se rendre compte à l'époque que je partais en vrille. J'étais un très bon élève à l'école, et tout à coup, ça s'est arrêté. Il a dû se poser des questions, comprendre. Ou alors c'était un miracle. Mais le fait est qu'il est intervenu au bon moment. Je partais vraiment à la dérive, j'étais très doué pour ouvrir et faire démarrer toutes sortes de voitures. C'était le moment pour lui.

– Le moment de quoi ?

– De me parler, de me raconter cette histoire dont je me doutais sans tout à fait la connaître. J'en avais une idée, mais pas le son, pas les mots. La voix de mon père, c'est la vérité, la sienne. Et ça change tout. C'est ça le fil qui te remet dans ton axe aussi, quand tu vrilles. Mon père a eu une vie difficile. Orphelin de père très tôt, il a été élevé par ses frères et sœurs. Sa mère était là sans être là, ailleurs dans sa tête… Elle avait peut-être comme un petit grain, qui est resté en héritage ?

– Pourquoi tu dis ça ?

– Je ne veux pas entrer dans les détails de mon histoire familiale, je crois que ça ne regarde personne d'autre que moi, ma famille avant moi, mes enfants après moi. Mais ce que je peux partager, c'est ce sentiment que la vie ressemble à des boucles, avec certains événements qui se répètent plus ou moins, ou des mouvements, à distance dans le temps, qui se ressemblent. Mon père a pris soin du fils de son grand frère, qui l'avait lui-même élevé, parce qu'il se sentait reconnaissant. Il a certainement voulu rendre ce qu'on lui avait donné : de l'attention, de l'amour, à celui qui en manquait. J'ai hérité je crois de ce fonctionnement. J'ai deux neveux que j'ai vus naître, et dont Hélène et moi avons pris soin quand leur mère a manqué, ce sont nos fils dans nos cœurs. Je pense que notre histoire de famille est ainsi faite.

Jeudi 8 septembre 2022

Être sur orbite, c'est être placé dans une position importante.

C'est le cas d'Omar Sy, en fait.

Ce qui expliquerait la distance. Que tout puisse lui apparaître lointain, petit, donc. Si on voit les gens avec ce recul, de haut, leurs mouvements ressemblent à des gesticulations dans une fourmilière.

Omar dit souvent : « Je suis bien seul, la solitude n'est pas une souffrance pour moi. »

Hélène confirme : « Omar se suffit à lui-même. »

On dirait un cosmonaute qui vit en apesanteur, dans un espace où le réel et l'imaginaire se bousculent, se superposent sans dégâts. Omar se glisse dans une brèche ignorée du temps, là où personne ne se faufile jamais, dans un pli invisible, sous le tapis des quotidiens qui s'emmêlent. Là où pas même les siens ne s'arrêtent. Cet espace, c'est son fameux présent. Celui où se joue, s'invente, se fabrique la narration, le récit de tout.

Omar Sy habite le présent pur, sans la charge du passé, sans les défis du futur. Il occupe cet instant par ce qui ressemble à un flottement, comme celui que doit ressentir un bébé dans son liquide amniotique, là où il n'y a aucune frontière entre le vrai et le rêve. Une bulle qui sépare du monde, qui permet peut-être de mieux le regarder d'ailleurs.

Comme dans le dessin animé japonais des années 80, qui passait sur France 5 quand Omar avait 10 ans : *Clémentine*, ou les aventures d'une petite fille condamnée à une vie en fauteuil roulant, à qui une fée offre de retrouver sa mobilité dans une bulle, un rêve, pour voyager au-dessus du monde et des gens, les regarder, les croiser, et passer son chemin.

Comme des petits Playmobil encore, les gens, vus d'en haut.

Omar valide par WhatsApp : « Je me rappelle très bien cette fille, et de la chanson du générique : "Clémentine, quand tu fermes les yeux, tu devines le merveilleux"… Cette meuf, ça a dû être une inspiration pour moi, c'est sûr et certain. »

Mercredi 21 septembre 2022

– Omar, tu es toujours en Colombie ?
– Oui, à côté de Carthagène. Mais aujourd'hui, c'est repos.
– Du coup, vous vous détendez tous ensemble ?
– Non, moi je m'isole pas mal. Je reste accroché au vrai monde, j'ai des affaires à régler, je dois faire avancer certains projets, je parle avec Maryvonne en France. Je ne peux pas me concentrer vraiment sur autre chose, parce que je suis dans mon rôle. Pour tout te dire, j'en ai même oublié le personnage que je joue après…
– Faut dire que ça fait longtemps, là, quand même, que tu es sur *Shadow Force* ?
– Oui, j'ai hâte de rentrer chez moi.
– Où ça ?
– Bah chez moi, c'est où se trouvent ma femme et mes enfants, donc aux États-Unis, à Los Angeles. J'ai envie de les voir, et de leur faire à manger, des crêpes, des œufs, n'importe quoi, d'être leur papa à la maison.
– Tu vas pouvoir te poser…
– Hmm, quinze jours. Juste le temps de vivre ma période habituelle de décompression atmosphérique. Et hop, après je repars… Sénégal, France, Italie.

Jeudi 6 octobre 2022

Omar Sy poste sur Instagram une photo en noir et blanc : on y voit Hélène et lui, de profil par rapport à l'objectif. Omar regarde au loin devant lui, enveloppant sa femme de ses bras costauds. Hélène ferme les yeux, le menton posé au ras du cou d'Omar. Elle profite de sa présence, comme on reprend des forces. Il vise loin parce qu'il la tient serrée contre lui. Sur cette photo, on dirait qu'Omar pourrait marcher, avec Hélène contre lui, posée sur ses pieds. Il supporterait, rien que pour elle. Et qu'Hélène pourrait se laisser porter par Omar, par lui seul. Elle s'abandonnerait, rien que pour lui.

Et il écrit :

« Joyeux anniversaire to the love of my life.
Mon assoss
Ma Meilleur copain
Le plus grand et plus beau cœur que je connaisse
Longue vie à toi, je te souhaite autant de bonheur que ce que tu apportes aux autres…
Je te t'aime »

Cahier 3

Vendredi 14 octobre 2022

Allemagne, Stuttgart.

Invitation à une soirée Porsche pour la campagne « *It started with a dream* ».

« Leur credo, là, c'est le rêve », explique Omar Sy. Alors le fabricant de voitures lui a demandé d'être ambassadeur de l'événement. Logique.

Omar et Hélène font un saut de l'autre côté du Rhin, accompagnés de leurs amis Chillaw et Marilyne.

« Chillaw », c'est le surnom qu'Omar a donné à Marc un jour il y a plus de trente ans lors d'une soirée, une espèce de private joke qui avait sûrement du sens sur l'instant.

Ce qui est clair, c'est qu'ils étaient amis au lycée, ils le sont restés pour la vie. Comme on s'attache précieusement à des impressions, des sentiments, dont on veut garder le goût pour toujours, des moments dont on veut emporter l'âme avec soi, alors pourtant que leur souvenir s'estompe. Entretenir une amitié dans ses profondeurs, c'est aussi une manière de sauvegarder des bouts de soi, alors même qu'on se promet de toujours évoluer. C'est de ce genre de lien, noué dans le temps, qu'il est question entre Chillaw et Omar.

Ce n'est pas un lien qui s'apprécie en distance ou en proximité, c'est plutôt comme un parfum, une odeur familière, accueillante, qui se répand sur les lendemains inattendus, étranges, déconcertants. Une sorte d'ambiance invisible qui conforte toujours la légitimité parfois éprouvée d'Omar.

Marc est devenu informaticien, Marilyne est contrôleur de gestion. Ils ont trois enfants. Et chaque fois que c'est possible, ils se retrouvent avec les Sy. Dans les ailleurs d'Omar, ses échappées extraordinaires que son métier lui offre, et qu'il partage avec quelques rares amis.

Porsche et Omar Sy, le même goût pour le rêve ?

« Il suffit de rêver pour accomplir de grandes choses, ouais, j'y crois pas mal. Au départ, moi, j'étais un gamin qui n'osait même pas rêver le métier que je fais aujourd'hui, alors que j'ai prouvé que c'était finalement possible de s'y voir, d'y croire. Alors, c'est vrai que le rêve est un muscle, qu'il nous donne des ailes, mais il ne faut pas oublier la première étape… le rendre accessible. C'est une préoccupation qui ne doit pas nous quitter, il existe des enfants qui ne s'autorisent pas le rêve. »

Lundi 17 octobre 2022

France, Paris. Avenue Victor-Hugo.

Hélène accueille, met à l'aise, et cadre aussitôt : « Il a

deux heures pour toi, ensuite il part en interview pour *Psychologies Magazine.* »

Elle gère. Se cogne les premiers échanges, les futilités, les banalités, qu'on s'échange sincèrement mais au rythme d'une balayette pour faire place aux choses sérieuses qui vont suivre. Hélène prépare toujours le terrain, pour qu'il soit propre et net, pour éviter les prises de pieds dans les tapis, les malentendus, les accrochages.

Pendant ce temps, Tato ronfle d'un œil, le second étant rivé sur son maître. Comme toujours.

Omar laisse Hélène finir. Il regarde son chien. Puis prévient avec un clin d'œil et le sourire : « Il a un petit problème dentaire en ce moment, Tato… »

OK, attention à l'haleine du chien, Elsa.

La voix de la petite Amani retentit du bout de l'appartement jusqu'au salon.

« Elle est seule ? » je demande.

Omar répond que oui, mais non en fait, parce qu'il y a « dix personnes avec elle dans sa tête ».

Et Amani passe de temps en temps devant son père, sans trop le regarder, avec des bagues plein les mains, jusqu'à trois sur un seul doigt, du vernis étalé sur ses petits ongles, des bracelets qui s'emmêlent sur ses poignets, ses chaussettes bien remontées tendues sur ses mollets ; lui s'interrompt, l'attire, réclame un bisou, un câlin, allez, allez… Omar Sy est fan de sa petite dernière. « Mais je suis fan de tous mes enfants, tu sais, en vrai, je ne me lasse pas de les regarder respirer, bouger, vivre. »

– Alors… Quoi de neuf, Omar ?

– Il y a deux semaines, Michelle Obama a demandé à

me rencontrer, pour échanger au sujet de son livre. J'ai dit : Volontiers.

– Ah, quand même.

– On dirait pas un peu un sketch, ma vie ? Tu sais, comme une blague qui veut pas s'arrêter…

– La blague, c'est le succès. Je voulais d'ailleurs te poser une question : Assane Diop, dans *Lupin*, c'est ton idée ?

– Oui. Et j'en ai d'autres… Parce que tu sais, moi, je lisais beaucoup, petit. Ce sont des personnages qui ne me quittent pas, qui me fascinent depuis toujours, comme Fantômas, l'homme aux cent visages. Ou Yasuké… Tu connais Yasuké ?

– Non.

– C'est le seul samouraï noir connu de l'histoire. Il serait né en Afrique de l'Est au XVIe siècle, et il aurait été envoyé en Inde, puis au Japon, en tant qu'esclave. Ça fait sept ans que je l'ai dans la tête. Personne n'en voulait, ni aux États-Unis ni en France, je n'ai croisé que des intérêts timides, ou alors des envies qui s'éloignaient de la mienne. Ça a même donné lieu à une série en dessins animés sur Netflix. Et maintenant, on revient vers moi… La plateforme veut un film. J'ai fait le tour du rond-point, et sept ans plus tard, je suis ramené à mon projet initial. Donc, je crois qu'il y a un destin.

– … Et du talent peut-être, quand même ? Tu es connu en France, maintenant aux États-Unis, tu fais les unes des magazines dans le monde entier. Il y a une certaine logique dans ton « destin ».

– Je ne sais pas, mais le fait est que je me retrouve là où je suis content d'être. Tiens, là, je pars en Italie. Tourner avec Jeymes Samuel (alias The Bullitts, son nom d'artiste sur la scène musicale, il est aussi un auteur et réalisateur anglais de renom). Le film s'appelle *The Book of Clarence*. L'histoire, c'est celle de Clarence, un habitant de Jérusalem, qui décide de tirer personnellement profit de l'influence du Messie. Moi, je joue un gladiateur, Barabbas. Ça se passe à l'époque de la Bible, avec Jésus. C'est un truc un peu barré, ce projet, où Jeymes Samuel twiste l'histoire de la Bible à sa façon, et questionne la foi à sa manière. L'expérience de bosser avec un mec comme ça est une chance, c'est sûr. Dire que ça découle de mon talent... ça me met très mal à l'aise, en plus pour être honnête, comme c'est une question que je ne me pose jamais, je ne sais pas, franchement, et je ne veux pas trop savoir, je crois. Talent, chance, destin, quel intérêt de nommer tout ça ? C'est du commentaire pour moi. Je suis plutôt focalisé sur un résultat qui me satisfait : j'avance, ça, je peux le dire.

– Où ça ?

– Ma quête, c'est le mouvement en soi. Avancer n'est pas le moyen d'une ambition pour moi, c'est une fin en soi. Je m'accomplis dans le sentiment permanent d'évoluer. Ce qui me pousse, c'est d'être différent demain. D'être un autre, tout le temps. Ça a l'air con, dit comme ça, ce qui compte pour moi, c'est moins de l'énoncer que de le vivre.

– Ça se fait un peu tout seul, maintenant. Tu es lancé.

– Pas vraiment. En France, par exemple, on ne me propose pas grand-chose. Je dois créer mes opportunités tout seul, être à l'initiative des projets, comme c'est le cas avec la série *Lupin*. Je me rends compte que si je veux survivre en France, m'exprimer par le cinéma, je dois être producteur. Ce que je fais avec ma boîte Korokoro, et Maryvonne qui gère les affaires quand je suis ailleurs.

– Tu n'es donc presque plus un acteur français ?

– Si. Aux États-Unis, bien plus qu'en France. Ils m'aiment pour ça.

– Pas en France ?

– C'est plus compliqué. Moi, j'ai en tout cas le sentiment qu'en France, c'est comme si on voulait toujours me ramener ou m'installer dans quelque chose, dans une case que je ne dois pas quitter. Le sentiment de ce truc qui stagne, ça ne m'attire pas trop, j'ai besoin de croire que je bouge, moi.

– Tu fuis, du coup ?

– Ah non, pas du tout. J'aime être en France, j'écoute, je regarde tout ce qui se passe autour de moi, je mate la télé, même. Hélène, ça l'angoisse, les programmes des chaînes françaises. Moi, c'est l'inverse : ça me rassure presque, parce que je me dis que je suis sorti de tout ça. Je me vois ailleurs, autrement, et je me sens libre, parce que j'ai bougé, et parce que je continue de changer.

– Tu as signé des deals avec des plateformes comme Netflix ou HBO, tu produis des films en France et au Sénégal, et même aux États-Unis, tu as trois boîtes de prod, Sy Possible Films, Sy Possible Africa, et Korokoro, et en plus tu es présent chaque année dans de nouveaux films américains… Ça va quand même, tu avances bien.

– En effet… Mais tout ça demeure sportif. Il ne faut pas que la quantité achève l'énergie qu'on doit réserver à l'exigence de qualité. Il faut rester vif, et vigilant. Surtout dans l'époque que nous traversons, où les lignes bougent… Les plateformes par exemple, c'est un nouveau monde en construction, un nouveau rapport au cinéma aussi, à la fiction, au divertissement. Il suffit d'une bonne histoire et elle voyage dans le monde entier, très vite. C'est un accès à la culture pour tous. Les gens consomment de chez eux, et on leur offre *Lupin* comme *Tirailleurs*. Ce n'est pas rien. Le cinéma doit s'adapter à tout ça. Et nous, les acteurs au sens large de ce monde, nous devons nous adapter, être intelligents et audacieux, participer à ces grands mouvements sans perdre notre liberté.

– D'où la nécessité pour toi de produire, maintenant ?

– Oui, pour imposer des idées, donner mon avis sur les récits qu'on propose, je dois avoir une casquette de producteur. Si je reste dans mon unique rôle d'acteur, tout ce que je dis est pris autrement, un peu comme des caprices de reusta, genre « il est gourmand, il en veut trop… c'est bon là, Monsieur Chance, le renoi qui débarque et qui veut tout bouffer ». C'est comme ça que je me heurte à des murs.

– Et tu t'énerves ?

– Non, parce que j'ai grandi là-dessus, je me suis construit avec ce genre de regards portés sur moi. C'est une constante, la couleur de peau, l'origine immigrée, ça revient tout le temps. Je vis avec depuis toujours, et ça ne me fait plus ni chaud ni froid. Ma manière à moi de lutter contre ça, c'est de ne jamais l'intégrer, de passer à côté, d'ignorer. Si je me mets à me battre, je vais perdre mon temps là-dessus, et je ne grandis pas comme ça.

– En revanche, le côté « Omar Sy, il se la pète un peu, il voit un peu trop grand », ça, tu le combats ?

– Oui, quand je sens que certains aimeraient me réduire à ça, là je peux me fâcher. Ces gens-là n'ont rien à faire avec moi. Je sais le leur dire.

Jeudi 20 octobre 2022

– J'ai dîné chez un ami, ce soir.
– Ah bon. Qui donc ?
– Demande plutôt où…
– Bah… où alors ?
– Au Plaza Athénée.
– Ah…

Jean Imbert ! Révélé par « Top Chef », élu chef de l'année en 2019 par *GQ*, aujourd'hui patron des cuisines du Plaza Athénée, c'est l'ami d'Omar Sy.

Il a toujours un coin pour lui, le même chaque fois, une table ronde réservée aux proches ou aux gens importants, enclavée dans les cuisines. C'est une sorte d'alcôve, en retrait du restaurant, à l'abri des regards. Jean Imbert appelle ça « le cabinet des conspirateurs ».

– Tu as donc bien mangé ?

– Ah ça oui… Se nourrir d'aliments transformés en matière artistique, c'est différent de manger finalement. C'est un processus qui libère les pensées… j'en ai eu deux : une révélation, et un souvenir, qui me sont venus ce soir. La révélation, c'est que le temps est une création de notre petit cerveau, qui vise à canaliser notre angoisse profonde et ultime de la mort. Comme l'ego, le temps est une ruse, une défense face à l'irréversible fin. Et le souvenir, c'est celui de mon premier Coca-Cola. J'avais 6 ans, c'était à la salle Jean-Baptiste-Clément de Trappes, il y avait un baptême, et j'ai ressenti ce soir-là le goût de cette première gorgée avalée, qui pétillait dans ma bouche, et qui me piquetait le nez. C'est fou comme la gastronomie est magique, elle réveille les mémoires et libère les consciences.

Vendredi 4 novembre 2022

« Je pars cinq jours en bécane. J'aime bien, je prends mon temps. Seul. »

Mardi 8 novembre 2022

Un vocal d'Omar sur WhatsApp : « Je suis parti jusqu'en Andalousie, je suis allé à Grenade, je voulais voir l'Alhambra… Demain, je remonte à Saint-Rémy. J'ai oublié de t'appeler… C'est un peu fait pour ça mes petites escapades à moto, pour tout oublier. »

Il roule, roule, roule. Fend le paysage qui s'ouvre devant lui, comme si l'horizon et le sol se décollaient pour lui à mesure qu'il avance. Et les idées de trop, les nœuds, les doutes sont comme aspirés par l'asphalte ou le ciel, ils éclatent et s'envolent au vent. Ils n'ont plus lieu d'être.

Pas le temps d'appeler donc. Pas envie de parler.

Jeudi 10 novembre 2022

Retour à Paris, dans l'appartement de l'avenue Victor-Hugo. Omar dit : « On commande à manger. Je vais te faire goûter un truc… » OK, on déballe sur la table blanche de la cuisine sandwichs au homard et chips aux truffes. « Voilà, c'est pique-nique aujourd'hui ! »

Sur la table basse du salon traînent quelques vestiges de l'échappée à moto, des documents sur la « Brough Superior ».

– C'est quoi la Brough Superior ?

– Un bijou de fabrication technologique, un mélange de sportive et de routière, légère, performante, montée comme de l'horlogerie, tout à la main, dans un atelier artisanal. C'est la Rolls des motos françaises, avec un châssis en titane, quatre disques de freins à l'avant… Ça me fait rêver, un engin pareil.

– Alors rouler… si on se l'imagine, c'est un peu comme traîner dans sa propre absence. C'est sûrement pour toi un truc qui repose et soulage.

– J'aime ça. C'est ma petite récré, des vacances à ma manière. Oui, il n'y a plus rien de lourd, j'ai un sentiment de liberté et de légèreté qui me requinque. Et en même temps, je ne suis pas dans le vide, je suis un itinéraire, une ligne, j'ai un cadre. La moto, c'est beaucoup de concentration, il y a la route à suivre, une rigueur à tenir, qui permet aussi à une partie de ton esprit de s'échapper, de vagabonder, de se nourrir comme il veut. Tu prends de l'air dans la tête, qui te frotte le visage, le cou, et tu sens que tu avances, tu progresses vers un but, tu pars de 1 323 kilomètres pour aller à Grenade, et tu finis par lire 5, puis 4, puis 3 kilomètres, c'est satisfaisant… La pensée est libre pendant tout ce temps, et c'est le meilleur terreau pour faire pousser les idées. J'ai fait 3 000 kilomètres en cinq jours, il se passe plein de choses dans ta tête dans cet espace, du temps et autant de paysages qui défilent.

– Comment tu choisis tes destinations ?

– Je veux voir la nature, et comprendre la culture. J'ai fait les forêts du parc national de Redwood en Californie, par exemple, où tu ressens ta dimension humaine au milieu de séquoias géants et centenaires qui te paraissent toucher le ciel. Et il y a d'autres endroits qui t'interpellent, tu ne sais pas pourquoi, alors tu prends le temps d'y aller, parce que tu veux comprendre.

– Comme l'Alhambra de Grenade…

– J'ai compris que l'occupation arabe en Andalousie ne s'est pas faite dans la violence, mais dans l'intelligence et dans l'essor culturel et scientifique, avec des juifs, des catholiques et des musulmans. Ils vivaient tous ensemble dans la paix, les mecs. Et c'est ce qui a permis de grandes avancées, comme la découverte en médecine de ce qu'on nommera plus tard les bactéries. Cordoue était au Moyen Âge l'un des plus hauts lieux de diffusion des connaissances scientifiques. Je peux rester des plombes à écouter le guide me raconter ça, et je pose mes questions, j'en ai des tas, je ne suis pas pressé.

– Tu prépares tout à l'avance, tes étapes, restaurants, hôtels, etc. ?

– Avec Hélène… Elle s'occupe de tout ça pour moi, elle s'assure que je suis bien en sécurité. Mais moi, en vrai, je dormirais n'importe où, ça me conviendrait aussi…

Je dis ça mais je sais que c'est le cadre qu'Hélène m'offre qui me permet de prétendre ce genre de choses, et qui me rend la vie si facile. J'ai rien à faire, je prends mon sac à dos Harley-Davidson, je mets mes t-shirts Harley, mes lunettes sur le nez, mon casque sur la tête, je branche mon application Harley sur mon téléphone, et je roule, j'enquille les kilomètres. Je me fais de bonnes tables, tout seul. Je croise des gens de toutes sortes, qui se demandent un peu ce que je fais là, qui ne sont pas sûrs d'avoir affaire à moi, Omar Sy, qui se disent que je lui ressemble un peu trop quand même, mais avec mes t-shirts et ma grosse chaîne, ils doutent, ça me fait rire… Les regards des autres ne me pèsent pas dans ces circonstances, parce que je suis dans mon mouvement, je continue d'avancer, je les quitte vite, je suis juste de passage, je suis juste un souffle qui vient et s'en va.

– Tu as donc un vrai look de biker… ?

– Ah oui, oui. Bon, j'ajoute quand même ma petite touche perso dans ce look. Ce qui fait ma signature, c'est les Jordan, elles ne quittent pas mes pieds, même à moto. Mais je joue le jeu, moi, quand je monte sur mes motos, je suis un biker, je ne suis pas dans un rôle, je vis ce plaisir d'être un motard, le temps que ça dure, je suis à fond. Ce qui fait rire mes proches. Ce qui, par exemple, fait aussi dire à mon pote Mouloud Achour que je suis une imposture, que je ne suis pas du tout hip-hop, mais que je suis un rocker en fait ! J'adore regarder les gens, de l'intérieur de leurs mondes.

– C'est une chance pour toi de pouvoir faire tout ça ?

– Bah oui. Il faut le reconnaître. Le temps, je le trouve. L'argent, je l'ai. Cette liberté, je la mérite. Ma seule contrainte, c'est la météo. J'ai fait quarante bornes sous la flotte au retour, j'ai dû enfiler mon pantalon de K-Way. Y a pire comme difficulté dans la vie.

– Et maintenant tu redeviens Omar Sy, notre acteur national qui rayonne au-delà de nos frontières, et s'en va tourner pour la grosse industrie du cinéma américain, avec le réalisateur Jeymes Samuel, *The Book of Clarence*, en Italie… Une sorte de péplum biblique, comme tu l'as expliqué. Changement total de décor, donc.

– Oui, je suis Barabbas, un gladiateur. D'ailleurs je crois que mon escapade à moto, ce n'est pas anodin en fait… C'est comme si j'étais parti chercher des traces d'histoire, je trouve des odeurs, des vestiges, des pierres qui ont traversé des époques. Finalement je me rends compte après coup que ces « fuites », ces voyages sur les routes, sont en réalité autant de chemins qui me ramènent vers mon rôle. Chaque fois qu'on croit s'en aller, s'échapper, qu'on frôle le sentiment de se perdre un peu en lâchant tout, on finit par se retrouver avec de meilleurs appuis encore.

– Tu te prépares beaucoup sans le savoir ?

– Je me prépare beaucoup sans que ça se voie. Je lis et relis le scénario, je m'invente l'histoire en images. Mais je n'apprends pas mon texte. Je n'échange pas énormément non plus avec le réalisateur, ou quand je le fais, c'est moins pour moi que pour lui. Je travaille à ma manière, dans mon coin, j'ai un peu l'air de ne rien faire, mais ça se passe dans ma tête, je fabrique des sortes de fondations pour mon rôle, et je laisse une place à tout ce que le metteur en scène va vouloir construire dessus. Je dois arriver avec un personnage solide et en même temps lui conserver toute sa souplesse. J'ai l'impression que je pars à l'aventure, qu'il faut que je sois prêt, avec tout dans mon petit sac.

– C'est ton métier, l'aventure.

– Oui, et j'adore ça. Je ne sais faire que ça, je crois : être acteur, raconter des histoires.

– Jouer, donc.

– Comme quand on est un enfant, inventer, et se rendre compte que tout devient possible quand on passe par cette voie.

– Avec ses Playmobil, un enfant bâtit le monde qu'il se rêve.

– Voilà. Et c'est pour ça qu'il ne faut jamais se prendre au sérieux. Ce métier n'est pas fait pour ça. Sinon, on casse la magie et on tombe dans le ridicule.

– Mais c'est peut-être dur aussi de toujours passer d'un monde à un autre : tu t'évades, tu t'envoles, tu imagines, tu inventes et puis d'un coup tu retombes dans le réel, avec ses limites, ses contraintes, ses normes. Le plus dur, c'est l'atterrissage, non ?

– C'est pas un crash, Elsa. Je ne suis pas du tout à plaindre, je ne vis rien d'extraordinaire, c'est pareil pour tout le monde, même le plombier vit ça. La vie, c'est monter, descendre, monter, descendre. Les battements du cœur, c'est ça aussi. Ça monte, ça descend. Quand c'est plat, c'est dead. Alors, je connais de grosses montées, de grosses descentes, c'est vrai… Dieu merci !

– Tu te sens plutôt gâté ?

– Oui, j'ai une femme magique, qui ne se lasse de rien, pour qui les kilomètres ne sont que poussières, capable de me rejoindre en deux temps trois mouvements, qui transforme tous les obstacles pratiques en portes qui s'ouvrent ; j'ai des enfants dont l'envergure culturelle dépasse déjà la mienne : ils savent vivre et s'épanouir sur plusieurs continents, ils n'ont pas de frontières ni géographiques ni sociales dans la tête, je suis fier que chacun d'entre eux soit sur le chemin de la liberté, et j'aime voir combien ils sont soudés ; j'ai un métier qui m'enrichit tous les jours ; j'ai le bruit, j'ai le silence ; j'ai la solitude, j'ai le monde. Je suis comblé.

– Rien ne te manque jamais ?

– Pas vraiment. Alors si… Hier soir, par exemple, j'avais vraiment envie d'être avec ma famille, Hélène, les enfants. J'avais envie d'entendre leur vacarme autour de moi. J'ai des moments comme ça, où je suis dans l'une de mes vies au moment où je voudrais être dans l'autre.

– C'est un moindre mal…

– Faut bien un peu payer l'addition ! On ne peut pas tout avoir en même temps, et ne rien raquer. C'est l'impôt de la vie. Je crois que c'est comme une boucle, avec sa petite mécanique, toujours la même, une grande roue, une petite roue, tout ce qu'on veut, mais ça tourne, c'est un système qui se décline et se répète. Je vois ça comme un moteur. C'est comme sur les montres, où on lit le temps qui passe, comme si c'était une ligne, alors que derrière les aiguilles, il y a un mécanisme, des petits ronds qui s'imbriquent et qui tournent dans un mouvement régulier. C'est l'engrenage de la vie.

Mardi 29 novembre 2022

Silence, depuis des jours et des jours.
Quand Omar tourne, il ne me parle pas.
Il est Barabbas, en Italie.
Ailleurs. Dans une bulle.
Puis il va revenir.

Et repartir.

Il fait des bonds, d'un univers à un autre.

D'un temps à un autre.

Le temps, ça doit être quelque chose pour lui. De la pâte à modeler.

Pour en savoir plus, il faut voir avec Maryvonne… Qui gère la boîte de production Korokoro d'Omar à Paris, et le remplace pendant ses absences. Qui entend ce qu'Omar veut, même quand Omar ne dit rien. Qui comprend ce qu'Omar n'a pas le temps d'expliquer. Maryvonne, qui prépare la suite, ou le retour… Présente à la réception des sauts d'Omar dans ses boucles du temps. Maryvonne, la coach qui se tient discrètement là, au pied du trampoline.

Omar Sy a rencontré Maryvonne Le Meur quand il était « encore petit », comme il dit. En 1999, au moment de conclure avec Canal+ pour « Le Visiophon » d'Omar et Fred, programme comique hebdomadaire, ancêtre du « Service après-vente des émissions ». Les deux humoristes ont poussé la porte de son bureau à Canal+, elle leur a demandé ce qu'ils voulaient, prête à entrer en négociations. Du haut de leur petite vingtaine, Omar et Fred l'ont renvoyée vers leur agent. Maryvonne en est restée coite. Elle ne les a plus quittés des yeux. Vingt-cinq ans plus tard, Omar en a fait sa plus proche collaboratrice en France. Il dit qu'il a une grande confiance en elle parce que Maryvonne le connaît « depuis le départ », et elle fait partie de ces rares personnes qui « acceptent de me voir grand alors qu'elles m'ont connu petit ». Et Omar dit aussi qu'elle est « raisonnable », qu'elle sait lire les gens, qu'elle a une écoute incroyable, ce sont de grandes qualités pour lui.

Donc, petit point calendrier avec Maryvonne : quand il revient en France, Omar enchaînera sur la promotion du film *Tirailleurs*, qui sortira le 4 janvier 2023. Il y a des avant-premières un peu partout, et puis un déplacement à Verdun, sur le champ de bataille de la Meuse. Maryvonne dit que ce sera intéressant là-bas, qu'il faudrait que je vienne avec eux, qu'elle peut me faire une place. Et tous les rendez-vous avec la presse qui se bousculent déjà. Etc.

Hhhhan, il va falloir suivre… Saisir l'athlète du temps au bond.

Mardi 6 décembre 2022

« Clique », c'est l'émission de Mouloud Achour. Ils enregistrent dans le VIIe arrondissement dans une ambiance amicale et intime. Mouloud a de la tendresse pour Omar Sy, ça se voit à la manière dont il l'écoute, en penchant sa tête vers son épaule, en le regardant en diagonale comme pour s'obliger à un peu de recul. Ils parlent de la France. Gros sujet, toujours, comme si l'acteur devait justifier son lien au pays.

Il explique à Mouloud : « Mon rapport à la France, il est simple… c'est mon pays. Je suis très sensible à ce qui se passe ici, et je ne supporte pas quand ça va mal. » Personnalité préférée des Français après *Intouchables*, Omar Sy reste dans le peloton de tête des idoles du pays, ce qui ne le met pas non plus à l'abri des injures. « C'est la France qui est comme ça, commente Omar. Pleine de paradoxes… Des gens t'adorent pendant que d'autres nourrissent pour toi une haine incroyable ! Plus on va t'aimer, plus on va te détester. Moi, je fais mon trajet, j'en ai un peu rien à foutre de tout ça. Ils peuvent gigoter dans tous les sens, ils ne vont pas m'atteindre. Je suis libre et détaché de tout ça. »

À la fin de l'échange, Omar dit : « Tu sais, je ne suis pas Superman, moi. Je ne dois rien à personne. Et je fais ce que je peux. »

Ils s'embrassent pour se dire au revoir.

Dans sa course, Omar ouvre une parenthèse, à peine une heure volée dans son emploi du temps chargé. Pour « visiter un truc », pas loin du bois de Boulogne.

Un « truc » avec un petit jardin, plus de calme.

Une grosse voiture noire le dépose. Omar Sy déploie sa grande silhouette emmitouflée dans une longue doudoune noire qui descend jusqu'aux chevilles, on dirait un super-héros qui atterrit sur le trottoir. Tato suit. La jeune femme de l'agence s'avance vers lui, intimidée, souriante. Omar plante son regard dans ses yeux, et lui demande comment elle va. « Moyen, moyen aujourd'hui », elle répond. Et Omar Sy joue son propre rôle : « Ah bon ? Mais rien de grave, j'espère ?… » C'est un job de tous les instants, en fait. Omar veut sincèrement mettre la dame à l'aise, s'engage tout entier dans un simple bonjour, pourvu que les gens se détendent avec lui, il fait les efforts qu'il faut… Comme s'il devait bien ça aux gens en retour de l'exceptionnelle place qu'ils lui accordent. La légitimité n'est jamais acquise, elle se gagne chaque jour.

– Tu es gentil avec les gens.

– Je suis normal. J'ai des limites aussi. Je suis un peu énervé là, même.

– Ah bon... ?

– Je viens de sortir d'une interview, et j'ai eu affaire à un journaliste tout droit sorti des années 90. Qui m'a parlé sur un petit ton paternaliste, avec ses questions sur la pauvreté, ma vie de misère, le cliché du gamin de banlieue, qu'un miracle a sorti de son enfer... Et ça m'énerve cette manière de me prendre de haut. Parce que moi, la pauvreté, en réalité, je ne l'ai jamais tant ressentie que quand j'ai rencontré des gens riches.

– C'était un entretien pour la sortie de *Tirailleurs* ?

– Oui, et on a à peine parlé du film. J'aime pas trop ça, qu'on vienne me chatouiller pour me faire parler d'où je viens comme si c'était l'explication suprême, la seule, pour tout ce que je suis. Je ne suis pas sorti de ma condition pour que certains m'y ramènent comme ça. Mon pouvoir, ma liberté aujourd'hui, c'est que j'y retourne quand je veux, c'est moi qui décide, pas les autres.

– Tu t'es fâché ?

– Ah pas du tout !

– Tu as fait quoi ?

– Rien. Je l'ai fait rire, un peu.

Et c'est comme ça qu'Omar Sy s'en sort, il reste toujours à sa place. Pas de pas de côté. De la hauteur. Un peu comme s'il grimpait sur la tête de son interlocuteur, mais avec le sourire. Une invitation gentille pour l'autre à lever les yeux, et découvrir Omar Sy autrement : là où il se trouve, et pas là d'où il vient.

Lundi 12 décembre 2022

La promo, c'est la promo : « après-midi junket » dans un hôtel. C'est quoi ? Omar explique : « Bah, les journalistes défilent à tour de rôle, on réserve 8 à 15 minutes par média, presse écrite, télé, c'est très fatigant, ça demande beaucoup d'attention, beaucoup de concentration, beaucoup d'investissement. »

Petit moment de pause à la maison.

Omar et Abdou mangent des pâtes à la sauce tomate sur la table de la cuisine de l'appartement de l'avenue Victor-Hugo. Deux grands gaillards de près de deux mètres, la tête dans leur assiette, qui prennent des forces avant de sortir. Omar a trois ans de plus que son garde du corps, donc il fait le grand frère : « Eh, mais… tu touches pas ton portable en mangeant, hein ! » Abdou sourit, tête baissée, comme un enfant pris le doigt dans le pot de confiture.

Abdou est une présence de poids qui doit se glisser dans l'ombre de l'acteur. Son rôle, c'est de s'effacer sans disparaître quand il le faut, lui l'armoire à glace, le bonhomme qui fait rempart quand la foule dévisage Omar. C'est lui qui dit non quand des passants tentent par portable de voler un bout de son image à Omar Sy. Il est le sourire et les yeux doux qui permettent à un enfant de l'approcher. Il doit être là, invisible, quand la star prend toute la place.

Omar finit sa Danette vanille-caramel. Remplit son lave-vaisselle, nettoie ses plans de travail à l'éponge.

Des portants pleins de vêtements sont installés dans la salle à manger.

– C'est quoi tous ces vêtements, Omar ?
– Des fringues pour la promo du film. À chaque apparition dans les médias, une tenue.
– Ah bon ? C'est une obligation ?
– C'est de l'organisation.
– Ah, tu n'es pas tenu par des contrats de porter tel ou tel habit ?
– Non, moi je suis un homme libre.
– D'accord. Du coup pour ce soir, c'est pull à capuche couleur camel et jogging noir…
– Oui, on est en mode détente, tu vois.
– Oui, tu laisses la barbe pousser aussi…
– Non, ça, c'est comme un accessoire qu'on m'aurait prêté et que je vais rendre. Je suis toujours dans mon tournage en Italie… je ne suis pas en mode promo-beau-gosse, je suis en mode promo-avec-Barabbas, mon personnage, qui commence à me gagner de l'intérieur. D'où la barbe.
– Ah.
– Mais si un doute plane, ça m'amuse.

La sortie de ce soir, c'est les salles de cinéma, à Aulnay-sous-Bois et à Créteil. Omar a insisté pour aller lui-même à la rencontre de ce public, celui de la banlieue parisienne.

Il est 21 h 20, le générique de *Tirailleurs* défile sur l'écran de la salle d'Aulnay-sous-Bois, en Seine-Saint-Denis. Omar entrebâille la porte qui conduit sur la scène, juste avant d'entrer dans la salle. Il trépigne d'énergie en voyant le monde, les gens applaudissent. Il pousse la porte, et surgit, comme sur ressort, avance vers les spectateurs, les salue, les checke, fait la bise à une dame, alors que Mathieu Vadepied, le réalisateur du film, suit timidement.

Une dame assise au troisième rang demande à Omar Sy :

– Comment est née cette collaboration entre vous et Mathieu Vadepied ?

– J'ai connu Mathieu sur le tournage du film *Intouchables*, en 2010. Il était chef opérateur. Et un jour, à la cantine, il m'a parlé de l'idée de ce film que vous avez vu ce soir. Il m'a dit cette phrase qui m'a interpellé : « Et si le soldat inconnu était un tirailleur sénégalais ? » Je me suis rendu compte que je ne m'étais jamais posé cette question. Qui pourtant n'est pas infondée. Pourquoi ? Par manque d'informations, certainement. Alors pour moi, ce film que vous venez de découvrir vient un peu combler ce vide.

Un monsieur remarque :

– Sur Internet, j'ai lu que vous avez des origines peules, est-ce vrai ? Et avez-vous autour de vous des tirailleurs ?

– Alors, oui pour la première partie de votre demande, j'ai bien des origines qui font que je parle le peul. Et non pour le reste, je n'ai pas de lien avec un ou des tirailleurs, à part Bakary… ce personnage qui fait désormais partie de moi.

Un autre spectateur :

– Ça laisse quoi alors, dans le cœur, de découvrir cet arrachement à leur terre qu'ont subi ces hommes forcés de combattre pour la France dont ils ne connaissaient pourtant rien ?

– Pour les gens de ma génération, enfants d'immigrés comme moi, ça nous permet de comprendre qu'on se trompe quand on croit que le lien entre les deux pays, la France et nos terres d'origine, se noue quand nos parents immigrent. En réalité, cette attache est antérieure, elle remonte bien au-delà. Je me rends compte qu'on a élagué bien des détails en amont de l'immigration, qu'il y a une histoire qui préexiste. C'est comme une natte tressée depuis longtemps.

Une jeune femme demande :

– Quelle scène a été pour vous la plus difficile à jouer ?

– Ah, aujourd'hui, je peux le dire… La pire scène pour moi, c'est celle du début du film. Quand on doit réunir le troupeau de vaches. Le plus difficile c'était pas les tranchées, mais de réussir à faire passer tout ce bétail entre deux arbres ! Putain, la galère ! On a fait la guerre, pour y arriver, pour ramener toutes ces bêtes. C'est difficile en fait d'être berger, je ne parle pas la vache, moi… Je me suis dit, eh mais je suis passé à ça de cette vie (il superpose son pouce et son index, ne laissant qu'un fin espace entre les deux)… Ça : une génération.

Un jeune homme noir, ému :

– Merci pour ce film, parce que c'est vrai que dans notre communauté africaine, on n'est pas habitués à exprimer nos émotions, à les montrer.

– C'est vrai, ce film permet d'exprimer ce qu'on ne montre pas, parce que les émotions sont moins dans les mots que dans les silences, les regards, les gestes, tout ce qui est non verbal. D'ailleurs, c'est ce qui fait de nous, les enfants d'immigrés, de très bons détectives, capables de décoder ce qui ne semble pas exister, des sentiments tus, l'amour qui ne se nomme pas. Dans le film, l'amour est là, mais il ne se dit pas, parce qu'on sait. C'est comme là, je me tiens devant vous debout, et je ne vous dis pas je suis debout. Ça va de soi. J'ai reçu l'amour de mon père comme ça. Aujourd'hui, je fais autrement, parce que je suis père, et ma femme et mes enfants m'ont appris un autre langage. Mais l'amour, c'est toujours le même. Sa force ne se mesure pas en mots.

Un autre public attend Omar Sy. L'acteur ouvre grand ses bras pour désigner toute la salle, il salue les gens en portant sa main sur son cœur : « Je voudrais vous remercier d'être là, un lundi quand il fait froid. Merci à vous tous, sincèrement. »

Il quitte la salle comme il y est arrivé, sur ressort.

Et débarque à Créteil. Avec la même fraîcheur, la même énergie, il fait face à une salle pleine, sourit à tous ceux qui cherchent son attention. Omar Sy donne, quand les gens demandent. La joie de recevoir pétille dans les yeux des spectateurs. Ça le satisfait.

Une dame d'un certain âge prend le micro :

– La langue dans le film, c'est une langue réelle, qui existe pour de vrai ?

– On ne l'a pas inventée à nos heures perdues, madame. Le peul est une langue parlée dans de nombreux pays d'Afrique, c'est celle d'un peuple du même nom, un peuple de voyageurs, auquel mes origines me rattachent.

Un monsieur rebondit :

– Le choix de cette langue dans le film était évident ?

– Oui, c'est vite devenu partie intégrante de l'histoire. C'est même essentiel dans le film, puisque cette langue est ce qui sépare le père et le fils, quand le français fait justement défaut au père. Le peul crée de la dramaturgie.

Un jeune homme demande :

– Cette histoire que le film raconte entre un père et son fils, elle est inventée, ou elle correspond au récit de vies qui ont existé ?

– Hmm… Imagine un cookie de fiction, avec des morceaux croquants de chocolat qui sont la vérité. Le film, c'est ça. Le goût que ça te laisse dans la tête, tu le dois à ce mélange de réel et d'imaginaire.

Une femme interroge Omar :

– Est-ce que vous étiez conscient dès les prémices du travail pour ce film que vous vous engagiez dans quelque chose de politique ?

– Oui, un peu. À cause du sujet, mais aussi parce que je suis dans les parages : j'ai fait le choix de le produire et de jouer dans ce film. Donc, oui, il y a une démarche « politique » de ma part, comme vous dites. Mais moi, j'ai plutôt envie de dire que c'est surtout une démarche civique. J'insiste quand même sur un truc qu'il ne faut pas oublier, et qui est pourtant déterminant : nous avons voulu faire un film, c'est-à-dire que nous avons fait du cinéma, je vous parle de la forme, elle est importante, essentielle, fondamentale. C'est quelque chose qui nous guide du début à la fin. Pour moi, il y a de la poésie dans ce film, et ça compte énormément, c'est ce qui vous permet ici tous ensemble non pas seulement de comprendre le film, mais de ressentir l'histoire, et peut-être de vous identifier à Bakary et à son fils. Ce qu'il y a de politique dans le film, c'est ce que vous allez faire de ça, dans vos réflexions, dans vos échanges avec les autres, dans le regard que vous portez sur notre histoire.

Un spectateur dans son pull vert ourlé par son col de chemise blanche :

– Je pense aux enfants issus de l'immigration, après ce film... D'où sont-ils, que leur dire, à eux qui sont issus de familles africaines, mais qui sont français, qui vivent en France alors qu'ils sont attachés à leurs origines africaines ? Ils peuvent se sentir mal à l'aise...

– Bah, vous êtes chez vous partout, les gars ! Comme moi, qui ai cette chance de vivre dans plusieurs pays, je le vis bien, peut-être parce que je suis descendant de Peuls, justement, de ce peuple voyageur. Personne ne me met mal à l'aise, au Sénégal ou ici, à Intermarché, je ne me pose jamais la question de savoir ce que je fais là. J'y suis. Mais je connais ce truc-là, cette impression qu'on ne se sent chez nous que dans l'avion. Il y a deux solutions, en fait : ou bien tu es chez toi nulle part, et la vie devient compliquée, ou tu es chez toi partout, et ça va bien.

Une jeune fille pose la dernière question :

– La mort de votre personnage, Bakary, vous a-t-elle personnellement remué, Omar Sy ?

– Je peux vous répondre comme je le fais toujours, que c'est mon métier, que c'est pour de faux, qu'on s'en remet. En vrai, c'était un moment d'intense émotion… Je n'aime pas trop parler de ces trucs-là, moi. Ce n'est pas la question de la mort elle-même qui est particulièrement poignante dans ce récit, mais c'est tout ce qui ne se voit pas, tout ce qui circule entre ce père et ce fils, la transmission dans le silence, la mort en forme de relais, cette manière de s'éteindre, de dire à son fils « Vas-y, vis pour moi ». On vit tous la suite de ceux qui nous ont quittés. J'ai coproduit ce film parce que ça avait du sens pour moi aussi de raconter l'histoire de ce père et de ce fils, qui ne me sont pas étrangers. Ni à aucun d'entre nous tous d'ailleurs. Parce que ce qui compte avec ce film c'est d'établir, de rétablir, ce lien qui existe entre les tirailleurs sénégalais et les poilus. C'est ça, notre histoire commune.

Mardi 13 décembre 2022

« Désolé si je ne te réponds pas, je cavale, Elsa. »

La promo, c'est la promo. Un marathon.

Le matin, enregistrement avec Claire Chazal, pour son émission « Passage des arts ». L'après-midi, « Vivement dimanche » avec Michel Drucker. Dans la foulée, interview avec le journaliste du *Parisien*, pour un entretien qui sera publié le jour de la sortie de *Tirailleurs*.

Pas de temps pour parler dans le désordre avec moi, au milieu de tout ça.

« On se parlera au calme, plus tard. »

Jeudi 15 décembre 2022

Départ à 7 h 45 de l'avenue Victor-Hugo à Paris, embarquement à bord d'un van noir. Au volant, il y a le chauffeur habitué des virées avec Omar, et le garde du corps, à côté de lui. Juste derrière, Maryvonne s'installe avec son ordinateur. Omar et son Tato investissent la dernière rangée. Le soleil pointe ses premiers rayons dans le ciel blanc cotonneux, la lumière irradie l'horizon comme un jaune d'œuf épais qui s'étale. Un trait orangé traverse l'iris brun clair d'Omar. Il dit :

– Tu connais *Les Cités d'or* ? Le dessin animé des années 80…
– Oui.
– Je crois que je suis Esteban, le fils du soleil… Je suis né à la Saint-Sébastien.
– Ah oui, je le note alors.

La chanson, ça fait : « Enfant du soleil, ton destin est sans pareil, l'aventure t'appelle, n'attends pas et cours vers elle… ah, ah, ah, ah… »
Omar, Esteban, même chemin.

On roule vers Verdun, avec une halte en chemin, « on va faire un petit crochet » vers la pension canine pour Tato. Omar explique que « Tato sera en colonie de vacances avec d'autres chiens », parce que son maître ne peut pas l'emmener au Sénégal, où il est attendu dans quelques jours pour présenter *Tirailleurs* à Dakar. « À cause de la soute,

Tato est resté traumatisé la dernière fois, je l'ai récupéré dans sa caisse cassée, ce qui veut dire qu'ils avaient fait tomber mon chien… » Et Omar ne rigole pas avec ça : « Donc, je le laisse en France, je ne veux pas lui faire subir un autre truc comme ça. »

Le van avale les kilomètres en silence. On entend la radio à faible volume, une voix féminine défend le président Emmanuel Macron, Omar tend l'oreille, la dame demande ce que feraient les Français qui critiquent s'ils étaient à la place du chef de l'État, elle précise que c'est pas si facile qu'on croit de présider un pays, hein. Omar prend un petit ton léger et pédagogique, il répond que lui, chère madame, eh bien il essaierait « par exemple de rendre l'impôt efficace, en permettant à ceux qui le paient de l'orienter vers les postes de leur choix, l'éducation nationale, la santé, le sport… ». Abdou et le chauffeur esquissent un sourire sans se retourner, trahis par le rétro.

La journée sera longue pour Omar Sy. Il parle peu sur le trajet, comme un sportif se concentre avant l'épreuve, il réserve son énergie pour ceux qui l'attendent.

À Verdun, collégiens et lycéens sont invités à voir le film, à en discuter ensuite avec l'acteur et le réalisateur, Mathieu Vadepied.

La journée est chronométrée.

Omar commence par l'enregistrement de l'émission « HugoDécrypte », dans le mémorial de Verdun.

Puis l'équipe du musée emmène l'acteur, suivi d'une trentaine d'élèves, à la découverte du champ de bataille.

À Verdun, le ciel est bleu maculé de quelques traînées blanches, il fait sec, la lumière du soleil adoucit le froid glacial qui pique nos joues, nos extrémités, nos pas crissent sur l'herbe gelée. Nous marchons sur un petit chemin frayé par les pas des visiteurs qui se succèdent au milieu de cette terre devenue un bout de mémoire, ponctuée de cratères creusés par le choc des obus tombés là il y a plus de cent ans. Ce sentier, avant, c'était la rue principale d'un village peuplé de 422 âmes, explique le guide. Des arbres ont été plantés tout autour de ce champ, comme un linceul pour recouvrir les corps des soldats gisant sous nos pieds. Ça émeut, ça chatouille, l'histoire frissonne sous nos orteils.

Le guide raconte que le 24 octobre 1916, ils étaient 1 800 hommes, deux bataillons de tirailleurs sénégalais, le 36e et le 43e, qui se sont lancés dans la bataille, le cœur vaillant, bravant leurs peurs, pour enfoncer complètement la ligne allemande. Trois cent soixante de ces hommes sont tombés ce jour-là. Pour la France.

Omar s'adresse à tous les enfants, aux médias présents :

« Ici, la mémoire transpire sous nos pieds. Ici, nous touchons les cicatrices de la guerre. Aujourd'hui, le mémorial de Verdun nous parle de ces hommes, des pères de famille, des fils, venus d'Afrique, qui ont pris part à la Première Guerre mondiale, pour nous, pour la France. Je n'ai jamais entendu parler de ces hommes à l'école. Pourquoi ? Je découvre que c'est pourtant un lien essentiel dans notre histoire. Et je suis étonné de l'apprendre si tard, aujourd'hui, alors que je suis un homme de 44 ans. Le souvenir de ces hommes qui ont laissé leur vie dans la bataille ne quitte pas ce lieu. Les cœurs de ces soldats se sont endormis dans cette terre. »

Sur les hauteurs du fort de Douaumont, dans une herbe rase, gelée et blanche, les élèves se tiennent bien droit, immobiles, et ils égrènent dans le froid, un à un, les noms des tirailleurs tombés au combat, « Samba, Traoré, Coulibaly… ». Un vent sec porte les petites voix timides des adolescents vers le ciel bleu.

Omar Sy remercie les enfants, un mot, une grosse voix, l'émotion partagée creuse un long silence dans ce jour d'hiver ensoleillé. Puis il reprend son souffle et ajoute :

« 150 000 personnes sont mortes ici. Ça calme un peu… Respect, pour toutes ces mémoires dont le souvenir vibre sous nos pieds. On touche ici du bout de nos membres la réalité de notre fiction : l'horreur de la guerre. Immigrés venus d'Afrique ou Français de plusieurs générations, ce que nous raconte ce lieu, c'est que ça fait bien longtemps que nous sommes tous dans la même galère. »

À 16 h 30, les élèves qui ont vu le film dans la matinée sont installés dans l'auditorium du mémorial. Un tonnerre d'applaudissements retentit quand Omar débarque. Le voilà qui s'empare du micro, s'agite, vise un à un tous les regards accrochés à lui comme autant de mains tendues : Omar Sy, l'acteur qui impressionne, le producteur qui gère, l'humoriste qui détend, se multiplie à la faveur de son public. Il s'improvise en animateur qui rythme le show, en modérateur qui cadre les enthousiasmes, en prof qui distribue la parole, en père qui rassure les plus timides. Il s'adapte, se fond dans l'ambiance, se fait perméable à toutes les attentes, se mobilise tout entier pour y répondre. Omar Sy ne se contente jamais de faire « juste le job », mais toujours plus. Il veut rendre en gestes ce que le public lui a donné pour place dans le cœur des Français.

Des tas de mains se lèvent, Omar veut les satisfaire, leur donner à tous la parole. Répondre vite, serrer ses mots, ficeler ses émotions dans des formules imagées, le roi de l'impro sait faire.

Omar Sy dit du film *Tirailleurs* :

« C'est un récit qui nous travaille tous, et le mettre en scène, en faire un film, c'est une manière de traverser organiquement ce bout d'histoire oubliée. Ça prend aux tripes. »

Et à propos de son métier d'acteur, il explique :

« J'étais comme un somnambule, qui se rendait compte qu'il est acteur quand il se réveillait. Comme si c'était pour moi un accident heureux. Maintenant je sais que c'était en moi, ce métier m'habite inconsciemment depuis toujours. »

Concernant le rôle du père joué dans le film, il lâche :

« Quand on joue un personnage, on repart avec des choses de lui, comme si on avait vécu une vraie rencontre, parce qu'on a traversé sa vie d'une certaine manière. Et puis, on donne aussi ce qu'on a à son personnage. Thierno, le fils de Bakary, est joué dans le film par Alassane Diong. Alassane est mon neveu, je l'aime comme un fils. Ce rapport dans la vraie vie a renforcé le lien fictif de Bakary à son fils dans le film. »

Quand un professeur lui demande quel message il espère transmettre aux élèves dans la salle, Omar répond :

« Ah… C'est une colle, ça. J'ai un lien compliqué aux conseils, moi. À l'âge de tous ces jeunes assis dans la salle, j'avais horreur de ça. Ce qui me mettait mal à l'aise, je l'ai compris bien plus tard, c'est que les adultes donnent des consignes teintées de leurs angoisses. Alors, les gars, je n'ai rien à vous dire. Ce que je veux, c'est vous écouter. »

17 h 30. Le mémorial a organisé un goûter pour l'équipe du film. Croissants, pains au chocolat, boissons chaudes, on se sert, on fait une petite pause, on checke ses messages, ses mails sur son portable, on profite d'un peu de silence aussi. Sauf Omar. Auquel le directeur du mémorial tient à faire un cadeau, un beau livre en souvenir de cette journée de mémoire. Omar écoute aussi patiemment qu'il prend plaisir à tremper ses viennoiseries dans son chocolat. Et puis, Alexandre Di Carlo, son attaché de presse, vient lui poser délicatement une main sur l'épaule, signe qu'il faut retourner à la tâche. C'est l'heure des « one to one » avec la presse. Il en ressort à 18 h 25. Au revoir tout le monde, il faut faire vite encore. Omar Sy doit lancer le film dans les quatre salles du cinéma de Verdun.

Il est en place, à 19 h 15. Chaud. Prêt à entrer en scène, comme s'il devait enchaîner quatre spectacles en quinze minutes. Il entre comme une bourrasque dans chacune des salles, avec la trace de sa journée au bout des pattes, ses chaussures qui ont emporté la terre du champ de bataille. Lâche un profond et long « BONsoooooooooooiiiiiiiiiirrr-rrrrr ! », donne ce qu'il peut, encore, et encore : « Ce film, c'est le vôtre maintenant ! », « À vous de jouer, c'est votre partie qui commence ! », « Merci pour tous vos mercis, pour cette journée pleine d'émotions et d'histoire, le film est à sa place maintenant, dans votre cinéma, à Verdun. »

Cahier 4

Lundi 19 décembre 2022

Sénégal.

La maison se trouve au bord de la mer, sur la petite côte, au sud de M'bour, à une centaine de kilomètres de Dakar. Hélène et Omar l'ont conçue de la première pierre à la dernière : blanche, simple, aérée, pensée à l'horizontale, pour permettre à toute la tribu de s'étaler sans encombrer les autres, de se retrouver aussi autour d'une longue et large table, qui surplombe la piscine, où peuvent s'asseoir seize personnes. Hélène y a mis des couleurs, du confort sans fioritures, des petits mots dans les coins, au-dessus des portes, des livres éparpillés, une ambiance cosy, et surtout de la lumière… celle du Sénégal, qui ouvre les yeux, qui n'aveugle jamais.

Au bout du jardin, la mer, ses vagues tranquilles, sa houle régulière et sûre, le pépiement des oiseaux imposent leur rythme. Hélène et Omar Sy vivent ici ensemble dans un monde au temps élastique, qui n'appartient qu'à eux, qu'ils peuplent comme ils veulent. Ils s'y retrouvent, en famille, entre amis, nombreux, à deux, ou seuls.

Ici, sur la ligne d'horizon bien nette, bien droite, bien dégagée, tendue comme un fil devant nos regards, l'avenir fait des bulles en forme d'espoirs qui tiennent.

Hélène la bâtisseuse plante la riche terre sénégalaise, la récolte, pour soigner les malades, aider à lutter contre les maladies parasitaires et virales dans le pays. Elle commercialise avec sa marque Siyah Organics toutes ses plantes, en gélules, en thés, en soins pour le corps, et reverse une partie de ses bénéfices à des actions médico- ou socio-éducatives, à des associations caritatives en Afrique subsaharienne.

Omar le nomade s'invente des ponts entre les continents, découvre au Sénégal « la bonne distance, celle qui est juste, presque parfaite, qui offre le meilleur point de vue » pour raconter en histoires l'évolution, la culture, les mouvements d'un pays et de son peuple. Avec Sy Possible Africa, Omar développe des projets de cinéma au Sénégal, il dit que « tout est à faire ici, l'envie ne manque pas, la matière est partout ».

Mardi 20 décembre 2022

Abdou accompagne Omar, il anticipe les pas de l'acteur en en faisant le double. Et Maryvonne, pas très loin, observe en retrait, impressionnée par le spectacle qu'Omar offre, son engagement dans le lien aux gens, l'enthousiasme qu'il soulève aussitôt dans leurs yeux.

Le duo de Korokoro affronte une journée intense à Dakar, où *Tirailleurs* fait son entrée dans les salles. Bain de foule au programme avec l'avant-première du film au cinéma Pathé, et conférence de presse en guise de pédiluve.

Pantalon bleu marine, chemise verte légère, Omar apparaît avec le sourire devant les journalistes. Solaire, comme toujours. Il s'offre aux objectifs des caméras, curieux et excité comme un enfant de découvrir la manière dont le Sénégal reçoit *Tirailleurs*, prêt à encaisser les questions en rafales : « Comment a commencé l'aventure de ce film ? », « Est-ce que vous avez des tirailleurs dans votre famille ? », « Pourquoi n'avoir pas raconté aussi la suite, le traitement que ces hommes ont subi quand ils sont rentrés chez eux, après la guerre ? », « Comment le public français a-t-il reçu le film ? », « Pourquoi avoir choisi de faire ce film maintenant ? » Et puis, celle-ci, posée par un critique Sénégalais un peu âgé, sur un ton plutôt dubitatif :

– Ce film parle de quoi au fond, de la guerre, ou bien d'une relation entre un père et son fils ?

– Je vous retourne votre question. Comment avez-vous perçu le film, vous ?

– Je suis journaliste. Ici, c'est moi qui pose les questions.

– Et moi, non ?… Je n'ai pas le droit d'en poser ?

– Non, pas dans le cadre de cette conférence de presse.

Omar Sy lâche un grand sourire, les yeux fixés dans ceux du journaliste. Lui qui cherche toujours l'interaction, le jeu, cette fois on lui dit « Non, merci, monsieur Sy », comme une porte froidement claquée au nez. Ça pourrait l'énerver, cette offense. Quand les journalistes remballent leurs affaires et se dirigent vers la sortie, il suit. Rattrape le critique à la démarche sérieuse et bancale, dans son blazer foncé, avec son chapeau sur la tête.

Échange avec lui, quelques bonnes et lourdes minutes, comme on rouvre une porte. Puis repart, avec la réponse à sa question, et le numéro de téléphone du journaliste. Qu'il a ainsi laissé sur sa faim, en l'interrompant quand il n'en finissait plus de lui parler de *Tirailleurs* et de son avis. C'est Omar Sy qui a refermé la porte derrière lui, finalement. Et sans la claquer. Il me dit d'une voix toute gentille et discrète : « Voilà, emballé dans un petit plaid tout doux, le monsieur. »

Omar Sy avoue aussi : « Je suis un peu déçu, j'ai l'impression que le sujet est plus important pour nous en France qu'ici… Ça les intéresse, mais ça ne les passionne pas, non ? Ou alors c'est le sens du film qui leur échappe ?… En fait, je crois que je m'attendais à trop. Comme on dit : nul n'est prophète en son pays. Je me retrouve avec la même problématique ici qu'en France. Je suis double, d'ici, de là-bas, ça agace toujours un peu, où qu'on se trouve, et c'est un réflexe de vouloir me réduire. Mais c'est bien d'être confronté à tout ça, la presse n'a jamais la bonne distance avec le film, soit elle est trop lointaine, soit elle est trop proche… Moi, je fais mes armes. »

Le cinéma Pathé a déployé les grands moyens pour l'occasion, un tapis rouge, de grandes affiches du film, une présence massive de photographes et journalistes. Omar Sy, sa femme Hélène, les enfants, leur neveu et acteur dans *Tirailleurs*, Alassane Diong, quelques-uns de leurs amis, se prêtent au jeu des flashs qui crépitent, photos de groupe, photos de couple, photos de famille. Omar Sy cherche ses parents des yeux, sa mère Diaratou, son père Demba, il s'assure qu'ils ne sont pas bousculés, il les appelle du regard, fait de grands gestes vers eux, envoie ses enfants les chercher, il les veut près de lui devant l'affiche de *Tirailleurs*. Diaratou, ravie et éclatante dans sa robe orange en bazin, a le même sourire qu'Omar, qui naît de sa gorge et grimpe jusqu'aux plis de ses yeux ; Demba, dans son boubou traditionnel bleu et or, appuyé sur sa canne, a le regard opaque de ceux qui retiennent leurs larmes, de joie, de peine, de toute une existence, avec cette étincelle en forme de reconnaissance pour la vie.

Omar vérifie que ses parents seront bien placés, aux premiers rangs pour voir le film.

Plus de sept cents personnes sont là, cinq salles pleines. L'équipe de *Tirailleurs* assure le lancement dans chacune d'entre elles. Omar Sy pousse les acteurs sur le devant de la scène : « Allez, allez, prenez la lumière, les gars ! », il dit aux gens combien il est touché : « On était à Verdun la semaine dernière, on est avec vous ici, aujourd'hui. C'est symbolique, c'est mon histoire. On vient vous livrer ce film, c'est notre bébé, qui devient le vôtre. »

Diaratou Sy a le visage qui s'illumine devant lui et son petit-fils Alassane, acclamés sur cette scène dakaroise. Demba Sy plisse les yeux pour voir Omar, comme on fait le point sur un détail précieux au milieu d'un lointain paysage.

Omar Sy remercie les siens : « Il y a mes parents ici, c'est compliqué de ne pas se laisser gagner par l'émotion, pour vous présenter ce film où on entend la langue parlée à la maison. Vous m'avez toujours soutenu, et je vous aime très fort. Je veux aussi dire merci à mes filles d'être avec moi ce soir. Et ma femme… Hélène… qui se cache quelque part, en haut… je ne te vois pas, mais je te le dis quand même : Je t'aime. »

Hélène pose un baiser dans le creux de sa main, tend son bras, l'envoie d'un souffle vers Omar.

Alassane Diong, fils de Bakary dans *Tirailleurs*, neveu d'Omar dans la vraie vie (« Alassane, c'est mon p'tit gars »), se tient à côté de son « Kaw » (oncle, en peul). Il marmonne trois petits mots pour lui, que personne n'entend, abandonnés dans un soupir de gratitude : « Kaw, il m'habite. »

– Toutes ces émotions vécues en une seule journée. Tout ce monde partout autour de toi. Ça fait beaucoup pour un seul homme, c'est fatigant d'être populaire…

– Non, je reste aux manettes. Dans ma tête, je suis tout seul, c'est l'endroit le plus safe. C'est le cockpit. Ça va.

Omar et toute son équipe intérieure gèrent.

Jeudi 22 décembre 2022

Casquette aux couleurs du Sénégal, lunettes de soleil, chemise et bermuda orange et vert, il se laisse bercer sur la pirogue, au milieu des palétuviers, qui se tendent comme des danseurs sur la pointe de leurs racines aériennes, dans les eaux calmes de la mangrove, entre terre et mer. Au-dessus de cette forêt tropicale, le ciel est d'un bleu uni, sans la moindre brèche, sans la moindre trace de nuage. Aigrettes, hérons et pélicans y dessinent des boucles parfaites au-dessus de nos têtes.

Sa fille Sabah a mis de la musique sur son enceinte, Hélène et la petite Amani fredonnent.

On fait une halte dans un village au bord de la mangrove. Un cheval fin et léger promène la calèche au petit trot dans le sable mou, comme s'il marchait sur l'eau. On s'arrête avec lui devant un énorme baobab qui en enlace un autre. On passe nos corps entre deux racines emmêlées, avec le sentiment de se faufiler entre les phalanges d'un géant dont les bras descendraient du ciel. Le guide explique que ce passage s'appelle « la porte du bonheur », qu'il faut faire un vœu, toucher l'arbre avec la main gauche, pour le voir exaucé « bientôt ».

Magie de la nature.

La pirogue s'enfonce dans les eaux saumâtres en amont du delta où se rejoignent les fleuves Siné et Saloum. Apparaît un ensemble de plateformes aménagées en paradis flottant, avec bar, chaises longues, paniers de basket, balançoires et hamacs suspendus au-dessus de l'eau, petite table ronde en bois posée sur un banc de sable, pédalos et paddles à disposition.

Bouye à volonté.

– C'est quoi, le bouye ?

– C'est le jus extrait du pain de singe, le fruit du baobab.

– Ah… C'est bon ?

– Oui, goûte. Ici, c'est utilisé comme un médicament. On dit qu'on boit du bouye pour soigner le rhume des fesses !

– Un genre de Smecta, quoi.

– Voilà… !

Ça donne envie.

Omar rit.

Il s'étend de tout son long serré à côté d'Hélène, dans des matelas en wax bien confortables, face à l'eau. Il dit que « regarder les enfants jouer dans l'eau, c'est beau et bon », qu'il sent « un vrai parfum de vacances, là ».

On dirait que ça le rassure d'observer la vie qui se déroule autour de lui, de se détendre dans ces petits espaces où aucun regard ne pèse sur lui. Exister, lui tout court, Omar, son « quelqu'un » sans l'image. Sans avoir à jouer au chat et à la souris avec son propre reflet dans le miroir déformant des yeux des autres.

Il ne parle pas, on le dirait en retrait.

« Mais non, je suis là, et bien là même, plus que vous tous… »

Le temps se découpe pour Omar Sy en moments.

Chacun d'entre eux est vécu pleinement. J'insiste encore. Parce qu'on apprend tout ça avec Omar.

C'est toujours le présent, où il vit comme sur un fil tendu entre deux dimensions, le réel, le cadre, le contrôle, et l'imaginaire, le rêve, la liberté. Avec un goût de néant et d'absolu partout.

Il est dans cet espace où nous autres ne nous arrêtons jamais.

Dans cet endroit qu'on n'ose pas penser, qu'on ignore, qu'on ne ressent pas, comme s'il n'existait pas. Un vide au milieu de nos vies, qui aspire tout ce qui passe, et nos mémoires, occupées à célébrer le passé, à anticiper l'avenir, n'en retiennent rien. Le présent, c'est comme le pli d'un tapis où se cachent les poussières, tout ce qu'on ne garde pas, ce dont on ne s'encombre pas pour après.

C'est un espace de solitude totale, c'est pour ça que les gens le fuient dès qu'ils sont en âge de le faire.

Omar, lui, ne l'a jamais quitté, c'est ça, son truc : il regarde les poussières, il voit tout ce que ce temps soulève de détails aussi furtifs qu'éphémères, ça le fascine même, d'entendre le bruit que font nos mouvements. Et il est là avec force, quand ses proches peuvent le penser absent. On dirait qu'il regarde les siens comme il envisage tous les gens. Le présent, c'est aussi ça : un espace où tout le monde se vaut.

C'est une limite pour les proches.

Omar est seul dans ce temps. C'est son luxe et sa peine. Si près des autres, de leurs mouvements, de leurs souffles, de leurs émotions, qu'il en est coupé. C'est un décalage infime, un point de vue, qui lui permet de voir la terre sous leurs pieds, quand eux regardent au loin, ou derrière eux.

Retour à la maison. Alors que le soleil s'évanouit doucement derrière la ligne d'horizon, Omar, debout au bord de sa piscine, ouvre grand les bras :

– Salut papa.
– Hein... ? Pourquoi tu dis ça ?
– Je te l'ai dit, déjà : je suis l'enfant du soleil.

Ah oui, c'est vrai : Omar Sy est Esteban.

Mercredi 28 décembre 2022

Petite virée dans le désert de Lompoul, entre Dakar et Saint-Louis. Deux heures de route. Le paysage défile, une image chasse l'autre.

– Tu vois la ligne droite devant toi, on roule comme ça tout droit, on se dit que c'est la vie. Je crois plutôt qu'on passe notre existence à avancer pour mieux revenir sur nos pas, en fait. La vie, c'est une boucle… Je te l'ai déjà dit, ça, non ?
– Oui. Mais c'est pas grave, explique encore.
– C'est ça, ma relation au temps. Regarde : sur terre, toutes les lignes droites le prouvent, elles forment des boucles. Il faut avoir la vision globale, celle du globe. Une fois que tu as capté ça, tu n'as plus jamais peur… Tu peux inventer ton temps. J'en ai fait ma force. En fonction de l'endroit où je me trouve, je donne au temps la valeur et la densité qu'il mérite.
– Parce que tu peux te le permettre… la popularité te confère un pouvoir au milieu de nous tous. Tu occupes une place qui t'autorise certaines libertés. Tu crois fabriquer le temps autant que tu inventes ton « je ».
– Je ne fabrique rien. Je réinvente, je redéfinis. C'est vrai que c'est une incroyable liberté, le moyen de ma paix.
– Une solitude aussi, peut-être ?
– Non. Quand tu es plein, tu n'es jamais vraiment seul. Le monde entier est à l'intérieur de moi, tout comme je suis à l'intérieur du monde. La solitude dont tu parles, c'est un concept extérieur, ça ne me concerne

pas vraiment. Moi, je me sens avec tout le monde, tout le temps.

– D'accord, mais tu es dans un certain décalage quand même, tu sens bien ça ?

– Oui. Moi, je suis dans le coin de la pièce. Depuis toujours, partout, petit à l'école, dans l'appartement familial, aujourd'hui encore, toujours en observation. Cet endroit où je suis, c'est aussi un espace-temps. Il y a un proverbe peul qui dit : « Il n'y a pas d'avant ni d'après. » La vie, c'est trois jours : hier, aujourd'hui et demain. Tout est un seul et unique moment. C'est ce que je pense. La vie, c'est maintenant. Hier, c'est passé. Demain, c'est pas fait.

– C'est ton histoire du présent, ça. Mais les souvenirs comptent quand même…

– Ce sont des bagages, ils doivent rester légers.

– Alors, ta liberté, c'est de couper avec ton passé ?

– Non, ça, c'est la prison. Devenir libre, c'est prendre de la distance sans couper le lien. C'est l'histoire de la pièce… Faut pas la quitter, faut rester dans le coin.

– Dans le coin, on ne se fait pas beaucoup d'amis.

– Pas beaucoup. Les amis, ils sont sur le chemin, on les croise, ils nous accompagnent un bout. Je ne les cherche pas comme on se met à la recherche d'un appartement. Mais je ne suis pas seul, il faut comprendre ça. Il y a plein de gens qui veillent sur moi. Et cette histoire du coin de la pièce, c'est pas un effort que je fais, c'est une nature. Je suis comme ça, je vis comme ça. Je suis bien. Il y a quelque temps, j'ai voulu faire un petit sketch pour mes enfants, pour leur faire signe, montrer que je pensais à eux. Je leur ai envoyé la vidéo de « Mr Lonely » à Saint-Rémy, où on me voit seul assis à ma table, jouer à vivre plusieurs personnages. Ils ont pleuré. Hélène les a consolés, elle leur a assuré que j'allais bien, elle leur a dit : « Il a cent personnes qui lui parlent tous les jours, faut pas s'inquiéter pour lui. » Ils ont certainement plus le sentiment d'être sans moi, que moi d'être sans eux.

Le soleil se love dans le creux des dunes du désert de Lompoul. C'est une lumière de fin de journée qui s'étale, un goût de début pour tout, avec ce désert dont le sable chaud et fin enfouit nos pieds à chaque pas sans jamais les retenir, c'est comme si on découvrait le confort oublié de la terre, on s'enfonce mais on se sent léger quand même. Sous le ciel étoilé, comme autant de petites lumières qui rendent la nuit claire, les petites mains des enfants s'amusent sur les tam-tams, on danse sur des tapis de velours entre amis. Il y a Chillaw et Marilyne. Il y a Souleymane Cissokho, le boxeur français né à Dakar, sacré cinq fois champion de France, médaillé de bronze aux Jeux olympiques de Rio en 2016, qui s'est fixé les championnats du monde pour objectif.

Il y a Hélène, qui danse pieds nus, qui ouvre ses bras, qui distribue son regard et ses sourires à ses amis, s'assurant au passage que chacun profite. Omar, allongé la tête sur les genoux de sa fille Sabah, regarde le spectacle de ces gens qu'il aime.

– Tu aimes bien ne rien faire, comme ça ?

– Mais je ne fais pas rien là. J'observe mes enfants, les gens, je réfléchis. Et oui, j'adore ça.

– Du coup, tu n'as pas un peu la flemme de devoir bientôt retourner au « boulot » ?

– J'y suis pas encore. Ne m'envoie pas là-bas, s'il te plaît. Ici, c'est maintenant.

Omar envoie un clin d'œil, en guise de gentil avertissement. Faut pas le déranger dans un moment pareil.

Vendredi 30 décembre 2022

Le *JDD* publie son traditionnel classement des personnalités préférées des Français. Jean-Jacques Goldman caracole toujours en tête. Thomas Pesquet suit. Omar Sy est troisième. Avec Kylian Mbappé qui le talonne.

Quand le spationaute est passé devant lui l'an dernier déjà, l'acteur avait déclaré : « J'ai beau être une star, je ne vous offrirai jamais la lune. »

Encore une petite formule d'Omar Sy.

Samedi 31 décembre 2022

« Merguez, frites, champagne sans alcool. Hélène, les enfants, quelques amis. C'est le réveillon qu'il me faut. »

En prime, une étoile filante traverse le ciel.

Dimanche 1er janvier 2023

Et l'année commence par une « polémique » (débat plus ou moins violent, vif ou agressif, selon le *Larousse*) dont l'écho retentit jusqu'au Sénégal, à la table du petit déjeuner.

C'est une longue interview publiée ce jour dans *Le Parisien* qui vient réveiller les hyènes. On entend leurs cris, jusque sous le soleil sénégalais. Deux questions, deux réponses, ont suffi :

« Votre famille vient aussi de Mauritanie, un pays très marqué par les guerres. Quand vous voyez maintenant l'Ukraine, êtes-vous découragé par l'état du monde ?

– L'Ukraine n'a pas été une révélation dingue pour moi. Comme j'ai de la famille ailleurs en Afrique, je sais qu'il y a toujours eu des enfants en guerre, des familles brisées et des parents qui perdent leurs gamins, des gosses qui deviennent orphelins. Ça n'a jamais cessé depuis la Seconde Guerre mondiale. Je suis surpris que les gens soient si atteints. Ça veut dire que quand c'est en Afrique, vous êtes moins atteints ? J'ai été traumatisé, petit, par le conflit Iran-Irak, j'ai grandi avec ces images horribles. C'était la guerre, à l'ancienne. Puis il y a eu la guerre du Golfe, il y en a sans cesse. Moi, je me sens menacé de la même manière quand c'est en Iran ou en Ukraine. »

« Vous sentez-vous citoyen du monde ?

– Peut-être, mais la guerre m'a toujours fait un truc. Une guerre, c'est l'humanité qui sombre, même quand c'est à l'autre bout du monde. On se rappelle que l'homme est capable d'envahir, d'attaquer des civils, des enfants. On a l'impression qu'il faut attendre l'Ukraine pour s'en rendre compte. Oh, les copains ? Je vois ça depuis que je suis petit. Quand c'est loin, on se dit que *là-bas, ce sont des sauvages, nous, on ne fait plus ça*. Comme le Covid, au début, on a dit : *c'est que les Chinois*. »

Une ancienne ministre d'Emmanuel Macron déclenche les assauts à 8 heures du matin sur Twitter, en postant le bilan du nombre de militaires français morts au Sahel dans la lutte contre le terrorisme. Elle écrit : « Non, Omar Sy, les Français ne sont pas “moins atteints” par ce qui se passe “en Afrique”. » Le rapport avec les propos d’Omar Sy dans *Le Parisien* est… acrobatique.

Les hyènes s’en moquent, elles dépècent les mots, réduits en cadavres sans chair, les brandissent sur les réseaux sociaux, acclamées par des hordes affamées.

– Ça t’énerve tout ça ?

– Ce qui est chiant, là, c’est de donner à manger aux cochons.

– Mais tu n’as pas l’air en colère.

– Tout ça ne change pas grand-chose pour moi. Avant et après l’article, je suis le même gars, noir, imposant, et je vais continuer à rire.

Il se lève de table, d’un coup. Enfourche son buggy. Part faire un tour.

Lundi 2 janvier 2023

Omar prend son dernier repas au Sénégal, avant de s’envoler pour Paris.

Les médias ont faim, et ils se croient forts en gymnastique. Ils attrapent « la polémique » au vol, comme une corde. Les chaînes d’information en continu se balancent grossièrement dessus toute la journée, avec des intervenants qui rebondissent en direct, comme sur un trampoline. Les écrans déroulent des bandeaux en lettres capitales, en gras, surlignés en bleu, en blanc, en rouge, comme si c’était la

France tout entière, le drapeau, la nation, qui dénonçait l'acteur pris en flagrant délit de trahison :

« OMAR SY, L'INGRAT DE LOS ANGELES »
« OMAR SY, ACTEUR POPULAIRE... ET POLÉMIQUE »
« PARTI PRIS : OMAR SY, NOTRE MAUVAISE CONSCIENCE »
« OMAR SY : UNE INDIGNATION LÉGITIME ? »
« GUERRES EN AFRIQUE : OMAR SY FAIT DÉBAT »

Et les commentateurs s'en donnent à cœur joie, « people déconnecté », « exilé fiscal », les assauts pleuvent.

– Oui, ils remettent sur le tapis les affaires Adama Traoré et George Floyd, parce que je soutiens leurs familles, et évoquent même la Mauritanie... Tout ça à deux jours de la sortie de *Tirailleurs* en France ? Ils ne veulent pas qu'on en parle. Alors ils déploient toute cette énergie. Parce que, quand même, le lien entre cette interview du *Parisien* et le film est bien plus évident et facile que celui qu'ils s'acharnent à faire avec l'Ukraine ou George Floyd, non ?
– C'est inquiétant, si on en est là, non ?
– Moi, je trouve ça marrant. J'entends des gens qui vont jusqu'à affirmer que je devrais plutôt dire merci. Mais... si je dois dire merci à la France, alors tout le monde doit en faire autant. Ou alors c'est une manière de me dire que je ne suis pas français, que je ne compte pas ? Non, mais, les gars... C'est trop tard !

Omar sourit.

– Ou alors, c'est à cause de l'argent, parce que tu en gagnes beaucoup.

– Et donc ? Je dois dire merci ? Ce que ma famille a pris d'allocations familiales, je l'ai bien rendu vingt fois en impôts depuis. Mais le cliché du sale Noir profiteur qui crache dans la soupe résiste à tout.

– C'est dur ?

– Je me rends compte que j'ai affaire à des minables. Le plus dur pour moi, ce n'est pas ce triste constat, non… C'est de ne pas les mépriser, de ne pas céder à la tentation de les regarder de haut, en leur disant « Mais, *meskine*, les gars, vous êtes pitoyables ». Voilà le seul danger pour moi.

– Rentrer ce soir en France, c'est comme plonger dans un bassin d'eau froide. Ça va piquer.

– Oui. C'est pour ça que je ne veux pas qu'on m'éclabousse avant. Je préfère profiter de mes moments, partir sur mon buggy. Je veux que ce soit étanche autour de moi. C'est comme ça qu'on préserve le présent. Et là, ma seule motivation pour prendre l'avion, c'est que je vais chercher Tato à sa colo.

– Tu n'appréhendes pas le retour ?

– Non. Les pauvres, ils ne savent pas combien je suis français, moi. *Le Corbeau et le Renard*, j'ai lu, je connais, merci bien. Et moi je ne lâche pas mon fromage. Ils peuvent chercher tant qu'ils veulent, sur l'Ukraine ou autre chose, ils ne me trouveront jamais.

Les valises sont prêtes. Les enfants défilent dans les bras d'Omar, qui les serre fort.

Mardi 3 janvier 2023

Omar Sy est l'invité de Yann Barthès, dans l'émission « Quotidien ». Le journaliste lui demande comment il a vécu ces assauts de haine, matraqués à longueur d'antenne sur les chaînes d'info et sur les réseaux sociaux. Omar se tait, les mots ne suffiront pas. Il répond en gestes : tourne sa tête vers son épaule gauche, la vise d'un regard déterminé et curieux, prend même un petit recul avec son cou, arme son bras droit, le remonte, plié vers cette épaule gauche, et époussette du plat de sa main son blouson noir.

Il ajoute :

« Ce que j'ai dit, je l'ai dit, comprenne qui voudra (…). Finalement, c'est pas vraiment ce que je dis, le problème, je le vois bien… C'est ce que je suis, et ce que je suis en train de devenir. Je parle de ce film *Tirailleurs*, qui parle bien de la France, qui parle bien de la guerre (…). Ce qui est clair, c'est que ce n'est pas ce que je dis qu'on attaque, Yann… c'est moi. Et c'est pas un problème… »

Omar fixe la caméra, comme pour traverser le petit écran et s'adresser directement à ceux qui le cherchent. Il leur dit :

« Trop tard, les gars. »

Il les a semés. Depuis longtemps.

Et il ajoute en revenant vers Yann Barthès :

« Ce que je refuse de faire, c'est de me justifier, parce que je ne dois rien à personne, je suis français. »

Omar revient vers la caméra. Et envoie un baiser dans sa main.

À tous ceux qui ne le rattraperont jamais.

Mercredi 4 janvier 2023

Pour la sortie du film en France, Gaumont organise une « soirée chiffres » : l'équipe du film, les producteurs, le distributeur, les acteurs attendent le résultat des entrées pour ce premier jour de *Tirailleurs* dans les salles à Paris et en province. Petits-fours et boissons pour tenir les impatiences.

Omar salue tout le monde, avec son sourire qui vient du cœur, il anticipe les attentes dans tous ces regards qui le cherchent, prend soin de les croiser un à un. Maryvonne, juste derrière, écope modestement des éclats de joie en forme de confettis qui marquent le passage de la star. Chillaw observe son ami, comme une confirmation : « La légitimité n'est plus une question pour lui, c'est aux gens qui l'entourent de se demander s'ils sont à la hauteur. » Ariane Toscan du Plantier, directrice de la communication et du patrimoine chez Gaumont, embrasse Omar Sy avec affection, le toise. L'acteur se tâte la taille, concède qu'il a un peu pris, c'est vrai, mais bon, pas grave, si ? Ariane convient avec tendresse qu'il est parfait comme ça : « Pour bien prendre la lumière, à cet âge, il ne faut pas perdre de poids, sinon ça creuse les joues. »

Ariane Toscan du Plantier se souvient des premiers essais de *Tirailleurs*, qui l'avaient affolée : « Je vois Alassane, magnifique à l'image, et je demande : “Mais il parle quoi, là ?” On me répond : “Le peul.” Je leur ai dit : “Mais vous êtes des malades ?! On va faire deux entrées !” Et puis j'ai compris, je me suis excusée : le peul, c'est toute la force de ce film, c'est l'intensité du lien entre le père et le fils, c'est aussi ce qui nous plonge dans les profondeurs d'Omar. C'est comme si j'avais retrouvé avec *Tirailleurs* celui que j'avais perdu après *Intouchables*… C'est dur de faire quelque chose après un tel succès, ça peut prendre des années de se sortir d'un truc pareil. Mais Omar a un instinct de survie énorme. On peut le sentir partir si un grain de sable se glisse dans les rouages de ce qu'on entreprend avec lui. Finalement, quand on le perd, quand on le croit énervé, c'est toujours justifié. Pour *Tirailleurs*, c'est lui qui avait raison, tout est aligné, il est comme rassemblé là, droit dans ses bottes. »

Les chiffres tombent : 55 480 entrées pour ce premier jour. Soit le double de ce qui était espéré.

Omar Sy applaudit. Il est vraiment content : « Je me prends un bonus, après les racistes. » Il fait rire tout le monde : « Merci à tous les racistes, on les aime, on leur fait plein de petits poutous. »

– Tu ne leur dois pas ton succès quand même ?
– Pas du tout ! Je me réjouis de leur donner tort, c'est tout.

Chillaw regarde Omar avec autant d'admiration qu'il boit sa joie : « Au lycée déjà, il était dans d'autres sphères… Assis au premier rang, studieux. C'était opportun. Il savait qu'il ne fallait pas perdre son temps. » Chillaw n'est étonné de rien aujourd'hui : « Omar a une énorme capacité d'adaptation, c'est un caméléon, qu'aucune circonstance ne surprend. »

La nuit est tombée sur Paris, les pavés humides de la capitale luisent sous la lumière jaune des lampadaires, les rues sont désertes, l'écho de nos voix creuse le silence. Omar a envie de marcher dans la ville endormie, pour faire circuler sa joie quand personne ne le voit. Il prend le pas que la victoire insuffle, rapide, léger, pour cette promenade clandestine et enivrante. Tato trépigne, trottine, galope, derrière les pas de géant de son maître, tout content de ne pas être rappelé à l'ordre au bord des trottoirs de l'avenue Foch. Chillaw participe à l'aventure nocturne, comme pour s'assurer que son ami gère l'équilibre, sur le fil de son succès.

– Ça rend fragile, la réussite ?

– Ce qui est déstabilisant, c'est le regard des autres sur toi qui change. Pour *Intouchables*, mon départ aux États-Unis m'a valu des critiques, « il est parti », « on l'a perdu ». Comme si j'étais à la dérive. J'ai senti ces doutes, parmi mes proches, mes amis, ma famille, et même Fred… Ce qui était un chemin pour moi, ce choix de partir avec ma famille, ils l'ont vécu comme un bouleversement. Quand je revenais, je voyais dans leurs yeux autre chose que ce que je connaissais d'eux.

– Tu avais le sentiment de ne plus te reconnaître en eux ?

– Comme si j'avais changé, d'un coup. Et les anonymes aussi, leur vision de moi devenait totalement différente. Je sortais de notre duo, Omar et Fred, les gens ne savaient même pas que j'étais marié, ils pensaient même que j'étais en couple avec Fred ! Et puis d'un coup, avec *Intouchables*, tout devenait différent, important, sérieux, lourd. J'ouvrais ma bouche, et ça se transformait en analyse :

« Bon, alors, voyons, qu'est-ce qu'il dit le renoi, là ? » Mes petites vannes qui suffisaient à balayer une question de journaliste n'étaient plus efficaces. Le rapport s'était brusquement raidi, j'étais sommé de donner des réponses. Ce sont des petits détails, mais en vrai, ça fait l'effet d'un tremblement de terre intérieur. Ça m'a fait vaciller, ce décalage, à l'époque.

– Tu continues de craindre ces regards qui te réduisent ?

– Je suis passé à autre chose. Je suis honnête et sincère dans mes positions. Mais je pense que la vérité est plurielle. À mesure que j'avance, je donne à voir des choses, ce sont des couches qui se superposent, et je m'épaissis. Ce que les gens, eux, y discernent ne m'appartient pas, ça les concerne, c'est leur vérité. Je ne dois pas m'adapter à l'optique des autres. Moi je bouge, ma vérité est en mouvement. Leur regard change en conséquence. C'est logique. Le sens vient après. Je fais mes choix parce que je suis touché, parce que je ressens qu'ils veulent dire quelque chose d'important pour moi, mais je ne décide pas de ce qu'ils signifient pour le public. Je suis un acteur d'instinct, je ne suis pas un intellectuel, moi.

Voilà. Et là, faut arrêter de couper les cheveux en quatre, revenir à ce moment qui va se perdre si on n'a pas les deux pieds dedans : le toujours fameux instant présent d'Omar Sy.

Omar demande : « Les gars, vous êtes chauds ? On va voir la flamme, sous l'Arc de Triomphe ?... C'est le symbole qu'il me faut, là. » « Les gars », c'est Chillaw, Tato, et mon petit cahier de notes, accroché à mes mains. Pour traverser la place de l'Étoile, Omar donne le signal : « *Now !* » On court derrière lui. Devant la flamme qui ne s'éteint jamais, des fonctionnaires de police font corps, interdit d'approcher le tombeau du soldat inconnu. Omar fait son gentil sourire, et demande : « Juste une petite photo, messieurs, allez… et on repart comme on est venus ! » En courant. Comme des voleurs d'instants, qui grappillent quelques secondes de magie.

– Tu vas raconter tout ça dans le livre ?
– Oui.
– On verra. Si ça fait bien.
– Comment ça ? Je l'écrirai en tout cas.
– Mon intimité, ça ne regarde pas les gens, Elsa.
– Mais si ça a du sens pour eux… ?
– Faut voir, si ça prend sens pour les autres, ce n'est peut-être pas si intime. Je ne vais pas te brider maintenant. Je m'occuperai de la censure à la fin, t'inquiète.
– Ah, d'accord, on va voir ça.

Il me fait un clin d'œil de prédateur. Il rit.

– On peut parler encore ?
– De quoi ?
– Pourquoi tu ne racontes pas le lien particulier que vous avez Alassane et toi dans la vie ? Tu en as eu maintes fois l'occasion pendant la promo du film. Alassane n'est pas juste un neveu pour toi…
– Alassane est le fils de ma sœur, je l'ai vu dès qu'il est né, et il a passé beaucoup de temps avec nous, il a grandi avec mes enfants, il est leur frère. Pour moi, c'est mon fils, et je suis son père. Mais je ne veux rien lui imposer dans le récit de sa propre vie, il fait son métier d'acteur,

c'est à lui de raconter ce qu'il veut de lui-même. Je ne me permets pas de partager son histoire s'il ne le fait pas lui-même. Par ailleurs, il a un père, et je ne voudrais jamais le mettre en difficulté à ce sujet.

– Cette attache dans la vraie vie ajoute pourtant à la force de la relation entre Bakary et son fils dans *Tirailleurs*. C'est donc intéressant d'explorer les coulisses de ce lien.

– Je ne suis pas si sûr. Si un magicien nous raconte comment il réussit en vrai à mettre un éléphant dans une pièce, c'est tout de suite moins drôle, moins magique. Je crois qu'il faut garder aux choses, aux gens, aux histoires, leur part de mystère. La profondeur d'un lien ne se raconte pas, elle se vit.

Jeudi 5 janvier 2023

Retourner la haine en force, la polémique en honte, la division en faiblesse. Se rassembler quand on essaie de le déchirer en petits morceaux. Omar Sy remercie les nombreux anonymes qui lui offrent ces pouvoirs. Sur Twitter, il écrit à ceux qui sont allés voir *Tirailleurs* : « Vous êtes ma force et ma France. »

Petit échange téléphonique. Pas long, hein.

– Tu as gagné la partie, là. Tu es content ?

– Je ressens bien le danger aussi. Je connais le game. Je suis déjà tombé dedans. Seulement, je n'ai plus peur, je suis à l'aise sur mon fil maintenant, j'ai trouvé ma stabilité, et personne ne me fait vaciller… Les gens autour de moi, c'est le bâton qui me permet de gérer mon équilibre. Avant, ce n'étaient pas les bonnes personnes, j'étais sensible à leur urgence, à leur timing, et je perdais l'équilibre en dansant sur la musique des autres. Maintenant, j'impose mon temps.

– Tenir sa ligne, rester soi-même. Les doutes des autres ne t'atteignent plus… C'est ça ?

– Mon idée à moi, c'est d'être aujourd'hui celui que je suis, et un autre demain. De bouger dans mon image, à mesure que le temps passe. Je ne sais pas vraiment ce qui me faisait me casser la gueule avant… Je sais que c'est l'oreille interne qui gère les équilibres, ça se passe à l'intérieur de soi. Parce que le dehors, tu sais depuis tout petit qu'il est hostile, surtout quand tu es un renoi élevé dans les années 80. On en revient à Jean-Jacques Goldman, qui a tout écrit, qui m'a tout expliqué sans que je m'en rende compte : « Il faut transformer tous les pas-de-chance par de l'intelligence. » Il faut se bâtir un univers intérieur… ce qui était assez facile pour moi, tout jeune. Là où c'est difficile, c'est quand on change de monde, les repères tombent, et faut tout recommencer. J'ai dû recomposer tout ça entre mes 20 ans et mes 30 ans, avec de nouvelles données, la notion du public, la place de l'image. J'ai appris que je ne peux pas tout partager avec les gens, sinon qu'est-ce que je laisse à ma femme, à mes enfants ? C'est là toute la différence entre Omar et Omar Sy.

– Tu cloisonnes donc ?

– Oui, mais les cloisons sont amovibles, il n'y a rien de figé, on est en évolution permanente. Un peu comme dans un open space, tu vois. Tout est une question de place, savoir reconnaître celle qu'on occupe, s'assurer qu'on est bien à celle qui est la nôtre. La foi m'aide dans cette gymnastique.

– Il faut être capable d'émerveillement pour croire que les miracles de la vie ne sont pas l'œuvre simple du hasard, mais la conséquence d'une force supérieure.

– Oui, c'est mon cas. La lune, par exemple… C'est une dinguerie : pendant un mois, elle tourne autour de nous, c'est cyclique, c'est un système, des boucles, des cercles pleins. Je trouve ça fou. On peut me dire que c'est un concours de circonstances. Mais non, moi je ne peux pas m'en tenir à ça… Je sais que c'est Lui ! J'ai son numéro, je lui parle. C'est ma vie de croire, et aussi de faire croire. Et j'en ai fait mon métier, je ne pouvais pas faire autre chose.

– Ah, tu es salarié de Dieu…

– Ah non, je ne crois pas ! Je ne suis pas un ange… Les anges, on ne les voit pas. J'ai seulement réussi à préserver l'enfant qui est en moi. Je crois que c'est un peu ça aussi, la foi. C'est ma bulle de départ en tout cas. Et c'est celle-là qui a failli éclater entre mes 20 ans et mes 30 ans. Mais on en reparlera…

Oui, je note. Et on verra s'il ne m'enfume pas, si on en reparle en effet un jour.

Mercredi 11 janvier 2023

En général, c'est Hélène qui signale les publications concernant Omar. L'intention n'est pas promotionnelle. Elle est préventive. Hélène est la ministre des intérieurs, celle qui veille sans relâche, avec un œil d'experte, sur toutes les représentations de son mari. Elle analyse, elle anticipe, elle évalue les retombées, les effets, la durée. La démarche est coûteuse en émotions, il s'agit d'être en première ligne sur le front. En bonne guerrière, Hélène Sy se sent investie de la mission de protéger les siens, son mari, ses enfants, la famille. Le premier cordon de sécurité, c'est elle. Une sorte de police de proximité à elle toute seule, qui hume les tendances, dissuade les rôdeurs.

Pendant ce temps-là, Omar Sy, dans son mouvement de fond, tient sa ligne, vaille que vaille. Il reste stable, qu'il fasse tempête ou beau temps.

Donc, aujourd'hui, Hélène m'envoie le lien de cette interview d'Omar Sy, diffusée sur Oui Hustle, la chaîne YouTube d'un certain « LeChairman »…

Je regarde le temps total de l'entretien : plus d'une heure d'échange, dis donc. Ah ouais, il s'est donné, Omar, là.

Il parle.

Ailleurs.

Pas dans mes cahiers. Super.

Il raconte comment il est devenu Omar Sy : que c'est Jamel qui le fait bifurquer, quand il a 19-20 ans, alors qu'il voulait faire ingénieur dans le froid, lui. Que c'est Jamel qui l'emmène à Radio Nova, pour déconner. C'est là qu'Omar comprend ça : faire marrer les gens, c'est un métier. Bon, il précise que ses parents n'ont pas fait la fête quand ils ont vu leur fils partir faire le comique, ils ont paniqué même. Mais Omar a suivi son chemin comme une évidence.

OK, tout ça, il me l'a dit aussi. C'est bon.

Le jeune homme le qualifie de « grand renoi qui faisait rire à table la bourgeoisie blanche ».

Le propos est un peu péjoratif quand même… Je suis sûre que ça l'énerve, ça.

Mais non, Omar fait une réponse froide, il recadre le gars, le fixe bien droit dans les yeux : « Bon, regarde ce renoi qui était en train de faire rire les gens à table, et regarde-moi aujourd'hui. Donc, voilà. Heureusement que je n'ai écouté personne, et que j'ai tracé ma route. Et je conseille à tout le monde de faire la même. »

Il lui fait la leçon, en mode paternel : « En fait, il faut écouter le feu que t'as dans ton ventre, et personne n'a le droit de l'éteindre. Personne n'a ni le droit ni assez d'eau pour ça normalement. Donc, si tu les laisses faire, c'est que c'est toi qui l'as éteint le feu, dans ton bide. Laisse-les rire, laisse-les penser ce qu'ils veulent… On verra à la fin. C'est à la fin du bal qu'on paie les musiciens, copain. »

J'ai remarqué ça : Omar ne se met jamais hors de lui, il a une méthode bien à lui, il choisit la hauteur. Pour envoyer ses petites pichenettes, il commence par des caresses.

L'interview est longue.

J'entends Omar qui pose les noms de quelques bonnes âmes pour qui il a une reconnaissance certaine : le directeur de Nova, Jean-François Bizot, dont la considération a été un cadeau pour Omar ; il parle d'Alain De Greef aussi, qui a dirigé Canal+, et appris à Omar que la patience est une arme pour réussir.

Je me fais la remarque qu'il cite très peu de gens, Omar, en général. Nicolas Anelka, Jamel Debbouze sont des repères incontournables, parce qu'ils ont fait de leurs rêves des réalités. Sous ses yeux à lui. Omar les a vus, y croire, puis devenir des repères.

Il a bien regardé Nicolas Anelka, qui avait à peine 17 ans quand il est entré au PSG, prouvant ainsi que le football peut être un métier.

Il a bien observé l'élan déterminé de Jamel, fonçant droit devant lui pour devenir humoriste. Sa fulgurance, sa montée en puissance, c'était comme un appel d'air pour Omar. Jamel a fait son spectacle, laissant une case vide à la télévision.

Et qui en a profité ?

Omar Sy.

C'est à l'époque où on comptait encore l'argent en francs, juste avant l'an 2000. Omar dit qu'avec « Le cinéma de Jamel », soit quatre émissions par mois, il empochait « six mille balles en faisant de la rigolade… C'est pas mal, quand même ? ».

Je note ça… Parce que avec moi, Omar n'évoque jamais aucune somme. On parle bien « argent », mais jamais chiffres.

Dans l'interview, Omar dit bien merci à Jamel, « hier, comme aujourd'hui ».

J'ai remarqué qu'il tient toujours à dire sa reconnaissance. Je me rends compte que c'est comme une nécessité personnelle, je crois que ça lui rend le succès plus léger à porter.

Il doit à Jamel ses débuts de « comique ». C'est vrai, de toute façon.

Et aux réalisateurs Éric Toledano et Olivier Nakache, ses premiers pas au cinéma. C'est eux les premiers qui lui expliquent qu'il est un acteur-né, même s'il ne veut pas l'entendre tout de suite. Ils offrent à Omar un vrai rôle dans *Nos jours heureux*, puis dans *Tellement proches*. Et *Intouchables*, qui se transforme en une sorte de « deal », comme dit Omar, ce film sera la preuve qu'il est bien un comédien dans l'âme.

« À l'arrivée, j'ai le césar du meilleur acteur. Donc… Cendrillon a eu sa fée. Moi, mes deux fées, c'est clairement eux. »

Sa manière à lui de parler de la magie des rencontres.

Tout ce qu'il a lâché en deux heures.

Quand même.

Je me dis : y a de quoi se poser des questions, mémère.

Avec ta méthode de pro, genre on privilégie la détente, on travaille la relation, un peu comme si j'étais la prof de gym, quoi : j'assure les échauffements de l'athlète, en amont des vraies performances.

Jeudi 12 janvier 2023

En fait, Omar n'est pas là. Il a disparu de mon radar. Il est toujours Barabbas, quelque part en Italie.

Je lui fais un vocal sur WhatsApp, je lui dis que c'est les boules à Hollywood pour moi, cette interview, quand même.

Du coup, il m'appelle. Il rigole de mon message :

– Tu te fais des doutes pour rien, c'est bizarre… En fonction de la personne qui m'interroge, je fais à ma façon, moi, tu sais.

– Ouais. D'accord.
– Je suis Lupin, Elsa.

Il est sérieux ?

Oui, oui, je crois qu'il l'est.

C'est sa manière à lui de dire qu'il est un homme aux identités multiples, qui assimile un contexte, un environnement, qui identifie les attentes des gens auxquels il a affaire, et les rassasie. Qu'il fait ce qu'il veut, surtout.

Hélène précise : « Il faut que tu comprennes bien, Omar s'adapte, c'est à la fois le mal de sa vie, parce que ça coûte en énergie, et c'est aussi sa plus grande force. Omar ne distribue jamais les mêmes choses, aux uns et aux autres, ça dépend de ce qu'ils veulent. »

OK.

Alors moi, je veux deux heures pour l'assaillir. Essayer d'être tout le monde en face de lui.

– Bon, Omar… Je peux venir en Italie, pour qu'on travaille ? Sur une journée, je viens, je repars. Hop, hop, comme ça, tu vois… ?

– Heu… Là, je vais aller à Naples, voir le match de foot. Et ensuite, je vais à la campagne, dans la nature, tu vois. Faire des balades avec mon chien. Je vais débrancher total, et nettoyer *Tirailleurs*. Je suis dans le sas, là… Je bouge les cloisons de l'open space. Et là, en marchant, je pensais à un truc que je veux te dire : je crois qu'en fait j'ai envie de m'oublier un peu, on m'a beaucoup vu là, on a beaucoup parlé de moi, et j'ai beaucoup parlé de moi. Et donc, j'ai envie de m'oublier un peu. C'est pour ça, la nature, et tout ça… C'est un truc qui est beaucoup plus grand et beaucoup plus important que moi, et mon personnage Barabbas aussi, qui pour le moment est beaucoup plus important que moi. Donc, voilà, j'ai envie de m'oublier un peu… C'est ça la formule que j'ai envie de te donner. »

La formule pour m'en-dor-mir.

Omar, tu es Kaa… le python dans *Le Livre de la jungle.* Et moi je suis Mowgli, j'écoute la chanson, sans broncher.

Faudra repasser, avec ta petite pile de questions sous le bras, Elsa.

Vendredi 20 janvier 2023

Omar Sy a 45 ans aujourd'hui.

Il dit toujours que vieillir, ça ne l'ennuie pas. Qu'au contraire on prend en sagesse, en assurance, en force. Et que l'expérience accumulée, c'est comme du muscle.

Il est balaise, Omar Sy.

J'espère qu'il va bien.

Pas de nouvelles, quoi.

Lundi 30 janvier 2023

Le livre, Elsa. Tu dois avancer. Tu fais quoi ?

J'attends.

Qui ?

Bah Omar.

La savonnette : celui qui est là, pleinement. Et celui

qui disparaît complètement, en un claquement de doigts. Ciao, bye bye. La géographie fait la géométrie variable de ses liens.

Ainsi vit le caméléon.

Omar Sy veut s'oublier un peu, il l'a dit.

Il voulait surtout que je l'oublie, moi.

Bon.

C'est frustrant.

On n'est jamais avec Omar Sy, dans sa bulle. Parfois, on y croit quand même, un peu, mais c'est une illusion entretenue par la chaleur humaine et la qualité d'accueil d'Omar le python. On est en fait dans une autre bulle, celle où il reçoit, dans le vesti-bulle, juste avant le couloir qui mène vers son monde. Ces histoires de bulles, ça me fait penser aux aventures des Barbapapa. Omar, c'est une sorte de Barbapapa ; en fait : capable de se fondre dans la forme de celui qu'il faut, d'être toujours celui qui manque. Barbatruc, il est là. Barbatruc, il est plus là. Voilà.

L'amitié d'Omar Sy est sincère, entière, valorisante.

C'est le lien de confiance qui est fragile, jamais acquis, jamais total.

Omar trouve toujours un moyen de s'échapper derrière les rideaux. Là où l'on se croit dans sa vie, avec lui, on est en fait sur une scène, dont on prend conscience au moment où il la quitte. On se retrouve esseulé, dans le vide qu'il laisse.

Omar s'invente des coulisses dans toutes ses vies, il est capable de se retrancher à l'infini, où qu'il soit, avec tout le monde.

On croit l'avoir tout entier à sa disposition, on comprend après coup que non, il était seulement celui qu'il voulait bien être, en réponse à celui qu'on attend qu'il soit pour nous.

Ses failles, ses chutes, on peut les imaginer, les ressentir de manière lointaine, les évoquer. Omar peut les reconnaître, mais pas les expliquer. Il referme doucement la porte sur ses ténèbres. On accède uniquement à ce qu'Omar Sy maîtrise de lui-même.

C'est peut-être ça, gérer une image.

Est-ce la célébrité qui nécessite ces aménagements intérieurs, si l'on veut échapper à l'emprise dont elle menace tout ego déployé à la tâche ?

C'est une question. Je ne crois pas que la célébrité en soit la réponse complète.

Omar Sy est un monstre humain.

Je le vois tant dans sa vie privée que dans sa vie publique, ou encore « au travail ».

Il est partout « extra » ordinaire.

Au-dessus du lot, différent, décalé en tous ces lieux.

Lui-même propose une définition qui lui convient mieux : « Pour moi, “extraordinaire”, ça veut dire aussi “ordinaire à l'extrême”. »

À l'abri des regards, avec les siens, Omar Sy se repose de lui-même. J'ai pu me rendre compte de ça. Il se vautre et se détend avec plaisir dans son propre rôle, celui du mec-on-ne-peut-plus-normal ; avec ses petites limites, ses moments de connerie, ses réactions parfois minables. Il reconnaît tout ça, y compris le soulagement qu'il y trouve. C'est toujours bon d'être comme tout le monde.

Les siens ont droit à lui, tout court.

Donc, tout le reste, tout ce qu'Omar Sy a d'exceptionnel, de grand, d'admirable… il le réserve aux autres ? À ceux auxquels il doit, non pas ce qu'il est, mais ce qu'il a pu devenir ? Tous ces gens qu'il ne connaît pas, mais qui ont une idée bien arrêtée de lui, qui ont fait de lui ce « quelqu'un » multiple, juste en le regardant, juste en le célébrant. Ils sont là, les anonymes, tout près, dans l'espace du succès, aux portes de l'intimité verrouillée, là où les proches, la famille, les amis apparaissent si lointains qu'ils semblent appartenir à un autre monde. Celui de la réalité ? Mais quel monde est plus réel qu'un autre ?

La notoriété, la célébrité transforment l'espace autour de soi.

Altèrent les sens ; la vue, l'ouïe. Elles rendent myope. On voit loin les proches. On voit tout près les inconnus. Les chuchotements de la foule se transforment en vacarme. On prend pour des berceuses les cris des siens.

Le succès conduit à une sorte de distorsion du réel. Il déforme l'espace, l'appréhension des vraies distances devient impossible.

Omar, est loin, et tout près à la fois. Je regarde à la loupe quelqu'un qui n'est pas sous mes yeux.

Cahier 5

Mardi 31 janvier 2023

Ah, coup de fil d'Omar.
Faut être efficace, là.

– Comment ça va ? Alors… L'Italie ?

– Je te confirme que c'était vraiment pas un endroit pour qu'on discute, Elsa. Là, je ressens un peu d'usure, je suis fatigué. Je pense beaucoup à mon retour à Los Angeles… un peu plus que la normale. J'ai un peu envie de rentrer chez moi, là. Ça fait longtemps que je suis ici, j'éprouve un manque de ma femme, et de mes enfants. Même si j'ai ma grande fille Sabah ici, avec moi. Mon rapport au temps change, là. Mon attache au présent est plus faible, je me surprends à me projeter un peu, là.

– Ça ne se passe pas si bien que ça, ce tournage, alors ?

– Si, aucun problème. On s'amuse ici, c'est sympa. Mais je n'investis pas comme d'habitude, avec ce petit supplément d'âme qui m'emporte, je suis attiré par ailleurs, j'ai un peu envie de partir. Je me rends compte que je compte les jours.

– C'est le travail… Quel qu'il soit, ça fatigue, à la longue.

– Non, ici, c'est pas du travail pour moi. Le pire, ce qui peut me demander beaucoup d'efforts et me rincer, c'est plutôt quand je fais des « promos ». Au contraire, j'aime bien quand un film sort en faire un autre.

– Pourquoi ?

– Ça équilibre. Si tu te plantes, ça t'offre une nouvelle chance. Et si tu réussis, ça te permet de relativiser le succès. Ça t'évite de t'enfoncer, ou de t'envoler. Quand tu rejoues tout le temps, c'est le même processus que de relancer les dés. Tu fais table rase chaque fois, une nouvelle partie s'ouvre.

– Mais le succès de *Tirailleurs*, ça fait quand même du bien, non ? Dépasser le million d'entrées après à peine un mois de diffusion en salles, c'est pas mal.

– Oui, je suis très content, évidemment. J'ai le droit de refaire un tour de manège, tu vois. Mais au fond, ça ne change pas grand-chose. Le « trop tard » que j'ai adressé aux mauvaises langues dans l'émission de Yann Barthès ne fait que se confirmer. La vie continue, elle suit un cours entamé depuis longtemps, n'en déplaise à certains…

– Et comment va Tato ?

– Il vit sa meilleure vie, en Italie. Il y a des femmes, et il adore les femmes. Mais ici c'est aussi la ville, alors il est un peu frustré, la campagne lui manque.

– Omar, pendant que je te tiens, j'en profite… Je voulais te parler d'argent, parce qu'on n'en parle jamais. Donc, l'argent, quel rapport entretiens-tu avec cette notion centrale dans nos vies ?

– Je ne sais pas. Je ne sais même pas te dire combien j'en ai. Je sais seulement que ce que je gagne, ce que je prends, c'est ce que j'estime mérité. Mais l'argent, je ne veux pas trop avoir à y penser. C'est ça, mon luxe, de n'avoir jamais à me poser la question de savoir si je peux ou pas me permettre ça ou ça, comme j'ai vu mes parents le faire toute mon enfance. L'argent, c'est un outil que j'aime bien avoir en poche. Et je pense avoir un rapport sain avec cet « outil ».

– Qu'est-ce que tu appelles « un rapport sain » ? On a tous le même, on en veut, on en a besoin. Non ?

– Je n'ai pas peur de ne plus en avoir, moi. Je sais vivre sans oseille. Je vivrais de la même manière, intérieurement. Je ressentirais le manque évidemment, mais ça ne m'est pas étranger comme sentiment, je sais ce que c'est que de ne pas avoir assez d'argent, je connais cette ambiance intérieure, et les tensions que ça occasionne. Aujourd'hui, même si tout s'écroule, je ne tomberai jamais aussi bas que de là d'où je viens. Même si je perdais tout, ce ne sera jamais autant la *hess* (expression qui signifie « être dans la misère ») que dans mon enfance. Je trouverai toujours un moyen de manger, je n'ai pas peur d'aller faire autre chose de ma vie, moi. Je n'ai pas de pression par rapport à ça. J'aime bien la formule qui dit : « Travaille comme si tu n'avais pas besoin d'argent. » Tout ce qui s'en va revient. Et inversement. Tout ce qui vient repart.

Petit silence.

– Elsa, je suis désolé, mais je ne peux pas rester trop longtemps avec toi. Je dois appeler Maryvonne, on a plein de choses à voir.

Dans la vie qui est une boucle, Omar est le coup de vent. Qui souffle quelques mots, et disparaît aussitôt.

Et moi, je suis la journaliste qui pose la question énervante.

Vendredi 24 février 2023

Je crois que c'était quand on parlait de son comportement en mode « savonnette ». Je lui avais dit : « Tu sais, Omar, il n'y a pas meilleure manière pour moi de mieux comprendre ton mouvement qu'en le visitant. » Il avait répondu : « OK, on va le faire, tu vas venir chez moi aux États-Unis, quand je serai au calme. »

Donc voilà, j'y suis.

Une pluie battante et glacée s'abat sur Los Angeles. Je sonne à l'immense porte blanche, avec ma valise au bout du bras. À travers les fenêtres, je vois de la lumière dans toutes les pièces. C'est une maison pleine.

La porte s'ouvre. Hélène apparaît dans un pull bleu ciel qui se reflète dans ses yeux. Omar suit, dans sa djellabah d'intérieur. Tidiane s'échappe sous la pluie, Sabah mange des choux de Bruxelles, Alijah joue avec des copains sur son ordinateur, Amani refait le monde dans sa chambre. L'ambiance est colorée, cosy, fleurie. Des bougies répandent des odeurs fraîches et végétales. Les assiettes sont peintes d'oiseaux, de cœurs, de fleurs.

– Voilà, Elsa, bienvenue chez moi !

– Dans ton chez-toi d'Amérique…

– Oui, c'est ici qu'on a fait ce qu'on voulait, avec Hélène et les enfants. En France, c'était trop « *low profile* » (profil bas), pour toutes les raisons que tu connais. On suffoquait, on ne pouvait pas vivre tranquilles.

– Mais qu'est-ce qu'il y a de plus agréable ici ?

– L'anonymat. La vibe (l'ambiance). En France, dès que tu veux faire bouger un peu les lignes, on te regarde de travers, comme une bête curieuse. Ici, tout est possible. Et surtout, je me suis rendu compte que je n'étais pas dingue, avec mes rêves et mes envies. Ici, des mabouls comme moi, il y en a partout… C'est peut-être un asile géant, mais moi, je m'y sens bien.

– Tu préfères donc cette vie ici…

– C'est plus compliqué que ça. Mais l'état de la France est un peu bas en ce moment, alors justement qu'on part de bien plus haut. Ici, le pays est jeune. C'est pas la même dynamique, tu vois… En France, on s'occupe beaucoup de conserver le passé, on se hisse sur nos vieux acquis. Aux États-Unis, construire, s'ouvrir, sont des obsessions permanentes. Ici, on aime inventer, imaginer. Et ça, c'est plaisant pour moi. Moi, je ne veux pas jouer Omar Sy, je ne veux pas qu'on m'essore, je me bats plutôt pour raconter des histoires, pour voyager dans des personnages.

Samedi 25 février 2023

9 heures. Ambiance de début de week-end, la maison se soulève doucement, les sommeils craquellent à mesure que le soleil se lève.

La voix grave d'Omar gronde en sourdine : oh là là, Tato a fait pipi et caca dans la maison, « Qu'est-ce que tu as fait, là, hein ? Tu vas à la geôle, allez… » Enfermé dans le garage, le chien. Pauvre Tato, qui rampe comme s'il était couvert de honte, tête baissée, avec ses yeux qui jettent un regard de détresse par en dessous, en forme d'appel à l'aide. Omar lui parle : « Et arrête de faire cette tête de *meskine* là, ça ne marche pas avec moi. Je le connais, ton cinéma, hein. »

Ah OK, le chien est un acteur.

Amani enfile des perles dans le salon. Omar accroche un long torchon à sa taille, dans l'élastique de son jogging, il se met à cuisiner des crêpes, comme ça, sans recette, « à l'œil », trois œufs, du sucre, du lait, de la farine, et « tiens, je vais mettre un peu de vanille ». Il s'agite autour de sa poêle, heureux comme un papa qui nourrit ses petits.

On mange tous les crêpes.

On ne libérerait pas Tato, là, Omar ?

« T'inquiète pas pour Tato, je l'ai déjà relâché, je ne suis pas un monstre, moi. »

À midi, Omar propose à Hélène : « Tu veux pas que je te fasse une petite bolognaise ? » Non, elle préfère commander, vraiment. Omar : « Je veux cuisiner, là, je suis chez moi dans mon boubou, je veux profiter. » Faire le mec-on-ne-peut-plus-normal. Il empoigne un énorme couteau. Coupe de l'ail. Tant pis, il prépare quand même « quelque chose… pour les autres… hein, madame Hélène ! ».

– Tu aimes bien faire à manger, Omar ?

– J'ai toujours aimé ça, faire la cuisine. Quand j'étais petit, je voyais mes deux parents faire, je m'amusais à ouvrir le frigo, y avait jamais grand-chose, à part le pauvre piment tout seul, et les œufs. Je faisais des créations. C'est pour ça que je cuisine très bien les œufs dans toutes leurs humeurs, j'ai pas mal expérimenté toutes sortes de cuissons… Tiens, c'est dommage qu'on ne puisse pas mettre de musique dans le livre. Là, on lancerait un petit Michael Jackson, « Man in the mirror » ou « Stranger in Moscow », tu vois.

– Quels sont les films qui t'ont marqué, Omar ?

– Tous les *Rocky*, *Star Wars*, *Les Dents de la mer*, *Les Affranchis*, *Le Parrain*, et *E. T.* Et après, tous les films de Bruce Lee, bien sûr… Les gens ne le disent pas ça, en général. Mais moi, je l'assume. Après, y a les incontournables : *La Soupe aux choux*, *La Grande Vadrouille*, *Rabbi Jacob*, et les *Fantômas* bien sûr.

– Le cinéma te faisait rêver, petit ?

– Non… C'était trop loin pour moi. Je rêvais plutôt d'aller sur la Lune. D'être chef cuisinier. Je continue de croire que le voyage sur la Lune sera possible de notre vivant. Et là, je prends mon ticket, je le fais, direct.

– Tu voulais devenir astronaute alors ?

– J'ai pas eu trop le temps de le vouloir, à peine de le rêver. Les conseillers d'orientation m'ont bien découragé. Ils m'ont expliqué que ce serait un peu galère, pas ultra-accessible pour moi.

– Tu avais peur de l'avenir, comme certains de nos enfants peut-être, qui ne savent pas encore ce qu'ils vont devenir ?

– Moi, je n'avais peur de rien. Je n'avais rien ! Ma situation n'avait rien à voir avec celle que mes enfants connaissent aujourd'hui. J'étais dans le pire… Tout ne pouvait être que mieux. Enfin, non, il y avait pire que le pire : aller en taule, par exemple. Bon, c'était facile à éviter, ça. Alors que le pire pour mes enfants aujourd'hui, ce serait de tout perdre, de vivre avec un confort moindre.

– Eux, donc, risquent de se retrouver dans la situation que tu décrivais hier, à la place de ceux qui veulent conserver ce qu'ils ont.

– Possible. Mais je crois que je ne les ai pas élevés comme ça, dans l'obsession de garder, ou d'avoir. On ne les a jamais privés, mais on leur a appris que leur richesse, ce n'est pas ce qu'ils possèdent, mais ce qu'ils sont. La capacité de s'adapter à tout, c'est ce qui compte le plus dans la vie. C'est, selon moi, la clef de tout.

– Vous leur avez donc parlé de la valeur de l'argent.

– Non, jamais. On ne parle pas d'argent avec les enfants, ce n'est pas un sujet central, puisqu'on en a. Mais il n'y a pas de règle en la matière, ce qu'il faut faire ou pas, on n'est pas là pour donner des leçons aux autres. Je pense seulement que ce qui compte pour les enfants, c'est le lien que nous avons à l'argent, leur mère et moi. On a des amis qui n'ont rien, on en a d'autres qui ont tout. C'est pas parce qu'on possède des choses qu'on est des gens mieux. On dira seulement qu'il est plus facile de vivre quand on a de l'argent. Mais j'insiste là-dessus : quand on n'avait pas grand-chose, Hélène et moi, on s'en sortait quand même, on déshabillait Paul pour rhabiller Jacques, les enfants ne se rendaient compte de rien, et on était heureux.

– Tu n'étais pas pauvre non plus…

– On a connu la banqueroute. Hélène était enceinte de Sabah, on avait déjà Selly. C'était juste après le « Visiophon », quand le producteur du spectacle « Omar et Fred » s'est tué sur la route. On a dû produire nous-mêmes. De 2003 à 2006, c'était bien la merde, trois années bien basses. Et pourtant, c'était une très bonne période. Que je ne regrette pas. On n'en serait pas là où nous sommes, maintenant, si on n'avait pas connu ce passage difficile.

– Tu racontes ça à tes enfants, par exemple ?

– S'ils m'interrogent, oui. Mais pas spontanément. Quand tu éduques tes enfants en leur parlant toujours d'une échelle de valeurs autour de l'argent, la valeur de l'argent en question devient centrale dans leur vie. Et ça devient le mètre étalon.

– Il y a l'environnement aussi qui influe sur les enfants…

– Oui. Mais ici, à Los Angeles, le contexte est un peu différent de celui du XVIe arrondissement à Paris. Je ne dis pas qu'il est meilleur… Je me sens seulement plus à l'aise. Les gens ressemblent plus majoritairement à mon profil, ici. Ce sont des personnes qui sont devenues « riches », des sportifs, des acteurs. Ce n'est pas le patrimoine qui fait l'homme riche, ni son succès. En fait, je n'aime pas dire ce mot « riche », parce que je trouve qu'il n'a pas de sens, ou alors il en a trop. C'est jamais juste quand on dit de quelqu'un qu'il est « riche ».

Omar enfile ses claquettes : « Tu viens ?… On va nourrir les chiens. »

Ils ont une cabane avec un bout de terrain dans un coin du jardin. Il y a deux molosses tout en muscles, Eko, l'american staff, et Chaï, le cane corso, qui se tiennent droits comme des soldats devant leur patron. Le petit Tato, lui, fait figure d'indiscipliné, il s'agite, il fait le beau, il se tord de joie en voyant son maître approcher. Omar Le Dresseur de Chiens se plante devant eux, lâche un « *Sit* » sérieux et ferme, ses trois élèves se mettent aussitôt au garde-à-vous,

Tato jetant des regards à droite, à gauche, bouche ouverte et langue pendante, l'air de dire « Vous avez vu, les gars, moi aussi je sais faire, alors faites pas trop les crâneurs ». Omar les appelle ensuite un à un, chacun sa gamelle, qu'il pose devant eux, avec interdiction absolue d'y toucher avant son signal. Ils savent. Attendent sans broncher, regardent Omar comme s'il était l'univers à lui tout seul. Tato bave. « Han… Ils sont à ta merci, quand même, ces trois-là, hein. » Omar rigole, il dit que j'ai pas tout vu, et là, il ordonne un puissant « *Down !* ». Les molosses s'écrasent à terre comme des crêpes, le regard planté sur Omar. Les gamelles sont à quelques minuscules centimètres d'eux, le supplice. Allez… « OK ! », Omar donne le feu vert. Les chiens se ruent sur leurs gamelles. Ouf.

Omar retourne dans la cuisine. Je le suis, en pensant aux chiens.

Il vide le lave-vaisselle.

– Hier, il y avait la cérémonie des César, en France. Virginie Efira a été récompensée, tu as vu ?

– Oui, et je suis content pour elle. J'aime son parcours, c'est une bonne actrice. Vraiment. Elle en a fait des films, beaucoup. C'était pas trop tôt. Et ça m'a fait plaisir aussi pour Alice Diop, dont le *Saint-Omer* a été sacré meilleur film.

Omar gratte avec insistance le fond d'une casserole dans l'évier.

– Ça te rappelle ton propre césar. C'est un moment agréable, cette consécration, qui déclenche une vague de légitimité à l'intérieur de soi, non ?

– Oui, c'est une marque concrète de reconnaissance,

et ça ne fait jamais de mal. Tu te dis, c'est bon, là j'ai le diplôme, je peux y aller. Alors qu'avant ça, moi, je me sentais un peu acteur du dimanche, tu vois… un peu amateur.

– Tu étais inquiet, tu doutais un peu de toi.

– Je doute tout le temps, je passe ma vie à me remettre en question. Mais l'inquiétude, non, ça m'est étranger. C'est plutôt l'affaire de mes proches, ça, ils peuvent la ressentir. Pas moi, je suis dans le mouvement, c'est ma défense. C'est une question de posture, on n'avance pas en se regardant le nombril… Sinon, je vais me cogner.

– Tu étais impressionné au moins, quand tu as été récompensé par la profession ?

– Non, j'étais très content. Vraiment très très content. Mais pas impressionné. Il n'y a que la création qui m'impressionne… Une montagne, par exemple. Ou les photos de la planète Mars. L'univers, la formation du monde. Le séisme en Turquie… Cette faille qui s'ouvre. Qui fait ça ? La nature, Dieu, appelons ça comme on veut. J'ai son numéro… Je sais, moi. Donc, j'ai plutôt été agréablement surpris. On vient me dire : Tiens, tu es acteur. Je dis : Bah OK, merci les gars. Ça a ouvert d'autres horizons. Mais je n'attendais pas tout ça.

– Ça s'est plutôt présenté à toi de manière fortuite, tu veux dire ?

– Vient ce qui vient, dans la vie. Je n'ai pas la maîtrise. Celui dont j'ai le numéro, il sait… Mieux que nous tous. C'est lui, le pro.

Tidiane, le fils d'Omar, passe dans la cuisine, ouvre le frigo, revient. Glisse cette phrase, avant de repartir aussi sec : « Non, mais c'est pas seulement Dieu, il y a toi aussi… »

– C'est vrai que ça ne tombe pas tout cuit du ciel, un destin comme le tien… Il y a un peu de boulot quand même, non ?

– Il faut avoir confiance, ne pas être ni pressé ni oppressé. Être attentif, et proactif. Moi, je me fixe des objectifs, des challenges à relever, c'est ce que j'appelle être en mouvement, précisément. *Lupin* par exemple, je me bats. Je traverse des moments de doute, où je suis pas satisfait, je fais le choix de continuer, parce que je veux être à la hauteur du cadeau. Je tiens à ce projet, je veux l'honorer. Alors j'y crois.

– Tout est foi, avec toi.

– Le métier que je fais, je te l'ai déjà dit, c'est la foi. Quand je joue Bakary dans *Tirailleurs*, j'y crois. Je te le répète, je dois croire pour vous faire croire. C'est ma façon d'être, de travailler.

– Tu parles de ce genre de choses avec d'autres acteurs ?

– Pas vraiment. Pour le moment, les seuls échanges que j'ai eus sur ce genre de considérations, c'est plutôt avec des gens plus âgés. Par exemple, Tom Hanks. J'ai parlé de ça avec lui : croire. Lui, c'est très différent de moi, parce qu'il a fait une école, il a appris le métier autrement, il a un tas de repères techniques qu'on lui a transmis, moi je fais ma sauce, je fais avec ce que j'ai, ça passe par ma spiritualité donc. Attends… Excuse-moi… Chutt… deux secondes.

Omar se met à marcher sur la pointe des pieds, avance doucement vers le couloir, suit son chien à distance.

– … Bah qu'est-ce que tu fais, Omar ?

– Je suis en phase espionnage… De Tato. (Il chuchote.) C'est bon… Pas de pipi.

– Donc : tu as des techniques, toi, pour entrer dans la peau d'un personnage, ou alors chaque fois, tu prends ça comme une nouvelle aventure qui colonise toute ta vie ?

– Il y a tout un boulot que je fais à la lecture du scénario, des questions que je me pose sur le gars que je vais jouer, qu'est-ce qu'il veut au fond ? Qu'est-ce qui le motive ? Je cherche beaucoup le sous-texte, l'impact à l'intérieur de lui, derrière les mots qu'il dit. Tout ce qui tourne autour de la psychologie du type, je l'explore beaucoup à la lecture. C'est le travail de la tête que je fais beaucoup en amont, parce que je veux que la tête me laisse tranquille quand je serai sur le plateau. Une fois que je tourne, je ne me pose plus de questions sur le personnage, c'est trop tard. Il est là, il vit en moi, il est comme je serai. Décors, costumes, détails, toute sa vie est là, faut y aller.

– Est-ce que tu t'appropries le personnage à l'excès, au point de devoir le défendre devant le réalisateur ?

– Je défends mon personnage si on me demande de faire quelque chose contre lui. Je fais tout, moi, si le réalisateur me donne de quoi y croire. Je ne discute pas, je n'argumente pas, je le sens ou je ne le sens pas.

– Tu as du mal à quitter les gens que tu joues ?

– Ce truc de « je ne suis pas sorti de mon personnage » ? Nan, j'ai pas ça. Sauf pour *Chocolat*, c'était différent. C'était une personne pour moi. Une vraie. J'ai mis du temps à me débarrasser du fantôme. Ça m'a encombré, c'était un peu oppressant, je portais le poids de l'histoire de cet homme, fils d'esclaves, premier artiste noir de la scène française, ça m'a un peu habité. Et je me demandais, mais c'est quoi la vraie histoire de ce type ? Je n'étais pas sûr d'avoir été juste. Je voulais lui rendre hommage, mais lui, l'aurait-il voulu ? Je voulais absolument être respectueux de sa mémoire. Ma question, c'est celle-là : est-ce que je me suis aidé moi-même, ou est-ce que je l'ai aidé, lui ?

– Et donc, finalement… Tu as bien fait ?

– Oui, ça y est, c'est bon. Aujourd'hui, quand je pense à lui, je n'ai plus de malaise. Le doute a disparu. J'ai bien fait. Je suis fier de ce film.

– Et tu n'as pas traversé les mêmes angoisses au sujet de Bakary, par exemple ?

– Non, c'est une création. Et Bakary, c'est aussi une cause. Je suis beaucoup plus tranquille avec lui.

– Tu regrettes certains des films dans lesquels tu joues ?

– Non. Je reconnais cependant des erreurs que j'ai comprises plus tard. *Knock*, par exemple. Mais je ne regrette pas du tout. C'est un peu l'expérience ratée de *Knock* qui me permet de réussir *Lupin*. Il est question de littérature, de patrimoine français… Il faut oser se les approprier, pour contourner et éviter les critiques. C'est ça, la persévérance. *Knock* n'a pas été un succès, et ça a été une claque pour moi.

– Pourquoi ?

– Je n'aime pas qu'on ne me voie pas. Je préfère qu'on me marche sur la gueule en le faisant exprès, plutôt qu'on passe à côté de moi en m'ignorant sur le côté. Cette situation d'indifférence, je l'ai vécue, et j'ai trouvé ça horrible. Ça a été la sortie de film la plus difficile de toutes pour moi, je l'ai mal vécue. C'est le moment où a éclaté la polémique avec Éric Zemmour, en plus. J'avais changé de statut et je l'ai bien senti, là.

– C'est-à-dire ?

– J'avais le sentiment que les médias m'en voulaient, pour je ne sais pas quoi. Je n'étais plus du tout le mec sympa de la télé, qu'on invite sur tous les plateaux pour rigoler un coup. Là, c'était en mode : « Mais attends, tu continues, là ? Mais tu vas où ? Tu veux quoi ? Maintenant, c'est *Knock*, mais qu'est-ce qui te prend, là ? Tu as pris la confiance, ou quoi ? » J'ai senti quelques regards de travers, bien insistants, qui me disaient : « Alors, l'Américain ? », l'air de me flatter, mais avec une telle ironie que ça voulait surtout dire « le pas Français ».

On explique au lecteur :

En octobre 2017, une polémique est lancée sur le plateau de « C à vous ». La journaliste Anne-Élisabeth Lemoine reçoit Éric Zemmour. Elle demande au président de Reconquête, parti politique d'extrême droite, de réagir à un propos tenu par Omar Sy en octobre 2016 dans cette même émission. Interrogé sur l'ambiance en France, l'acteur invité pour la sortie du film américain *Inferno* avait à l'époque confié : « Aujourd'hui, on n'écoute, et on ne va donner la parole qu'aux guignols, qu'aux gens qui vont marquer le trait, qui vont aller dans la provocation, la caricature, provoc pour provoc, sans vraiment de fond. On voit ceux qui vendent des livres aujourd'hui, ceux qui sont numéro 1, ce sont ceux qui vomissent des choses [...]. Je ne nommerai personne parce que je ne veux pas donner d'intérêt à qui que ce soit. » Un an plus tard donc, le micro est tendu à Zemmour, qui n'était pourtant pas expressément visé par Omar Sy, pour qu'il réponde. Et le polémiste traite Omar Sy de « guignol ». En pleine promo de *Knock*, Omar Sy est alors assailli de questions qui n'ont rien à voir avec le film, sommé de réagir aux propos de Zemmour. Il dit sur Europe 1 : « Je n'ai pas envie de me rouler dans la boue avec les cochons. » La polémique monte comme de la mayonnaise, Zemmour s'en donne à cœur joie, la haine prend toute la place. Et chaque jour, encore un peu plus. Omar Sy ne veut pas remettre une pièce dans la machine. Il doit se taire. C'est dans cette atmosphère délétère qu'il prend brutalement la décision d'interrompre la promo du film *Knock*.

– Cette expérience-là, encore une fois, soulevait le problème du regard des autres sur toi.

– Oui, quand il change. Ça me fait penser à la chanson d'Orelsan, « Bonne meuf » :

Mais j'crois qu'j'suis devenu une bonne meuf
(...)
J'suis plus dans la vraie vie comme une bonne meuf
On m'parle et j'me méfie comme une bonne meuf
J'me fais payer des verres comme une bonne meuf
On m'prend mon numéro comme une bonne meuf
J'reçois plein d'textos comme une bonne meuf
J'reçois plein d'cadeaux comme une bonne meuf
J'fais plein d'photos comme une bonne meuf
J'trouve facilement du taf comme une bonne meuf
J'fais gaffe à mon image comme une bonne meuf

Tu te réveilles un matin et tu n'es plus dans ta peau. Tu es dans celle d'une bonne meuf que tout le monde veut ken (niquer). Tout le monde te regarde chelou, même les gens que tu connais finalement depuis longtemps. C'est le *Truman Show*, ce film où le personnage principal mène une vie heureuse, alors qu'il est, sans le savoir, la star d'une télé-réalité, les gens sont des acteurs, les décors sont du faux, rien n'est vrai. Jusqu'au jour où il se rend compte de tout ça… Ça rend ouf… Comme s'il y avait une caméra accrochée quelque part, tout est faux, même tes potes. C'est ce qui m'est arrivé avec Fred. Il m'accusait d'avoir changé alors que c'est lui qui me regardait autrement.

C'est son regard à lui, Fred, qui a changé. Moi, je suis resté le même. Celui qui n'arrivait pas à l'heure. Après *Intouchables*, il a considéré que c'était le signe que je me la pétais. En vérité, non, j'étais en retard, succès ou pas.

– Tout ça peut rendre fou en effet, menacer l'équilibre mental de quelqu'un.

– Je n'avais pas les mots pour comprendre tout ça, j'étais comme dans un mauvais film dont j'arrivais pas à sortir et c'était devenu ma vie, je subissais. J'ai eu besoin de voir quelqu'un, d'être pris en charge psychologiquement, pour accepter d'accueillir une nouvelle créature dans ma vie : Omar Sy.

– C'était un mauvais moment à passer…

– Non, un truc à gérer. Tu peux prendre la grosse tête, ou angoisser à mort. Ou les deux, d'ailleurs. Devenir une diva aussi… Y en a qui ont bossé pour ça : laisser tomber leur manteau derrière soi en attendant que quelqu'un le ramasse. Certains savent gérer ces regards qui pèsent. Les « enfants de » jonglent vite, ils prennent vite le truc, d'être un peu schizo, parce qu'ils ont enregistré petits, je pense, et inconsciemment ils trouvent les solutions en eux. Ou alors, ceux qui ont un pseudo, ça les protège. Comme Diam's, par exemple.

– Ça ne lui a pas tant réussi que ça, elle s'est complètement retirée de la scène publique parce qu'elle souffrait, justement.

– Elle a commencé à sombrer quand il y a eu une confusion possible entre les deux, quand Diam's a commencé à parler de Mélanie, à la mettre trop en avant.

– Moralité : il faut cloisonner à mort.

– C'est plus complexe, parce qu'il faut à la fois bien séparer les deux et en même temps toujours les lier. C'est de la matière vivante, il faut laisser le canal ouvert, il s'agit de nourrir et doser le lien.

– C'est un effort ?

– Non, ça devient même un jeu, quand on a acquis la gymnastique. Il y a l'image publique, l'attente des gens, ce regard chelou, il faut comprendre qu'en fait il ne t'est pas véritablement adressé. Même mes proches me regardaient étrangement, ma femme, mes parents. Comme dans « Vendredi tout est permis », tu sais, l'émission avec le décor qui bascule ? Toi tu es là, tu penches la tête, en te demandant, mais c'est qui ?, c'est quoi ?, et quand tu comprends que ça n'existe pas vraiment, tu n'as plus qu'à donner le change. C'est ça, jouer le jeu. Mais on a déjà parlé de ça, je crois ?

– Oui, dans le cahier 1.

– Mais tu as écrit combien de cahiers, là ?

– On est dans le cinquième.

– Va falloir arrêter, un jour, non ?

– Oui, t'inquiète pas.

– C'est pour toi que je m'inquiète, Elsa.

– C'est vrai que c'est pas facile, d'être Omar Sy… Bien plus complexe à l'intérieur que ça en a l'air au-dehors. Mais je ne me perds pas, tu me donnes le mode d'emploi, là.

– Quand l'équilibre manque, pour essayer de comprendre ce grand vertige, il faut s'accrocher à des choses solides. C'est pour tout ça que j'aime la nature, voir l'horizon me tranquillise. À Saint-Rémy, je monte chercher l'horizon sur le mont Ventoux, ou alors sur la mer, aux Saintes-Maries-de-la-Mer. Au Sénégal, il est partout, la séparation entre le ciel et la terre est franche. Aux États-Unis, je roule vers l'horizon sur ma moto. Cette ligne qui ne bouge jamais, droite, bien à sa place, ça remet tout en ordre. Tu sais, ça s'appelle la gravité. Et qui a fait ça… ? On ne dira pas son nom, mais tu sais que j'ai son numéro…

– C'est moins les motos que le flirt avec l'horizon qui te passionne, finalement.

– J'aime bien la sensation de me déplacer dans l'air, de le fendre. J'ai quand même huit engins sur trois continents, on peut dire que je les collectionne.

– Voilà, tu avoues un caprice de star, là.

– Si c'est un caprice, c'est plutôt un caprice d'enfant. Attends, viens, on cherche la définition du mot caprice, si tu veux bien ?

– Selon *Le Robert*, c'est une « envie subite et passagère fondée sur la fantaisie et l'humeur ».

– Non, c'est pas moi, ça. Mon besoin d'horizon, c'est une réelle compensation.

– OK. Mais tu fais collection de baskets, j'ai vu. C'est pas pour l'horizon, ça ?

– C'est dans ma chambre, ça. C'est intime. C'est pire qu'un caprice, on peut même peut-être parler de névrose… Je voulais tellement des baskets quand j'étais petit. C'est vraiment la revanche de Meskinos (prénom inventé à partir du mot *meskine*), ça, pour le coup. Cette collection, c'est une façon de calmer l'enfant qui réclame en moi. Quand je les achète, je les offre au petit qui vit en moi. Et c'est jubilatoire. C'est le grand que je suis devenu qui parle au petit. Ça se passe en coulisses, c'est pudique, c'est une affaire personnelle entre moi et moi.

– Le petit qui vit en toi… Ça commence à faire du monde, à l'intérieur.

– Ça me vient de ma mère, ça, je crois. Elle est espiègle comme une enfant, maintenant encore, alors qu'elle est grand-mère. Elle reste la petite fille qu'elle a été, elle est différente des gens de ce point de vue-là, de tous ces adultes qui passent leur vie à faire taire et enterrer l'enfant qui cherche désespérément à survivre en eux. Je suis comme elle. L'enfant en moi a toute sa place, je ne suis jamais seul, puisqu'il est avec moi, c'est même lui qui conduit. Mon instinct, c'est lui, sa petite voix que j'écoute.

Dimanche 26 février 2023

Il faut le laisser un peu respirer, quand même. Le mitrailler de questions chez lui, c'est peut-être un peu lourd ? Je vois bien ces petits moments où Omar croise mon regard, l'esquive aussitôt, parce qu'il n'a pas envie de se prendre les pattes dans les filets d'un « échange ». Le jeu de l'entretien, c'est bien, OK c'est ce qu'il voulait pour le livre, c'est sûr, mais l'envahir avec ça, chez lui, ça puise dans ses réserves quand même, là où il devrait être tranquille, au calme, en vacances de tout, de tous, de son Omar Sy. Du regard des autres qui va avec, et que je représente ici à moi toute seule.

Aujourd'hui, c'est Top Golf en famille. On va manger des frites et tirer des balles sur un immense terrain qu'on domine. On roule un peu, Amani s'endort. L'horizon est là, bien stable, peuplé de montagnes enneigées alors que nous fendons un paysage de palmiers dans l'hiver doux de la Californie. À Omar les kilomètres, à Hélène la musique. On met du Aya Nakamura, et ça fait « Aaah, cadeau, cadeau, il me voulait cadeau », alors on chante, mais surtout on répète les paroles, ça rebondit dans la voiture, on s'approprie ce langage tiré comme un chewing-gum, genre : « J'aimais bien tes qualités, toi t'étais ma personne », ou « I love you trop », et encore « Mais moi, j'suis comme ça, j'aime ça. Eh ouais, j'suis comme ça, j'aime ça. » Six milliards de streams enregistrés par le catalogue de musique de la star française d'origine malienne, Aya Nakamura pourrait dire qu'elle a « dead ça ». Omar danse au volant.

L'artiste fascine autant qu'elle énerve. En France.

– Toi aussi, tu en énerves certains aussi... Ton petit côté caillera, ou homme noir de banlieue ?

– C'est mon côté moi-même, surtout. J'assume ce que je suis, les gens peuvent bien le dire comme ils veulent. Qu'on me dise aussi que je suis « mahhboul » (maboul, avec une intonation un peu arabe), ça me va. Pendant qu'ils parlent tous, moi j'avance sans me retourner.

– Seul. Tu as peu d'attaches ?

– Oui. Mais je crée des liens, beaucoup. Je ne peux pas avoir d'entraves, j'ai besoin de mouvement et de liberté. Je suis un marcheur. Je peux donner dans la relation, je suis authentique, je crois. Mais je repars. Et puis je reviens. Ma mère, elle n'en peut plus de ça, chez moi. Elle pense que je l'oublie. Mais pas du tout, elle est là, à l'intérieur de moi. J'aime bien être seul, je n'ai pas spécialement besoin des autres. Je vais de lien en lien, comme de liane en liane. Les rencontres, je peux en faire des dizaines par jour. Mais ce ne sont pas des attaches, parce que je dois avancer.

– La solitude est vraiment ta copine.

– C'est une alliée. Je suis quelqu'un qui aime et qui est aimé dans la vie, je ne ressens pas du tout la solitude comme un poids, une souffrance, ou un isolement.

– Tu as toujours été comme ça ?

– Je ne sais pas. Ce qui est vrai, c'est que j'étais un enfant différent parmi les autres. Je me suis rendu compte de ça parce que mes parents ne réagissaient pas avec moi comme avec mes frères et sœurs. Ils pensaient « Bon, c'est Omar, il est comme ça ». Parfois, ma mère, je lui faisais peur, je fixais la lune, comme les enfants fixent les écrans aujourd'hui. Je faisais ma vie. Je ramassais des oiseaux blessés dehors, des pigeons, des moineaux en galère. Je les montais chez moi, je les mettais sur le balcon de l'appartement à Trappes, je leur bricolais des attelles, je les retapais, et puis ils repartaient. À Saint-Rémy, l'hiver, je mets des graines dans le jardin.

– Tu te sentais différent de tes frères et sœurs ?

– J'avais le sentiment que mon grand frère me détestait, parce que je n'étais pas comme eux, les grands. Je ne jouais pas au foot par exemple, mais je m'intéressais au rugby… Mon enseignant de CM2, un Toulousain, M. Lannes, m'avait fait découvrir ce sport, et j'y avais pris goût. Avec mes sœurs, mes cousines, c'était plus tranquille, parce qu'elles parlaient, elles m'oubliaient, moi j'écoutais, ça me plaisait. Tout le monde pensait que j'avais un comportement dysfonctionnel, et moi je les trouvais eux bizarres.

Omar Sy est peut-être un « X-men ».

De retour à la maison, il dit à Tato, qui pose sa patte sur la porte vitrée : « Mets pas ta main sur le carreau ! »

Sa main… de chien, donc.

Lundi 27 février 2023

J'ai dressé une petite liste de sujets dont on n'a pas trop parlé, et qu'il faut quand même aborder. Genre : les impôts, les excès, les femmes, l'amour. Je lui dis. Omar me convoque aussitôt : « Viens, on va dans mon bureau. »

La pièce est dans le couloir, sur la gauche. On se croirait dans un petit musée vivant, on regarde partout sans oser toucher à rien. Derrière la table de travail d'Omar Sy, il y a le fauteuil « Nemo » de la série *Lupin*, grand, large et noir, qui représente un masque en forme de visage. Sur les étagères noires, les livres de Maurice Leblanc, l'inventeur d'*Arsène Lupin*, se tiennent bien droits. La plaque dorée du docteur Knock trône elle en hauteur, contre un mur, dans une sorte de pied de nez au réel. Le couteau de Bakary est posé discrètement sur un rebord, comme un reste usé et bientôt gagné par la rouille, un souvenir de fiction, autant qu'un vrai bout d'histoire. Les personnages qu'Omar défend ont tous une place dans son antre. Si l'acteur millefeuille conserve ici ses accessoires fétiches, il n'en laisse pas moins de place aux passions de son « quelqu'un ». Dans le fond du bureau deux maillots de foot sont accrochés sous verre au mur de briques noires, au-dessus du bar : celui de Pelé, signé de sa main, et celui de l'équipe de France flanqué de ses deux étoiles, avec le billet du match France-Croatie joint sous la vitrine. Sur le bureau d'Omar traînent quelques livres, des carnets de notes, des calepins, où court son écriture légèrement penchée, longiligne et maigre. Sur les bords, partout autour, il y a des photos en noir et blanc, d'Hélène, des enfants. Sur la tablette de la cheminée sont rangées en ligne six bouteilles de Coca en verre, toutes personnalisées aux noms des membres de la famille, dans cet ordre : Omar, Selly, Sabah, Tidiane, Alijah, Hélène. « Il manque Amani, ça arrive », prévient le papa. Et puis, la pièce maîtresse, posée en hauteur, la récompense, le césar. Omar Sy le prend dans ses mains, souffle dessus, « il faut que je le nettoie ».

– Alors, je t'écoute…

– Je voulais qu'on cause de l'« exilé fiscal »… puisque c'est comme ça que certains te nomment.

– Ouh là… ! Mais on ne va pas prêter attention à ce genre de propos, ma p'tite dame, si ? Il suffit de se renseigner un peu sur la fiscalité californienne, pour comprendre qu'on est bien loin du paradis ici. Est-il utile par ailleurs de préciser à ceux qui voudraient trop l'oublier que je suis aussi un citoyen français, et qu'à ce titre, je paie des impôts à la France, chaque fois que j'y travaille. Donc, que les rageux pensent ce qu'ils veulent. Si je montrais ma feuille d'impôt, ça fermerait pas mal de becs. Je suis énormément taxé, mais je n'ai pas à en apporter la preuve. Et ceux qui me traitent d'exilé fiscal, ce sont les mêmes gens d'extrême droite qui me qualifient d'ingrat envers la France, pays sur lequel ils crachent à longueur de journée. Ce qui n'est pas mon cas. Mais eux, ce ne sont pas des ingrats, pourquoi donc ?

– Parce que, toi, tu es noir.

– Bah bien sûr. Pour eux, je ne suis pas de chez eux,

je ne suis pas français. Mais je n'ai pas très envie de parler de tout ça, c'est pénible et c'est vide.

– C'est vrai, mais c'est un « sujet-qui-fâche », et il en faut dans le livre, tu comprends, Omar ?

– Oui, je comprends. Et voilà qui est fait, donc. (Il remplit de son sourire un long silence qui ferme la porte au sujet, me fixe, puis reprend. Comme un point à la ligne, pour passer à la suite.) Mais moi, je voulais revenir sur un truc qui me préoccupe plus, sur ce dont on a parlé hier, les liens, les attaches… Faut pas se méprendre, Elsa : je ne suis pas le mec qui est là, qui part, et puis salut. Je ne suis pas une feuille au vent. Les gens qui m'entourent, je les aime profondément.

– Tu ne donnes cependant pas ta confiance facilement, je trouve.

– J'ai foi dans l'être humain, Elsa. Je suis croyant. Mais si tu as joué avec la queue du diable, je pense que je vais le sentir.

– Toi, tu ne commets jamais d'excès ?

– Je résiste aux tentations… Mais j'ai mes faiblesses. Le travail, déjà, ou plutôt l'imaginaire, où je me retranche de manière un peu démesurée. Et je fais quand même beaucoup de moto, ce qui est clairement un excès d'irresponsabilité quand on a autant d'enfants.

– Et les soirées, les femmes, la drogue, l'alcool, tout ce qui fait tourner les têtes… ?

– D'accord… C'est la série de questions clichés, là ?! Ça ne m'intéresse pas du tout, les déviances, je suis désolé. J'ai vu les dégâts de ce genre de comportement, quand j'étais jeune. À 19 ans, j'étais à Canal+. Je me connais, je suis un excessif. Je présume que si je touche à la cocaïne, le risque pour moi est de faire une overdose l'année d'après.

Quant aux femmes, dans ce métier, c'est vite fait aussi. Celles qui rôdent trop près, ça ne m'a jamais trop excité.

– Les tentations existent, quand même, pour tout le monde.

– Je sais que je suis convoité. Ça toque à ma porte en peignoir, et je refuse. Parce que je sais que c'est un piège, je sais ce que ça vaut, je connais le prix du repas, j'ai vu faire. Je crois connaître tous les cas de figure, j'ai tout vu.

– C'est difficile de résister, quand même ?

– Non, ces femmes ne sont pas attirantes pour moi.

– Tu ne parles jamais de ça avec personne ?

– Ce n'est pas un sujet pour moi, les femmes, le sexe. Ça ne se discute pas, ça ne se débat pas. J'ai une intimité avec MA femme, et des échanges qui ne regardent personne d'autre que nous. Ceux qui ont besoin d'en parler partout sont certainement en quête de ce qu'ils n'ont pas trouvé. Ce n'est pas mon cas. Je suis bien, moi. La vie que j'ai est précieuse, je n'en cherche pas une autre.

– Mais tu dirais que tu connais bien les femmes ?

– Je dirais que je n'ai que ça comme réponse : j'ai été élevé par des femmes, j'ai appris à comprendre leurs attentes, leurs interprétations. Mais la question est quand même étrange, c'est comme si je te demandais si toi, tu connais les hommes ?

– Bon bah alors parlons d'amour ?

– Bah non.

– Bah pourquoi ?

– Je n'aime pas trop ça.

– C'est pas tabou quand même ?

– Je n'ai rien à dire sur « l'amour ». J'ai tout appris avec Hélène. Ça me gêne, comme sujet. C'est à nous deux, un truc fait sur mesure. Ça ne regarde personne d'autre.

– D'accord. Tu peux me parler de ce qu'est selon toi l'amour entre un homme et une femme, alors ?

– Faire un effort, tu veux dire ?

– Oui.

– C'est une question que tu poses de l'extérieur, tu parles de quelque chose qui circule entre deux personnes. Je ne suis pas sûr qu'on parle de la même chose, vu de l'intérieur de quelqu'un. Je ne peux rien dire de général. Pour moi, l'amour, c'est ce lien qu'il y a entre Hélène et moi. Je ne connais que ça. Ce n'est pas un lien qui s'est créé. C'est un lien dont j'ai le sentiment qu'il a toujours été là. Quand j'ai rencontré Hélène, j'avais l'impression de la reconnaître, comme quelqu'un qu'on connaît déjà. Je me sentais déjà lié à elle quand je l'ai vue. Je suis lié à elle, voilà, ça me dépasse, ça me précède. C'est comme ça.

– C'est inaltérable ?

– Je le crois. Profondément. Même si elle me déteste parfois. Et moi aussi. Mais je sais qu'il n'y a qu'elle, avec qui j'ai ce lien unique, inédit, dans le monde entier. Elle est pour moi. Je suis pour elle. Je suis convaincu de ça. L'amour pour moi, c'est la vie au sens basique du terme, ça se passe dans mon ordinaire. L'amour, c'est surmonter le quotidien, ses petites difficultés, sans se lasser. C'est Hélène qui ne supporte pas que je lui dise son chemin quand elle est au volant. C'est ça, aimer, c'est accorder à l'autre le droit de t'emmerder. Exaucer les rêves de princesse d'une femme, ce n'est pas l'aimer, pour moi, c'est la séduire. Ce sont deux choses bien différentes. Tu peux vivre deux jours magiques, et très vite revenir à « Tu me lâches, tu me laisses conduire, OK ?! ». Moi je ne peux pas faire ma vie sans l'amour. Quand je suis à l'autre bout du monde, j'ai envie d'être avec ma femme, et je me dis même que j'aimerais bien me faire engueuler par Hélène. Moi, j'ai eu la révélation d'une personne. Pas de l'amour. D'Hélène. Donc, chez moi, l'amour s'appelle Hélène.

– Avant Hélène, il n'y avait rien alors.

– Avant, je n'avais pas d'attaches, je ne voulais pas me marier, mais j'avais plein de copines. Ça n'avait pas d'intérêt pour moi. Je viens de loin, moi. Je suis un survivant. J'aurais pu mourir, au cours d'une bagarre, d'un accident, en cédant à des tentations. Les femmes n'étaient pas mon moteur. Je n'ai jamais rêvé d'amour devant des films, je n'ai jamais fait le faux amoureux des filles. Et puis un jour, je me suis fait surprendre. Par Hélène. Je ne m'y attendais pas, ça m'a fauché. Depuis, je suis accroché à cette personne comme à la vie, je suis dedans, et voilà je suis mort (il rit). J'aime bien ses qualités, c'est ma personne… (en chantant sur l'air de « Chacun », d'Aya Nakamura).

– Tu fais une différence entre la séduction et l'amour, Omar ?

– Oui. Je suis un séducteur, je séduis tout le monde. C'est du jeu. C'est un outil pour moi, un moyen de créer du lien. C'est ponctuel, comme une porte d'entrée. Quand la relation s'approfondit ensuite, elle repose sur bien d'autres choses. Ce qui me plaisait par exemple dans les films, quand j'étais plus jeune, c'était les moments de séduction, justement. J'apprenais beaucoup, là. Par exemple, dans *La Belle et la Bête*, sur M6, je me souviens que le gars avait des phrases de ouf. Je les enregistrais et je les ressortais, pour tester les effets. J'ai regardé avec intérêt des films comme *Ghost*, *Proposition indécente*, ou *Dirty Dancing*, pour apprendre et savoir reproduire, ce sentiment de provoquer le petit « pschitt » chez l'autre.

Pour moi, la séduction, c'est comme les vannes. Il faut avoir de la repartie, c'est tout un langage, un petit jeu verbal. On mène la danse, on fait trembler l'autre.

– La séduction comme l'humour sont des manières de prendre le pouvoir…

– Totalement. Ce qui m'amène à cette affirmation, que dans l'amour, vécu au quotidien, il n'y a pas cet enjeu de pouvoir. L'amour, c'est désarmant. Hélène, c'est désarmant. C'est toute la beauté du truc. De ma femme. Ça me fait sourire. Quand tu aimes à ce point… d'être totalement désarmé, oui. On peut te rendre fou, mais tu n'arrives pas à en vouloir à l'autre, tu t'énerves peut-être, mais après toi finalement, même si l'autre a l'impression que c'est après elle que tu t'énerves, et puis tu ris. Avec les enfants, c'est pire, tu t'énerves même pas… Tu ris directement ! Tu es totalement impuissant, et pourtant ça te réchauffe. Il n'y a vraiment pas de place pour le pouvoir dans l'amour, selon moi.

– Tu dis que l'amour, c'est tout ce qu'on vit dans l'ordinaire avec l'autre. Mais tu es quand même souvent absent de cet ordinaire, toi.

– Oui, et mon quotidien me manque tout le temps. La distance m'impose aussi un recul, c'est ce qui me permet de dire tout ça, de me rendre compte que l'amour habite là où on ne regarde pas assez, dans l'ordinaire. Je voyage constamment, je ne suis pas enfermé dans mon quotidien. J'ai cette chance de savoir qu'il n'est pas un fardeau. Moi, je rêve d'aller chercher mes enfants à l'école. Je ressens le manque, et je considère que c'est une chance, parce qu'il me permet de me rendre compte.

– Le temps et la distance ne viennent-ils pas à bout de tout, même de l'amour ?

– Je crois qu'ils usent l'illusion de l'amour. Mais pas l'amour en soi. L'amour c'est tout ce qu'il reste. Et pas : rien que ce qu'il reste. Tout, c'est tout.

– Merci de ton effort, Omar.

– Je te réponds parce que tu viens me chercher, Elsa. Parce que tu me sollicites. Mais mon truc à moi, sur ces questions-là, c'est plutôt de me taire. Moi, je n'ai pas de « sujet-qui-fâche », j'ai seulement des barrières, des limites que j'impose à toute personne ne faisant pas partie de mon intimité, de ma famille. Aucun sujet ne me dérange vraiment, mais tout ne regarde pas les gens. Les sujets qui relèvent de mon intimité, de celle des miens, ce sont des sujets qui n'existent pas pour les autres. C'est verrouillé.

– Ça n'empêche pas « les gens » de se poser des questions, et de commenter tes silences.

– Rien n'empêche les gens de cancaner, de fantasmer, dès lors que tu es une personnalité publique. Il ne faut pas pour autant céder à la pression. L'intimité, c'est l'intérieur. Ça n'a rien à faire dehors, sous aucun prétexte. C'est la ligne rouge à ne pas franchir. Pour Hélène, pour les enfants, ce serait une violation. Ça produirait un sentiment d'abus, qui peut être perçu comme un viol. C'est traumatisant, destructeur, c'est un vrai danger pour une famille.

Omar Sy tient fermement et habilement sa ligne.

L'assaillir de questions dont il ne veut pas laisse un sale goût d'ingratitude. C'est sortir du cadre, jouer à tenter de faire trembler les remparts qui protègent cette intimité familiale. C'est pousser Omar, au repos chez lui, à remonter sur son fil d'équilibriste, à feindre le relâchement et la détente.

Ces questions qui dépassent les limites transforment l'échange à égalité en interrogatoire. Chez lui en plus, alors qu'il a tombé sa tenue de super-héros, rangé Omar Sy au placard, et qu'Omar-Papa-Kaw devrait normalement pouvoir se déployer sans crainte.

C'est de la triche, en fait, Elsa, ce que tu as fait là.

Mardi 28 février 2023

Omar tourne dans la cuisine, il est agacé, il raconte à Hélène un « coup de fil interminable » et « énervant ». Une discussion avec des gens d'un studio et d'une plateforme, je crois comprendre. Omar Sy, selon lui, avait raison dans ce qu'il leur démontrait, il a même trouvé une solution à quelque chose, mais les gens en question ont fait comme s'il n'y était pour rien : « Jamais ils ne le diront, jamais un merci, jamais un bravo, ça les ferait vomir. » Hélène écoute, elle dit : « D'accord, mais c'est pas nouveau, tu sais tout ça… », et elle souffle aussi parce qu'il faut le reconnaître : « … Tu es patient et bien gentil. »

Omar montre son avant-bras, désigne sa peau : « Je sais contre quoi je me bats tous les jours, mais jamais je ne le nomme. C'est comme une petite odeur de pisse qui vient de loin. »

Il dit à Hélène qu'il n'est pas devenu producteur seulement pour se faire plaisir, « mais par nécessité, c'est une question de survie aussi ».

– C'est déstabilisant pour toi ?

– Zéro. Jamais. Plus on me dit : « Reste dans ton coin, petit Noir », plus je suis fort. L'effet est inverse à celui qu'on croit. C'est dans l'adversité que je suis efficace, moi. Quand on me dit : « Après vous, monsieur », comme c'était le cas après *Intouchables*, là, je suis déstabilisé, je me dis, han mais c'est quoi ce délire ? J'ai connu ça, les portes grandes ouvertes, sans même que tu aies à toucher la poignée, alors que tu es habitué à devoir les défoncer. Ça fait bizarre, ça me neutralise. J'ai besoin de convaincre, la séduction, c'est mon terrain.

– Il te faut de la défiance, et des portes fermées. Tu aimes les Français quand ils te le rendent mal, donc ?

– Je les aime quand ils résistent. Sinon, je ne les reconnais plus, et moi je ne me connais plus. Le jeu de la séduction est un miroir, il faut que je puisse m'y retrouver. Je sais résister moi aussi. Je suis un bon Français, à ma manière. Quand on me dit : « Omar, faut que tu changes… », je sais répondre sans scrupule : « Ah non, désolé, là on est sur la version finale de moi. Omar Sy il est comme ça, et il ne changera pas. » J'ai compris adulte que j'ai grandi dans un milieu hostile. C'est vrai, quand tu dis à quelqu'un qui n'est pas d'accord avec toi : « Bah vas-y viens, on descend, je vais t'expliquer, tu vas voir ! », bon, c'est marrant sur le moment, mais avec le temps tu te rends compte que c'est pas des manières… J'ai compris, ça. Mais l'hostilité est partout, je l'ai découverte dans l'autre monde, en quittant ma vie de quartier. Elle est différente, mais elle est tout aussi vive, je m'y suis habitué, puis adapté, c'est ça qui m'a conduit à retourner l'adversité en force. Je suis familiarisé au déni. Ça ne m'empêche pas du tout d'avancer. C'est normal pour moi d'avoir à me battre. Quand je produis un film qui fait un succès et que je ne touche rien, je ne me laisse pas faire.

– On en revient à la question de l'argent…
– … Qui obsède beaucoup de gens.

Il me regarde avec un sourire qui me fait culpabiliser.

– Les gens croient que tu es riche. Si c'est la vérité, pourquoi en faire un tabou, Omar ?

– Chacun voit les choses à son niveau. Je suis « riche » depuis que je peux acheter des yaourts, je viens d'un endroit où tu te demandes si tu vas avoir assez pour payer une fois arrivé à la caisse. Donc, par rapport à ce à quoi j'étais prédestiné, je suis « riche », et ce depuis longtemps. Personnellement, je ne fais pas un tabou de ce sujet, mais je trouve ça impudique d'en parler. Me demander ce qu'il y a dans mon porte-monnaie, ce n'est pas un sujet public, je n'ai pas envie de nourrir cet intérêt vulgaire que les gens ont pour l'argent. Je ne veux pas donner de l'eau à ce moulin-là. Je trouve que c'est personnel, oui… Par exemple, je suis toujours gêné que les gens puissent comprendre que je n'avais rien petit, parce que l'argent manquait, et pourtant, je n'avais pas « rien » : j'ai eu une enfance heureuse, j'ai grandi avec très peu, mais c'était normal pour moi. Personne ne peut comprendre si je dis que la pauvreté, je l'ai vraiment ressentie quand je suis sorti de ce monde, en fait.

– Est-ce que tu éprouves de la culpabilité par rapport à ce monde d'avant, aux gens qui lui appartiennent toujours, parce que toi, tu touches de grosses sommes d'argent maintenant ?

– Non. Quel rapport y a-t-il entre moi qui gagne de l'argent, et ceux qui n'en gagnent pas assez ? Est-ce que si je gagnais moins, ils gagneraient plus ? Je ne suis pas un type du CAC 40, qui prend de gros dividendes sur le dos des gens et ne redistribue rien. Et je ne prends l'argent de personne. Où est le mal à gagner sa vie quand tu le fais honnêtement ?

– Tu as le sentiment qu'on te reproche d'être riche ?

– Je ne sais pas. On me reproche en général d'être excessif… parce que je demande toujours plus, parce que je pousse les gens dans leurs limites. J'ai le sentiment que mon désir d'excellence, mon envie de ne jamais rien lâcher sont au contraire des moteurs positifs dans ma vie. Mais c'est vrai qu'on dit de moi que je gagne trop, que je suis trop. Mais est-ce que ce ne serait pas un peu par rapport à ce que je suis, d'où je viens, et la place que j'occupe ? (Omar caresse la peau de son avant-bras du bout de ses doigts.) Si j'étais un autre, peut-être qu'on s'exclamerait d'admiration, on dirait : « Oh, mais qu'est-ce qu'il est fort ! Qu'est-ce qu'il est impressionnant ! Qu'est-ce qu'il est exigeant, il sait exactement ce qu'il veut, lui ! »… Je sais pas. Je dis « on » mais je ne parle pas des gens en général, le « on » c'est celui de la déformation médiatique.

Mercredi 1er mars 2023

Tout le monde est dans les starting-blocks. Ce matin, pas d'école, journée en famille à Disneyland. La petite Amani a enfilé ses oreilles de Mickey. Omar est prêt, pantalon noir, chaussures noires, casquette, et « sac à dos de papa », parce qu'il sait bien comment ça va se passer : « Je vais en avoir plein les mains, et c'est moi qui vais tout porter. » Il est trop content. Les enfants ont les yeux qui brillent. Hélène étreint sa famille du regard.

Je les regarde.

Hélène est une star, de nature.

Omar est devenu une star.

Hélène, c'est une lumière dans l'ombre de son mari.

C'est une sorte de super-héroïne, une Thor au féminin, qui traverse des mondes sur son char, qui affronte les tempêtes, et protège les siens du chaos, même s'il n'y a pas de raison qu'il frappe. Hélène fait la pluie, le beau temps, et se sert des orages pour dégager le moindre nuage de son ciel. Hélène a retourné l'attente en engagement, transformé sa place en un mouvement. Pour elle, le temps n'est pas une entrave qui se compte en kilomètres, c'est une arme gravitationnelle : à mesure que les distances s'étirent, la force d'attraction augmente, la plaçant en orbite permanente autour de son mari. Hélène et Omar Sy sont comme des poussières d'étoiles qui se sont inventé un microsystème planétaire. Un univers à tous les deux, avec leur famille de petits astres, où tout le monde s'agite à sa manière dans une bulle en mouvement.

Les Sy s'en vont voir Mickey.

Et moi, je rentre en France.

Cahier 6

Jeudi 2 mars 2023

Message sur WhatsApp :

« Omar, je viens de quitter ton autre pays, où l'horizon est à la mesure de tes pas de géant. Merci pour ces moments que tu m'accordes. J'ai de la chance, c'est ce genre d'échanges qui met de la poésie dans l'ordinaire. J'espère que tu y trouves un peu ton compte aussi. »

Réponse :

« Salut Elsa, j'espère que tu es bien rentrée chez toi. C'est un plaisir partagé, vraiment. Évidemment j'y trouve mon compte. J'ai aussi beaucoup de chance et je te remercie. »

Je me demande parfois si ce n'est pas un peu pénible pour lui ? À force de me parler, de penser à voix haute, est-ce qu'il n'a pas l'impression de s'entendre en écho ?

C'est possible qu'il trouve un intérêt à l'exercice, un côté introspectif, qui lui permet d'ajuster son recul par rapport à lui-même, de travailler cette souplesse qui le rend proche et loin des gens à la fois.

Un peu comme de la gymnastique.

Vendredi 3 mars 2023

L'image du jour sur les réseaux sociaux, c'est celle d'un homme qui danse à deux, mais seul, autour d'un cercueil, les bras vides de sa femme. Au milieu des autres, serrant l'absence de celle qu'il aime. Sa compagne, professeure d'espagnol, est morte à Saint-Jean-de-Luz poignardée par un de ses élèves.

Je lui demande s'il a vu ça.

Omar : « Oui. C'est triste et beau : être aimé est le seul moyen d'être immortel. »

Jeudi 9 mars 2023

Je voulais noter ça :

À Los Angeles, je l'ai vu mettre de la crème sur ses mains. Ses ongles bien ronds et larges sont toujours propres.

Et aussi, j'ai remarqué qu'il a toujours des cure-dents sur lui, pas en bois, mais en plastique souple, ceux qu'on achète en pharmacie.

Il soigne ses dents.

Donc, il entretient ses mains et son sourire.

D'artiste.

Cahier 6

Mercredi 22 mars 2023

Tournage de *Lupin.*

Sa feuille de service renseigne une heure de fin à 17 h 30.

Mais il précise qu'il y a toujours un peu de retard.

Donc 20 heures c'est bien, du coup.

Il m'ouvre la porte de chez lui dans son survêtement gris, la mine un peu fermée.

Fatigué, Omar, on dirait ?

Oui, il dit qu'il ne dort pas bien, tourne les talons, empoigne son portable, fait des vocaux en marchant dans son salon, se dirige vers la table de la salle à manger, où se superposent des colis, qu'il déballe. Il souffle un peu, et puis me dit de le suivre, on va dans la cuisine. Il pose sur le petit banc près de lui ses trois téléphones, qui suffoquent. Les notifications pleuvent comme des coups. Il jette un œil agacé sur ses appareils. Relève la tête, et me prévient que pour le dîner, ce sera simple :

– Tu es d'accord pour qu'on grignote ? Parce que je pars dans quelques jours et je voudrais vider le frigo, j'aime pas qu'on gâche… Donc, du pain grillé, du saucisson de bœuf, du beurre, du fromage… Ah… du tarama à la truffe, voilà, on va manger ça aussi… Tu aimes ça, le tarama à la truffe ?

– Jamais goûté… Mais tout me va, moi.

– Pour la boisson, tisane, eau gazeuse ?

– Vin ?

– Tu me cherches, tu es vraiment une journaliste. Si tu veux boire du vin, j'espère pour toi que tu en as apporté.

– Bah je vais prendre une tisane, alors. Tu parais énervé, Omar, là ?

– Non. Je suis fatigué, je t'ai déjà dit. (Il marque un silence, me regarde avec un air très sérieux, fronçant les sourcils.) Je voulais te dire que je trouve bien de partager mes pensées, donc on peut s'en tenir à ça… Y a pas plus intime pour moi. Le reste, aller regarder dans mes poches, ou mes tiroirs, je ne vois pas l'intérêt. C'est superficiel, voire un peu vulgaire, tu vois ? En plus, ça aussi, je te l'ai déjà dit.

– Oui… Tu n'aimes pas aborder les sujets du sexe, de l'argent et de l'alcool avec moi.

– Les trois intérêts de l'espèce humaine. Plus tu en donnes aux gens, plus ils sont addicts. Je ne tiens pas à être complice de ça. Le fameux « il faut parler de ça », je ne veux pas m'y soumettre. Je suis très vigilant avec ce que je donne, je veux rester libre, heureux, et simple aussi.

– Mais là, je ne t'ai encore rien demandé, tu sais. C'est toi qui m'en parles… Tu as repensé à ce qu'on s'est dit chez toi, aux États-Unis, c'est ça ?

– Je te dis qu'on peut parler de tout, mais tout ne s'écrit pas.

– Bon, c'est noté. Ça se passe bien *Lupin* ?

– Il y a des combats à mener, avec des moments difficiles. Mais c'est un laboratoire extraordinaire pour moi, où on peut explorer des choses, innover.

– On dirait qu'il n'y a plus que les plateformes en termes d'avenir. Le cinéma, c'est mort, tu crois ?

– Le cinéma ne mourra jamais. Surtout en France. Les plateformes font vaciller la machine, la bousculent, l'obligent à de nouveaux challenges, mais le cinéma ne disparaîtra pas.

– On dit que c'est une grande famille, le cinéma français. Tu y as beaucoup d'amis ?

– Pas tant que ça. Mes amis, ce sont plutôt des gens qui n'ont rien à voir avec ce milieu. J'ai une conception de l'amitié très tranquille, où il n'y a aucune dépendance. Sinon, ça s'appelle pas un ami, mais un gourou. Pour moi, un ami ne me doit rien, tout comme je ne lui dois rien. Y a pas de dette en amitié, c'est pas un endroit où on prend, c'est plutôt là qu'on donne. Par exemple, Chillaw, c'est mon ami. Il sait que je l'aime, et ça lui suffit. On a des valeurs communes, on traverse la vie à peu près de la même façon aujourd'hui encore. Je crois qu'un ami, c'est ça, quelqu'un qui te permet de te retrouver toi-même. Alors, c'est plus difficile sur un plateau de nouer des amitiés, tu vois. Mais j'en ai quelques-unes quand même. Par exemple, je tiens à Éric et Olivier, le lien que j'ai avec eux dépasse nettement le cadre du cinéma.

– Il est lié au succès d'*Intouchables* aussi.

– Oui, c'est sûr. Mais avant le film, il y avait déjà quelque chose de particulier entre nous trois. Ils me l'ont dit : ils voulaient me prouver que j'étais un acteur. C'était une démarche généreuse envers moi. Sincèrement amicale. Ces deux gars m'ont fait grandir, de film en film. Ils m'ont tous les deux permis de me retrouver moi-même, là où je ne me doutais même pas encore que je pouvais l'être.

– Tu n'as pas reçu depuis de proposition comparable ?

– En France, j'ai très peu de propositions. Si… j'ai reçu quelque chose là… Tu sais ce que c'est, l'histoire ? Celle d'un homme invisible. Comment on peut me proposer un truc comme ça, en toute décontraction ?

– Qu'est-ce que tu veux dire ?

– Dans le peu qui m'est proposé, on me voit en invisible. Bon, il est aussi possible que les gens ne m'envoient rien d'autre parce qu'ils présument que je suis trop occupé. Mais peu importent les raisons, en fait. J'avance, je dois faire mon propre pain, je l'ai compris.

– Par dépit ?

– Pas du tout. Je le veux. J'ai envie d'inventer. Et puis, il faut avouer qu'il y a un manque de matière pour moi dans l'offre. Les histoires dont j'ai envie de faire le récit, ce sont les miennes, personne ne peut mieux les raconter que moi. C'est une phrase de prétentieux, non ?

– L'avenir le dira.

– Mais je ne le suis pas. Je t'explique juste que je deviens producteur parce que, sinon, je m'ennuie. J'ai retourné le truc dans tous les sens, et c'est la vérité, c'est ce qui me reste à faire. (Petit silence, et il reprend.) Je voulais te dire aussi… Tu sais, j'ai réfléchi… Les histoires de lien, dont on parlait là… tu te souviens ?

– Oui, quand je te traite de « savonnette » ? Quand je te dis qu'avec toi, le lien est profond, mais parfois tellement distendu qu'on a l'impression que tu es virtuel ?

– Oui, voilà. Tu penses que je suis comme ça avec tout le monde, sérieusement ?

– Bah je me demande…

– Alors, OK. Je vais être très affirmatif avec toi : c'est totalement faux concernant mes enfants et ma femme. Pareil pour la solitude, dont je sais que tu penses qu'elle me définit. Ce n'est pas l'essentiel de mon être, Elsa. Tu dois le noter, ça : je suis dépendant des miens, enlève-moi Hélène, enlève-moi les enfants, je ne suis plus rien. Ils sont mon centre, c'est eux qui me permettent d'aimer ma solitude. J'ai mon monde, j'y tiens, mais je le leur dois, à eux.

– Je te crois, Omar. La précision est de taille : il y a les autres, qui se prennent pour tout le monde. Et il y a les tiens, qui sont ton monde. C'est différent. Chacun doit rester à sa bonne place. Et c'est drôle d'en venir à ça, là… alors que tu viens de me parler d'invisibilité. Tu es capable de traiter « les autres » comme on t'a peut-être traité toi, enfant. Comme des invisibles. Tu as retourné l'offense en arme, peut-être ? En barricade, pour protéger les tiens…

– Je ne sais pas. Peut-être.

Ça, c'est quand il ne m'écoute plus

– J'aime bien cette expérience du livre. Je pense à voix haute. Et je me rends compte aussi que je n'ai pas toutes les réponses. Que c'est bien aussi de me taire… On fait une sorte de grand entretien. On est deux, donc je ne suis pas tout seul. C'est peut-être ça qui te donne ce sentiment de ne jamais m'attraper, parce que c'est un échange et qu'il ne s'agit pas de m'attraper… Bah oui, pourquoi tu voudrais m'attraper, d'abord ?

(Oui, pourquoi ?)

– Et tu vois, pour en revenir au sexe et à l'argent, je vais t'expliquer pourquoi je n'aime pas en parler avec toi, et tu vas comprendre.

– Ouh là là, on dirait que tu vas m'engueuler.

– Non. Mais écoute : je ne peux pas échanger avec toi sur ces sujets parce que tu n'es pas ma femme. « Échanger » sur le sexe, c'est le vivre. Ça se passe donc avec Hélène. « Échanger » sur l'argent, c'est partager le même compte bancaire. Ça se passe encore avec Hélène. Si je m'ouvre sur ces sujets avec d'autres personnes, on va tomber dans un biais dont je ne veux pas : celui de la comparaison. Quand on ne peut pas partager quelque chose avec quelqu'un, on le regarde de l'extérieur, et on le juge, on le compare, on le jalouse. Je n'ai pas envie de ça sur le dos de mon intimité. C'est déplacé et c'est dangereux.

– D'accord. D'où le sentiment que j'ai… de bien te connaître, et pourtant de te sentir loin. Personne ne te tient par l'affect, sauf ceux que tu as choisis, les tiens ?

– Et le monde dans toute sa puissance…

Il me fait un clin d'œil, assorti d'un petit sourire.

– Ah, Dieu ?… Le revoilà !

– C'est aussi un verbe, je te l'ai dit. C'est « aimer »…

Il met la main sur son cœur.

– OK, je veux bien croire à ça avec toi, Omar : plutôt qu'un « quelqu'un », ressentir comme un petit « souffle ». On l'appelle comme on veut… C'est ce petit charme qui est partout, qu'on ne voit que si on s'y attache, qui se niche dans les détails, qui nous fait croire que le temps, l'espace, l'univers nous ont à la bonne.

Comme de la poésie au milieu de la vie.

Mais j'ai bien noté aussi les mises au point. Parce que c'était ça finalement, l'ordre du jour. Un petit rappel au cadre. Chacun sa place.

Mercredi 29 mars 2023

Message vocal : « Sur l'invisibilité… je voulais y revenir, et te répondre. Non, moi, je n'ai pas l'expérience de l'invisibilité, je n'ai jamais eu ce sentiment d'être traité comme ça enfant. Comment tu fais sinon ? Je pense que tu ne peux pas grandir. En revanche, je sais me cacher. Ce sont deux choses bien différentes. Je ne sais pas si je renvoie les gens à l'invisibilité comme tu le théorises, peut-être inconsciemment alors, je ne sais pas. Mais je sais couper, ça oui. »

Finalement, il m'avait écoutée.

Vendredi 14 avril 2023

Alassane Diong, révélation de *Tirailleurs*, neveu d'Omar Sy, est l'invité de « Clique ».

Omar a 19 ans quand Alassane naît en 1997. C'est le fils de sa sœur Selly, prénom qu'Hélène et Omar Sy ont donné à leur fille aînée.

À propos de son oncle, Alassane, ému aux larmes, confie à Mouloud Achour : « Honnêtement je souhaite à tout le monde d'avoir une figure comme lui dans sa vie. Il a été là pour moi. C'est mon daron. »

Mercredi 19 avril 2023

0 h 22 : « Salut Elsa. Tu dors ? »

Oui. C'est la nuit, en France.
La journée pour Omar, reparti dans sa vie américaine.
Pour une fois qu'il se manifestait sans que je le sollicite.

Jeudi 20 avril 2023

Je le rappelle.

– Omar, je voulais te parler d'Alassane, il dit que tu as changé sa vie… Tu as vu ?
– Oui, bien sûr, et j'ai trouvé ça vraiment mignon. J'étais touché. Quand il est né, j'étais jeune, et je me suis tout de suite dit que j'étais responsable de lui. Je passe sur les détails et les circonstances, mais c'était comme ça, je savais que j'allais m'occuper de lui. Alors, je me permets de dire que je suis fier de lui maintenant.
– Et ça te fait penser à ta sœur aussi, du coup… ?
– Non, pas du tout. Elle est sortie depuis longtemps de la relation que j'ai avec ses deux fils. Parce qu'il y a Alassane, mais il y a aussi Bayou, son petit frère. On est dans un triangle tous les trois, auquel elle n'appartient pas. Ma

sœur et moi gardons un objectif commun, qu'Alassane et Bayou soient bien dans la vie. Ce qui est arrivé était dans l'ordre des choses. Je suis leur oncle, quand ils naissent, je suis un adulte qui peut répondre à leurs besoins, donc je le fais. Hélène est comme moi, de ce point de vue-là. Nous ne nous posons pas de questions, nous savons que nous sommes des réponses. Ce sont comme nos enfants. Ils sont par terre, nous les relevons. C'est un mécanisme, un automatisme. C'est ça, l'ordre des choses.

– Cette petite déclaration d'Alassane, sa gratitude immense, ça donne des frissons…

– J'étais content de l'entendre dire ça. Mais pas par rapport à moi, franchement. Je suis fier de mes deux neveux, Alassane et Bayou, pour ce qu'ils sont, pas pour ce que je leur ai apporté. Ce qui m'émeut dans ce moment avec Mouloud, c'est de voir combien Alassane a l'air au clair avec lui-même. Il est bien là, il sait qu'il vient de loin, et savoir le verbaliser, l'assumer, c'est déjà le signe qu'il n'y est plus.

– Sa mère, ta sœur donc, porte le même prénom que celui que vous avez choisi ensuite, Hélène et toi, pour votre fille Selly.

– Oui. Et c'est aussi le prénom de la première femme de mon père. Je voulais que ma fille le porte. Comme ma mère a voulu que sa fille le porte. Ça peut paraître compliqué à comprendre de l'extérieur… C'est vrai que le rapport entre les deux épouses de mon père était plutôt ambigu et contradictoire. Ce sont des ennemies complices. C'est là que tu vois la grande capacité de résilience de ces femmes. Deux hommes dans la même situation, c'est la guerre assurée. Ces femmes nous ont tous nourris sans distinction, nous avions deux mères.

– Tu en parles comme si c'était une chance pour toi, un plus…

– Oui. Je sais, parce que je l'ai vécu, qu'une mère aime inconditionnellement, infiniment. Même quand les enfants ne sont pas les siens. On en a fait notre terreau, on a poussé là-dedans. Y a du bonheur dans cette manière de vivre.

– La polygamie ne détruit pas les enfants, selon toi ?

– Je ne sais pas répondre à cette question. Il n'y a pas de modèle de famille. Mais celle-là était la mienne. Moi, j'ai eu des parents responsables. Je crois que ce qui compte le plus, c'est quel adulte tu deviens. Bien sûr que le cadre dans lequel j'ai grandi peut poser des questions sur le rapport à la femme, objectivement. Mais je ne peux pas être objectif, là. Je peux seulement dire qu'il n'y a pas de famille type meilleure qu'une autre. Je conçois que mon modèle familial peut paraître chelou : un père polygame, deux daronnes, et aujourd'hui cinq enfants à nous, deux neveux devenus nos fils. Je ne peux pas critiquer les familles homosexuelles, ou monoparentales, je ne peux pas juger. Encore une fois, je crois que ce qui importe c'est les moyens que l'on donne aux enfants pour l'avenir. L'amour, la confiance, la tolérance, etc.

– Avoir une famille, quelle qu'en soit la forme.

– Y en a qui ont deux papas, deux mamans. Moi j'ai eu deux mamans, un papa. Ce qui compte, c'est quoi au milieu de tout ça ? D'être aimé. Chez moi, nous avons été aimés. C'était évident, même si ça ne se disait pas. Moi par exemple, j'étais un enfant en demande de câlins. J'allais les chercher. Chez moi, ça marchait comme ça : on ne demandait pas, on prenait. L'amour, c'est pas verbal.

– C'est comment alors ?

– Nous, on ne dit pas « je t'aime ». On t'aime. Mais j'ai appris, avec ma famille, avec Hélène, avec mes enfants, que ça peut être bon à entendre aussi. Et à dire. Je m'adapte.

– Tu as toujours l'air au clair avec toi-même. Comme dans les films d'ailleurs, où tu préfères plutôt jouer des gens stables psychologiquement, des gens qui ne perdent jamais le contrôle d'eux-mêmes, des mecs qui gèrent.

– Je n'ai pas trop envie de me mettre dans la peau d'un type qui foutrait en l'air des années de travail, de psychothérapie. C'est vrai que pour l'instant j'aime les rôles qui renvoient de la lumière. Un personnage hyper sombre, je ne pourrais pas, ça me déstabiliserait. Et je ne veux pas. Pour l'instant.

– Tu sais où tu ne peux pas aller, tu connais tes limites.

– Oui. Ça t'étonne ?

– Non. Mais j'en déduis que tu ne veux pas jouer avec tes fragilités. Est-ce que tu incarnerais un personnage bousculé par une histoire d'amour, une passion dévorante ?

– Ça oui. Je pourrais le faire. L'amour est une source chez moi. Je peux avoir un côté fleur bleue que j'assume totalement. C'est une énergie infinie, l'amour.

– En fait, tu sais toujours où tu mets les pieds, tu fais très attention… On est un peu loin de l'image d'Omar Sy, le gars qui rigole tout le temps, qui traverse la vie avec une insouciance qui frôle la naïveté, qui va où le vent le mène, sans trop faire gaffe.

– Ça ne me dérange pas du tout qu'on pense que je suis un mec qui rigole tout le temps et qui va où le vent le mène. Au contraire, c'est comme un poker ouvert. Ça me permet d'avancer.

– Tu es un leurre ?

– Si « on » pense que je suis simplet, je lui en redonne, pas de problème. « On » me laisse tranquille comme ça. Ça me permet d'avancer, je te dis. Je grimpe la montagne. Ça vaut le coup, je suis sûr qu'il y a une belle vue là-haut.

Mercredi 31 mai 2023

Ses fragilités… On n'en parle pas assez, peut-être ?

J'ai cherché pourtant, la petite fêlure à l'âme, j'ai demandé « Tu n'es jamais déprimé ? », « Tu n'as jamais envie de changer de vie ? », « … de disparaître ? », et gnagnagna. J'ai pris des murs. Il me regardait comme si je parlais une langue étrangère, sourcils froncés, regard consterné : « … Je comprends pas du tout ce que tu veux dire là. Trop compliqué pour moi. » Avec un faux air désolé de ne pas être à la hauteur, alors qu'il est surtout gentil et poli. Ce genre de questions, ça l'agace, c'est une perte de temps.

Omar s'émeut chaque fois que la terre respire dans le ressac d'une vague ou d'un simple coup de vent, et il prend un réel et profond plaisir à promener son chien dans la nature.

Ce n'est pas un homme torturé par ses doutes.

Il le doit, selon moi, à sa capacité d'émerveillement, qu'un rien déclenche, qui ne tarit jamais. Elle est supérieure à tout. Lui appelle ça « la curiosité ». Mais je crois que ça va bien au-delà. C'est un homme qui ne se lasse jamais. Même l'ennui, ça le passionne.

Cahier 6

Lundi 12 juin 2023

Djokovic parle comme Omar Sy. Ou bien, c'est Omar Sy qui parle comme Novak Djokovic.

Le sportif évoque le temps, le magnétisme du présent, qui a donné sa force à un choix d'enfant ; il dit avoir senti sa chair remuer dans chacun des pas qu'il a faits sur ce long chemin. Vainqueur de Roland-Garros, il remporte son 23e tournoi du Grand Chelem, et prend sa place de héros dans l'histoire mondiale du tennis. Devenir le meilleur joueur du monde, c'était son rêve à 7 ans, c'est sa vie aujourd'hui.

J'envoie à Omar un extrait de la déclaration de Djoko : « J'ai eu la sensation de pouvoir créer mon propre destin. J'ai essayé de visualiser toutes les choses de ma vie, et pas seulement de les voir, mais de les ressentir jusque dans chaque cellule de mon corps, et c'est donc un message que je veux faire passer à tous les jeunes : soyez dans le moment présent, oubliez le passé, l'avenir, ça arrivera plus tard, mais si vous voulez fabriquer le futur, il faut le créer dans l'instant présent. »

Omar me répond :
« Je suis Djoko. »

C'est peut-être un ressort du charisme de certains hommes : il faut habiter le présent, si on veut les clefs du futur.

Jeudi 29 juin 2023

Il a publié ce message sur les réseaux sociaux : « Mes pensées et prières vont à la famille et aux proches de Nahel, mort à 17 ans, tué par un policier à Nanterre. Qu'une justice digne de ce nom honore la mémoire de cet enfant. » En quelques minutes, son message est devenu viral.

Comme en juillet 2016, quand il avait posté : « Toutes mes prières pour Adama Traoré, toutes mes pensées pour ses proches. Que justice soit faite en sa mémoire. Qu'il repose en paix. »

Ce n'est pas Omar qui se répète, mais les drames.

Un adolescent est mort, achevé par un policier.

Entre révolte et désespoir, dans les larmes et la colère, les quartiers populaires s'embrasent.

Une balle dans le thorax, pour un refus d'obtempérer.

La police s'est empressée d'affirmer que Nahel, 17 ans, fonçait sur les forces de l'ordre au volant d'une Mercedes AMG. Mensonge. Une vidéo d'une cinquantaine de secondes montre au contraire le véhicule à l'arrêt, et le policier qui tire quand la voiture redémarre.

L'agent auteur du coup mortel est en détention, il est mis en examen pour homicide volontaire.

Je lui envoie ces trois mots : « Ça va, Omar ? »

Il répond : « Oui, pourquoi ? »

« C'est quand même le bordel depuis la mort de Nahel », je lui fais remarquer.

Oui, il sait bien, mais depuis longtemps en fait, « la France ne va pas bien… La fracture, l'inégalité ».

Il est sur un tournage, lui, il a de la distance.
« J'en suis conscient », répond-il.
C'est sa chance.
Il me corrige : « Pour le coup, là, c'est plutôt mon niveau social qui me permet ce recul. »
On peut parler un peu de cette dramatique histoire ?
« Non. J'ai publié ce que j'ai à dire. »

Août 2023

Il m'avait prévenue en juillet : « Je vais couper un peu. »
Il y a eu Saint-Rémy.
Maintenant, les États-Unis.
J'ai eu quelques nouvelles, par Hélène.
Quelques photos de paysages, par Omar.
Éparses.

Je sais qu'il s'est offert trois jours de solitude sur son « cheval de fer ». Avec Tato le Biker, bien sûr. Une virée autour de quelques lacs en Amérique.
Rouler, juste ça, se lover dans l'air, sentir courir ce petit frisson de liberté.
J'ai déjà écrit ça dans mes cahiers, qu'il s'enfile des kilomètres comme on défie le temps et l'espace.

C'est ce que j'en pense, moi.
Lui n'utiliserait pas le mot « défier ». Il n'est pas dans la provocation avec les éléments de l'univers.

Je le laisse tranquille.

Septembre 2023

Il est toujours aux États-Unis. En grève.

Comme tous les acteurs à Hollywood.

Deux mois que ça dure.

Le puissant syndicat des auteurs et acteurs américains demande la réévaluation des droits d'auteur par les plateformes de streaming (Netflix, Prime Video, Apple TV+, etc.), qui jusqu'ici les paient généreusement à la commande, mais les privent ensuite de royalties. Il exige aussi des garanties et sécurités pour faire face à la montée en puissance des intelligences artificielles, prêtes à modifier voire à remplacer les performances des comédiens.

Au téléphone, je lui demande :

– Du coup, tu ne travailles pas ?

– Tout est au point mort, ici. On attend que les négociations débouchent sur des avancées concrètes. Mais si, je travaille quand même ; j'avance bien même.

– Bah… tu fais quoi ?

– Je t'en parlerai quand je te vois, à mon retour en France. Ça va être bien, je crois.

– Hein ? Mais de quoi tu parles ? Dis-moi, Omar ! Je vais pas attendre si longtemps.

– Si, si, tu vas patienter.

Le teasing énervant.

Cahier 6

Jeudi 12 octobre 2023

Le Hamas a attaqué Israël. Des centaines de personnes sont mortes, des femmes, des enfants, des innocents. Au tour de Gaza de souffrir, de regarder ses gens tomber, sa jeunesse mourir. Une seule humanité, deux camps. L'horreur attrape tout le monde à la gorge.

Et les hyènes sont de retour, à la télé, sur les réseaux sociaux, elles crachent leur fiel. Quand ça va mal, pourquoi ne pas s'en prendre à ceux qui n'y sont pour rien ? On les entend partout, des éditorialistes, des acteurs, des politiques, sur les chaînes d'info, sur les plateaux des pires émissions :

Que font « Omar Sy et Kylian Mbappé », « toujours prompts à défendre la banlieue ou les Ouïghours », « des gens qui ont leur couleur de peau » ?

« Pourquoi un tel silence ? »

« Pourquoi ce mutisme ? »

« Les quarante bébés décapités par le Hamas ne sont-ils pas des petits anges comme le jeune Nahel ? »

« Peut-être qu'ils ont peur des réactions des communautés musulmanes ? »

« Qui ne dit mot consent… »

C'est lunaire.

Alors que sévit une guerre.

Omar se tait.

Ou il est occupé à son affaire secrète, là.

Dimanche 15 octobre 2023

Je le rejoins chez lui, pour déjeuner. Survêt noir, mine reposée, avec son Tato collé à ses pieds.

– Ça fait longtemps, Omar. Ça va ?
– Oui, même si la période est difficile.
– Tu veux parler du conflit israélo-palestinien ?
– Voilà.
– Tu es assailli de demandes, non ?
– Je ne sais pas, je présume que les gens qui m'entourent me protègent de ça. Moi, je suis dans mon silence.
– Rien à dire ?
– Pour moi, le silence, c'est une expression. Celle du deuil, celle de la peine. C'est un choix aussi, une épreuve de sang-froid dans l'ambiance hystérique et colérique du moment.
– C'est difficile de tenir ?
– Non, si je voulais parler, je le ferais. C'est jamais un effort ni de m'exprimer ni de me taire. Je m'écoute. C'est comme ça que je ne me trompe pas.
– Alors c'est la pression qui est difficile à supporter, peut-être, toutes ces voix qui te somment de prendre la parole ?
– Je me tais encore plus, dans ces cas-là. Si des gens attendent mes mots, c'est la preuve qu'il faut que je garde le silence, ils sont vraiment égarés dans ce cas, et je ne peux pas les aider. Je pense qu'il est sage pour moi de la fermer.
– Même si tu es critiqué pour ça ?

– On me traîne dans la boue, on me taxe d'antisémite autant que de pro-israélien. Tous ces gens qui sont dans un camp… Je ne suis pas avec vous. Je ne marche pas dans cette guerre qui dresse les hommes contre les hommes. Tout le monde panique, la peur est partout, on ne respire que ça. C'est indécent, vu la situation. Il faut être tous ensemble dans ces moments-là, ça demande du temps, qu'il faut prendre, pour retrouver son calme.

– Omar Sy, le comédien, et Kylian Mbappé, le footballeur, même lâcheté, lit-on partout. Pourquoi vous mettre dans le même sac ?

– J'ai dit « Kylian, je t'aime » dans une émission. Et nous avons tous les deux réagi à la mort de Nahel sur les réseaux sociaux. Depuis, nous sommes associés dans la tête de certains. Quand on se tait, ils veulent qu'on parle. Quand on parle, ils veulent qu'on se taise.

On va faire comme on veut, en fait. Si on fait attention à ces gens-là, si on se met en tête de les contenter, on n'y arrivera jamais, on fera toujours une fausse note de leur point de vue. Il ne faut pas leur donner à manger, ils finiront de toute façon par te mordre la main. Moi, ce que je veux, c'est juste bien dormir, être au clair avec moi-même.

Tato passe. Son maître le regarde de travers. Il le traite d'hypocrite. Le chien baisse la tête et file vers son panier.

– Il a fait quelque chose ? Pourquoi tu le grondes ?

– Je l'ai pas grondé, je lui parle, il sait très bien ce que je veux dire.

– Heu, c'est un chien. Je ne crois pas qu'il comprenne le sens du mot « hypocrite ».

– Alors là, détrompe-toi. Écoute… Je descends le matin, il est dans son panier, il fait genre il est tranquille, étalé, comme s'il avait dormi là toute la nuit. Mais moi, je sais, je vois, les poils du canapé qui sont tout en désordre. Je le regarde, et qu'est-ce qu'il fait, lui ? Il détourne les yeux. Il sait très bien de quoi je parle ! C'est pas être hypocrite, ça, hein ?

Tato, le bouc émissaire du jour.

– C'est toujours la grève aux États-Unis ?

– Oui.

– Tu tournes quand même en France ?

– Oui, parce qu'il s'agit d'un petit film indépendant, et pas d'une superproduction avec de gros studios dans la boucle.

– C'est quoi, ce film ?

– Ça s'appelle *Histoire d'un mariage*, c'est réalisé par Anne Le Ny, qui jouait avec moi dans *Intouchables*. Je l'aime bien, Anne. Le film, ça raconte un couple mis à l'épreuve au bout de quinze années de vie commune : Marie, la femme, panique quand l'amour de jeunesse de son mari Julien réapparaît. Embarquée par la jalousie, perdue dans ses doutes, elle dérape dans une relation avec son chef au boulot. Et le gars se révèle être un dingue. La famille est mise en danger. Et moi, je suis Julien, le mari et père de famille qui essaie de réparer la situation.

– Étonnant… Pas trop ton genre, si ?

– Je n'ai pas de genre, moi. Et je vais même te dire que je suis content de me retrouver à un endroit où je ne devrais pas être. Parce qu'au départ, Anne Le Ny avait pensé à moi pour le rôle de l'amant, pas du mari. J'ai récupéré le personnage de Julien, en fait.

– Il te plaît ?

– Oui, j'aime bien cette idée qu'il défend : le mariage, c'est du taf. Il y a des événements dans la vie qui t'obligent à penser, à choisir, à continuer.

– Mais Julien… Il est noir, donc ?

– Et donc ? C'est pas du tout le sujet, Elsa ! Julien, c'est un Breton, là.

– La couleur de peau n'est pas un argument dans le récit, tu veux dire.

– Ça devrait l'être ?

– Non, c'est toi qui as raison, Omar.

– Je suis bien dans mon personnage, là. Je le comprends bien. Et je suis content de m'en aller en Bretagne, dans un monde qui n'est pas le mien. Je trouve toujours une place comme si j'étais là depuis longtemps, alors que j'arrive à peine.

– Le métier d'acteur te repose du monde.

– Un peu.

– Cette fois, tu vas m'accepter sur ton tournage ? Je vais venir en Bretagne ? Allez, deux jours…

– On verra comment ça se passe. Je te dirai.

– Tu n'aimes pas avoir de la visite quand tu tournes ?

– J'ai pas envie de m'occuper de quelqu'un, je suis concentré sur moi et mon personnage.

– Je me ferai transparente. Réfléchis-y, s'il te plaît. Bon, passons à la révélation maintenant.

– De quoi tu me parles ?

– Tu devais me dire un truc, une fois rentré en France. Je t'écoute…

– Ah oui ! C'est une nouvelle importante, ça : avec deux amis, on crée Carrousel Studios. On va financer, développer, produire nos idées, pour la télé, le cinéma, les plateformes.

– Tu as déjà des boîtes de production, en France, aux États-Unis, au Sénégal. Tu crées encore autre chose ?

– Mais là, on veut encore plus d'indépendance, encore plus de liberté.

– « On », c'est qui ?

– Ce sont mes potes. Il y a Louis Leterrier, avec qui on a lancé *Lupin*, c'est lui qui a réalisé les premiers épisodes. On a aussi fait *Loin du périph* ensemble. Il a fait beaucoup de choses, le remake du *Choc des Titans*, et plus récemment le *Fast and furious 10*. Et mon autre pote, c'est Thomas Benski, CEO et cofondateur de Pulse Films, producteur de *Gangs of London*, entre autres. C'est mon agent américain qui me l'a présenté, on a fait un zoom pendant le Covid, et depuis on n'a pas arrêté de se parler, on a une vision commune du métier. On est trois : moi, l'acteur ; Louis, le réalisateur ; et Thomas, le producteur.

– Vous avez déjà tous des carrières à dimension internationale. Pourquoi vous lancer dans une telle aventure maintenant ? Tu n'en as pas vraiment besoin, toi. Eux non plus. Si ?

– Parce qu'on a envie d'aller plus loin. On fait déjà beaucoup de choses, c'est vrai, mais on connaît encore trop de frustrations, on continue de perdre beaucoup d'énergie à devoir convaincre, à accepter des compromis qu'on préférerait ne pas avoir à faire. Si on s'autofinance, on se dispense de quelques étapes qui sont usantes, ça nous permet de récupérer le temps qu'on perd à se battre pour le réinvestir dans la création. On s'est rendu compte qu'à nous trois, on peut faire peut-être mieux en se donnant un peu moins de peine dans des rapports de force inutiles. Pour répondre à ta question, on n'a pas « besoin » de ça, mais on veut se faire plaisir, et c'est ce qui rend le truc sympa.

– Tu franchis un niveau, donc : l'acteur et producteur devient patron d'un studio.

– Voilà.

– Tu ne pourras plus grimper plus haut, après ça. Tu vas t'ennuyer, non ?

– T'es dingue ! Après, c'est la liberté, place à l'imagination, on n'a plus qu'à faire ce qu'on sait faire.

– Ah, c'est l'enfant du soleil qui me parle, là…

– Voilà !

– *Les Cités d'or*, en film, alors ?

– Inchallah…

Samedi 21 octobre 2023

Omar me téléphone de sa voiture. Il a pris la route de Saint-Rémy-de-Provence, il fait un crochet par Perpignan, avant de rejoindre la Bretagne.

– Sacré détour…

– C'est vrai, ça fait des kilomètres à enquiller, là. Mais je veux vraiment le faire. Je vais voir mon frère, il vient d'avoir une petite fille. C'est mon petit frère, celui à qui je changeais moi-même les couches. C'est mon bébé qui a eu un bébé. Je veux et je dois y aller.

– Tato est avec toi ?

– Non, je l'ai laissé à Abdou, ils me rejoignent tous les deux à Vannes.

– Et moi aussi, Omar ?

– Tu peux venir, c'est bon. Le 21 et le 22 novembre.

Parfait. Super.

Je vais remettre Trappes sur le tapis.

Cahier 7

Mardi 21 novembre 2023

Abdou m'attend ce matin devant la gare de Vannes, au volant d'une Mercedes blanche à la mesure de son gabarit d'ancien boxeur. Il roule comme s'il connaissait le coin, m'explique qu'Omar et lui ont pris leurs habitudes, avec les commerçants, le Super U d'Arradon, la boulangerie avec son bon pain et ses kouign-amanns.

Ils habitent une maison attenante à un manoir, avec jardin et vue dégagée sur l'océan.

Omar apparaît en sueur, me donne un rapide bonjour, essoufflé. Il vient de terminer son programme sportif, fait quelques étirements. Il dit : « Je me suis fait mal au dos, je crois. » Abdou lâche les citrons qu'il coupe et presse, se tourne vers Omar : « Il faut enlever les chaussures pour faire des squats, être bien à plat sur tes appuis. »

Sur la porte de la cuisine, ils ont scotché le plan de travail, avec les acteurs, les horaires, les lieux pour chaque jour.

Sur la table, il y a trois paquets de flocons d'avoine.

– C'est bien, les gars, vous mangez des fibres.

– Ouais, regarde : je fais bouillir mes flocons dans l'eau, et après je mets mon Perle de Lait vanille dedans, c'est très bon. Mais je cuisine de vrais trucs aussi, hein Abdou ?… Je lui ai fait des lasagnes, du hachis parmentier, des pâtes au saumon, une épaule d'agneau.

– Impressionnant. Et en même temps, tu tournes. Ça se passe bien ?

– Oui. J'aime bien travailler avec Anne Le Ny, son rapport au jeu, et ce qu'elle m'envoie chercher, elle a son idée, j'ai la mienne, on fait le chemin à deux. Sur *Intouchables*, elle m'avait donné quelques conseils discrets mais précieux. Comme le fait de prendre son temps quand on joue, c'est une clef, et j'y pense toujours depuis.

– Ça change des productions américaines ou de *Lupin*… Tu ne te sens pas à l'étroit ?

– Pas du tout. Pourquoi tu dis ça ? Mon métier est grand, ça ne peut jamais me paraître petit quand je tourne.

– Mais tu m'as déjà dit que tu pouvais te sentir un peu serré dans le cinéma français, Omar, tu sais.

– Mais c'est derrière moi, ça. C'est un vieux truc, c'est passé.

– C'était il y a quelques mois…

– Oui, quand je te disais que le cinéma français propose peu d'histoires pour moi. Mais je me construis dans ces refus. Et j'ai trouvé l'antidote : ça y est, on a Carrousel maintenant, je suis bien, je passe à autre chose.

Faut suivre, Elsa.

Omar débarrasse les assiettes sales qui traînent sur la table de la cuisine, les pose dans l'évier, les asperge de liquide vaisselle « pour bien dégraisser », précise-t-il, remonte ses manches, rince, et les cale dans le lave-vaisselle. Il trie bien, tous les ustensiles en plastique, « on les lave à la main », les couteaux, on n'abîme pas non plus les lames dans la machine. Tato rafle les quelques miettes qui traînent au sol.

– Tato l'hypocrite, toujours ?

– C'est surtout une belle âme, tu sais (il rigole)... Là, c'est moi l'hypocrite.

– Ah, c'est important pour toi qu'on écrive des choses gentilles sur ton chien dans le livre ?

– Oui, écris que je le caresse et que je m'en occupe bien. Je veux que tu donnes une image juste de notre relation, qui est très bonne. Je t'ai dit que j'ai envie de faire le film sur *Les Cités d'or* ?

– Je crois, oui... Tu aimes revisiter des classiques, qui appartiennent à l'imaginaire collectif.

– Qui me font explorer des mondes, surtout. Je m'offre des voyages. J'ai eu mon « aiguille creuse » dans *Lupin*, et là, qui sait ?, j'aurai peut-être un condor dans *Les Cités d'or*. Dans *Jurassic World*, j'ai dressé mon dinosaure, Blue. Et je ne mens pas quand je te dis ça, c'est ce qui est le plus fou. Ce que j'aime, c'est ça, le voyage. Tu as compris ça ? Je vais de l'ordinaire vers l'imaginaire, ce sont les ponts qui se construisent sous mes pieds qui m'intéressent. J'entre dans une phase où je vais pouvoir me faire plaisir, et tant mieux si ça plaît aux gens.

C'est l'heure du départ. La voiture est chargée, deux sacs de croquettes pour Tato, ses gamelles, sa cage. On s'en va retrouver la maison de Julien, le personnage d'Omar dans *Histoire d'un mariage*. On passe le long des remparts de la ville, Omar dit : « Je suis déjà venu ici avec Chillaw… On devait avoir 17 ou 18 ans. »

La loge de « Julien » est installée dans un grand pavillon, au fond d'un couloir à gauche. C'est un appartement avec kitchenette, salon, chambre, salle de bains, et un petit carré d'herbe derrière une porte-fenêtre. Abdou appelle Tato : « Viens là, que je te montre. » Le garde du corps fait le tour avec le chien, déballe les affaires, toujours les mêmes, rangées dans une caisse qu'il trimballe de tournage en tournage : les thés Gunpower et Marco Polo, la bouilloire, les pistaches, le gingembre frais, les citrons, la planche à découper, les couteaux, le thermos, le chauffe-serviette (Omar n'aime pas les démaquillants). L'acteur, lui, disparaît dans la chambre. C'est le moment de se quitter pour un autre : « Je vais me mettre en Julien, c'est pas magique, ça ?… Changer de peau comme ça, hop, hop. » Il revient en jean, pull gris, Jordan aux pieds.

– Voilà Julien… Omar est en vacances de lui-même, du coup ?

– Je voudrais bien répondre à ça, mais pas le temps, là, fais-moi penser qu'on doit en reparler après.

– C'est noté. Omar, tu as prévenu les gens sur le plateau que je suis là ?

– Ah nan ! Mais toi, tu vas écrire ici, hein ?… Dans la loge. Tu sors pas le cahier sur le plateau ! Je veux pas les gêner, ils travaillent tous, les gens, tu sais.

(Je suis prise d'un fou rire.)

– Oui, moi aussi, en fait.

– Bon OK, je le dis à deux personnes alors, deux, Anne et la productrice, c'est tout. Reste là, toi. Reste dans ta cage ! Je reviens.

On se regarde, Tato et moi, en mode pas bouger.

Omar est de retour, il a fait un crochet par le poste de maquillage, il me dit : « C'est bon » ; il est speed, il fait tomber une chaise, ça l'agace, il se retourne, énervé. Tato prend un air coupable et désolé, il joue son rôle de chien, absorbe les tensions. L'acteur est sur ressort, Julien se réveille en lui.

Les scènes ont lieu à quelques mètres de là, de l'autre côté de la rue, dans une maison étroite, où une vingtaine de personnes s'agitent, serrées, encombrées, mais habituées. Omar circule avec son sourire, il joue la détente, fait rire qui veut sans en rajouter, « faut pas les déconcentrer non plus », chuchote-t-il. Aux deux enfants qui jouent les filles de Julien, il distribue bonbons et pop-corn en cachette. Et il s'inquiète de moi : « Elsa, elle est où ? Elle a trouvé un petit trou où se mettre, oui ? » Je fais signe de la main, ça va, ça va.

« Ça tourne. »

Ça coupe.

Julien se recoiffe avec un peigne en plastique vert.

« On change de plan. »

On fait une pause.

– Je crois qu'on cherche Tato…

– T'inquiète, il se barrera pas. C'est rien qu'un chien

sans moi… (Il me regarde écrire dans mon cahier.) Mais tu vas pas noter ça ?

– Si. Ça t'ennuie ?

– Ouais, c'est réducteur pour Tato je trouve.

Omar traverse la rue pour rejoindre sa loge. Une septuagénaire, qui tient un vieux chien à poils noirs au bout d'une laisse, le croise, lève les yeux : « Oooh, Omar Sy !!! » Elle avance vers lui, comme si elle voulait le toucher.

Il recule en rigolant : « Ah non, m'approchez pas, m'approchez pas !!! » La dame s'arrête net, et lâche avec un air désolé : « Ah, vous n'aimez pas les chiens, pardon… C'est vrai que les gens comme vous… »

Ouh là là, comment il va gérer, là ?

L'acteur fait un petit pas vers elle, et d'une voix lente, calme, mais grosse et grave, il dit : « Les Noirs, vous voulez dire ? Les Noirs comme moi, ils n'aiment pas les chiens ? Hein ? »

Il lui prend son portable des mains, se met tout près d'elle, offre un grand sourire, le selfie est dans la boîte. La femme le remercie beaucoup.

Tato se pointe, il dit : « Vous voyez, j'ai un chien, madame. Faut pas avoir des clichés comme ça. »

La journée de « boulot » est terminée.

On grimpe dans la voiture blanche, garde du corps au volant, Omar à côté, tous les deux engoncés dans leur manteau d'hiver, Tato et moi à l'arrière. Le virage pour franchir le portail qui mène sur la rue est un peu serré, et en côte. Abdou manœuvre, une fois, deux fois, il est mal engagé. Omar lui demande : « Tu fais quoi, là ? » Abdou recommence, une fois, deux fois, trois fois.

Omar le dévisage : « Tu galères, là… » Abdou, sous pression, accélère ses mouvements de volant, à droite, à gauche, un peu dans tous les sens. Omar commente : « Ah ouais, on va pas s'en sortir, là. » Abdou souffle, son téléphone sonne, il écrase l'accélérateur, freine, c'est la dame de ménage de la maison qui explique où elle a caché les clefs. Il répond : « Super, très bien, OK, merci. » Il transpire, Omar continue : « Mais nan, faut tourner dans l'autre sens, là » et il tend son bras pour prendre la direction. Abdou lui envoie un regard tout noir. On s'en sort enfin, silence de plomb dans la voiture. Omar finit par éclater de rire, Abdou aussi : « Poser mes pattes sur ton volant, jamais tu laisserais faire un truc pareil, toi. Jamais. »

Deux gamins.

À la crêperie :

– Je devais te faire penser à me répondre sur les vacances que tu prends de toi-même quand tu es dans la peau de ton personnage.

– Oui, avant, je cherchais ça effectivement. Mais au fil du temps, plus tu joues, plus tu te rapproches de toi-même. C'est bizarre, tu vas dans le jeu pour t'éloigner, et c'est l'inverse qui t'arrive. Ça me plaît beaucoup, ça. En plus, là, on est dans une ambiance plutôt familiale, artisanale, c'est agréable. Et je sais que des tournages comme celui-là deviennent rares, ce sont les derniers d'une génération, parce que le cinéma change. Je profite de tout ce que j'ai. Regarde, j'ai la chance dans une même année de tourner à la fois un film d'auteur avec Anne Le Ny et une grosse production avec John Woo, ce que d'autres acteurs ne font pas dans toute une carrière.

Mercredi 22 novembre 2023

Aujourd'hui, Julien est dans sa cuisine, il prépare un bœuf mode à ses filles. La scène est parfaite, Anne Le Ny est contente, Omar à l'aise dans son rôle de papa modèle.

Pendant le changement de plan, il s'installe sur le canapé du salon, attrape un livre dans la bibliothèque… *Paroles pour adolescents*, de Catherine et Françoise Dolto. Plonge dedans.

– Tu as l'air passionné, là…

– Oui, ça m'intéresse. Mes enfants n'ont pas fait de crise d'adolescence. Mais Alijah, du haut de ses 14 ans, je crois que ça peut venir… il est décalé, mon fils, capable d'avoir des relations solides avec un gars qui habite à des centaines de kilomètres de lui, et en même temps très peu d'amis dans son quotidien proche. Je crois qu'il fonctionne sans se projeter, il prend les moments et les investit à fond. Un peu comme moi.

– Et tu veux trouver des clefs dans ce livre ?

– Je vais mettre un marque-page, le lire pendant les pauses. Là, faut que je me concentre, c'est la scène où ça se galoche dans le garage, tu vois…

Je repars pour Paris.

Je demande à Omar quand on se revoit. Il dit : « Viens à Saint-Rémy, si tu veux ? Après, on trouvera un moment pour aller à Trappes, quand même. Et puis on aura fait le tour, non ? »

Ça me va bien.

Mardi 5 décembre 2023

Gare d'Avignon TGV. Un monsieur passe à moto, s'arrête. Dépose un grand gaillard. Il me fait signe. Ah, mais c'est Omar !… Qui arrive tout droit de chez Harley-Davidson, dans son look de biker, pantalon noir, blouson en peau retournée, cache-cou. On marche au-delà du parking vers une rangée de boxes loués pour ceux qui laissent leur voiture à la descente du train. La 309 Peugeot GTI bleu électrique ne démarre pas. Plus de batterie.

« Pas de panique, on va nous dépanner, tu vas voir », dit-il.

Omar fonce vers un passant, qui croit voir un mirage.

Tout est réglé en dix minutes. Être Omar Sy, c'est pratique, voire magique.

En route pour l'Intermarché. J'entends le moteur qui gronde fort, j'ai l'impression qu'on frôle les talus. Je ne fais pas de commentaire, je m'accroche, je crois qu'il s'amuse avec sa 309 GTI.

Sur le parking du magasin, deux ouvriers qui montent un muret n'en reviennent pas de le voir passer sous leurs yeux, comme ça, avec son petit cabas au bras. Ils laissent tomber leur ciment des mains, sortent leurs portables, mitraillent. Omar se retourne, grosse voix : « Pas de photo dans mon dos, les gars, vous effacez ça et je vous en fais une moi-même. »

Dans le magasin, alors qu'il commande son veau au boucher, une dame passe, les joues toutes roses, le sourire jusqu'aux oreilles, elle brave sa timidité : « Vous voir ici, c'est mon rayon de soleil de la journée, Omar ! » On court dans les rayons : « Il me faut de la farine pour lier ma sauce, je vais faire un sauté de veau, tu vas voir. »

À la boulangerie, un coquillage tombe de son porte-monnaie. Je le ramasse.

– C'est quoi ?

– C'est ce qui servait de monnaie avant, au Sénégal. Avant que les Blancs n'arrivent. Depuis, on dit que ça fait venir l'argent d'avoir des cauris sur soi.

– Ah, tu m'en donnes un alors ?

– Non, c'est les miens.

– Mais ça fonctionne ?

(Il rigole.)

– Je crois, ouais.

– Oui, pardon. Question de blonde.

Omar déballe ses sacs, se met vite aux fourneaux, accroche un long torchon à la taille de son pantalon. Il épluche ses pommes de terre, découpe ses oignons, l'ail. Quand je sors mon cahier, il me dit qu'il doit s'isoler pour une réunion dans son bureau. Quand il revient, il a faim.

– Tu n'as pas trop envie de parler, en fait ?

– Je suis fatigué. On va manger le ragoût, tranquille. On est le 5 décembre aujourd'hui…

– Y a quoi le 5 décembre ?

– C'est l'anniversaire de ma petite sœur, mort-née en 1995. Je l'ai vue. Le dessin très mignon de sa bouche est resté dans ma tête.

Cahier 7

Mercredi 6 décembre 2023

Hôpital Robert-Debré, 15 h 30.

Là, je me suis incrustée. Omar ne m'a jamais rien dit de ses visites dans les hôpitaux.

C'est Hélène Sy, présidente de l'association CéKeDu-Bonheur, qui m'a prévenue : « Ce serait bien que tu suives Omar au chevet des enfants malades, parce que c'est un engagement dont il parle peu, mais qui lui tient à cœur, des rendez-vous qu'il honore chaque année. »

Nous y voilà.

C'est un autre monde, où la lumière du dehors se heurte aux vitres épaisses et closes. C'est celle des néons, blanche et violente, qui ici rythme le temps. Le personnel soignant a peint des couleurs sur les fenêtres, des arcs-en-ciel, des palmiers, des perroquets, des écureuils, des lapins, aménagé des coins dans les couloirs avec des dînettes, des coussins, des matelas, des espaces de jeux pour que les enfants oublient un peu leurs peines.

Omar a dégagé une large plage horaire pour venir distribuer les cadeaux de Noël aux jeunes malades, il prend son temps sans le compter. Les équipes de CéKe-DuBonheur l'accueillent au rez-de-chaussée de l'hôpital, dans un espace spécialement prévu. On y charge les chariots pleins de cadeaux. Dans leurs t-shirts blancs marqués CKDB, avec un cœur rouge dessiné à gauche, les bénévoles répartissent les visiteurs VIP, des acteurs, des sportifs, des personnalités de tous horizons, par petits groupes de trois dans les services. Omar est avec le footballeur Aurélien Tchouaméni, et le chef cuisinier Mory Sacko.

Ils sont à l'étage des maladies digestives et respiratoires, avancent entre les perches à perfusion et autres machines pour aider à respirer. Il y a des bébés, tout petits, des ados aussi. Parmi ces enfants, certains n'ont jamais vécu ailleurs qu'à l'hôpital.

Omar frappe aux portes des chambres, pointe son visage en avant, les yeux généreux, le sourire entier, toc toc toc je peux entrer ?, il attend qu'on lui réponde, avance à pas de velours, droit vers l'enfant, avec autant d'assurance que de pudeur, il lâche : Bonjour ! Il y a une petite fille de 8 ans, impressionnée par ces trois géants qui la visitent. Omar adapte son ton, chuchote, se présente comme le Père Noël numéro 1, suivi de ses acolytes, numéros 2 et 3, Aurélien et Mory, qui jouent tout autant le jeu, discrets et engagés. Les trois gaillards s'installent autour du lit, déballent le cadeau, jouent avec l'enfant. Et au moindre signe de fatigue, ils s'effacent doucement, disparaissent comme un souffle, laissant derrière eux la surprise de leur passage en souvenir.

Dans le quotidien ultra-réglé de ces enfants, Omar, Aurélien et Mory font l'effet d'une grande bouffée d'air, comme si une porte imaginaire s'ouvrait tout à coup vers des ailleurs, au-delà des murs blancs de la chambre, de l'hôpital. C'est au tour de la doyenne du service, une adolescente de 18 ans, de recevoir ses cadeaux de mains de stars. Elle a le regard qui s'illumine quand ils entrent tous les trois dans sa chambre, elle aussi a préparé des cadeaux, des porte-clefs fabriqués maison. Omar demande qu'elle signe le sien, elle est fière, elle veut profiter de ses invités encore, elle ouvre ses cadeaux sans les lâcher des yeux, elle se dépêche, elle sent le temps qui file, Omar la rassure : « On n'est pas partis, on reste avec toi là, ouvre, tranquille. »

En pneumologie, les visiteurs enfilent des blouses bleues, des masques, passent leurs mains au gel hydroalcoolique. Dans la première chambre, la patiente a 4 ans, elle esquisse un mouvement de recul quand elle voit les trois Pères Noël investir son espace. Sa mère se colle à elle quand elle reçoit son cadeau, l'aide à le déballer. C'est une figurine de la petite sirène. Dix minutes plus tard, l'enfant retranchée dans le silence donne des éclats de rire à Omar quand il lui tend sa grande main pour qu'elle tape la sienne dedans.

Ce sont des enfants éprouvés, dont les souffrances sont autant de larmes qui ne coulent pas.

– Tu ne m'as jamais parlé de tout ça, Omar.

– Parce que ce ne sont pas des choses qui se racontent, mais des moments qui se partagent avec ceux qui sont concernés, les malades, les enfants. Je n'ai pas tellement envie qu'on me voie, je préfère qu'on les regarde, eux, qu'on leur réserve toute notre attention. Quand je fais ça, j'aime bien être tranquille et totalement disponible.

– Depuis quand tu te consacres à cette cause ?

– La première fois, c'était en 2003. Avec Fred, on a été invités à Debré par l'association Premiers de cordée. On devait animer un atelier sportif, c'était bien, mais ça laissait certains enfants sur la touche, ceux qui n'étaient pas mobiles, les gens de l'association s'en rendaient bien compte eux-mêmes. J'avais dit à Hélène en rentrant : « Il faut que tu viennes aussi. » Elle s'est investie tout de suite, elle les a aidés alors qu'ils créaient CéKeDuBonheur pour élargir le champ de leurs actions justement, et petit à petit elle a repris le flambeau. Mais je ne suis pas précis, moi, là-dessus… Il faut que tu t'adresses à Hélène sur CKDB, c'est elle qui gère.

Je m'exécute.

De l'autre côté de l'Atlantique, Hélène répond aussitôt :
« CKDB propose de l'art, du jeu, du spectacle, là où la maladie confisque l'envie. Il s'agit de donner de la vie, de la joie, de mettre de l'éclat dans les yeux des enfants, dont l'existence est injustement mise en sursis par la maladie. Nous ne faisons pas de miracles, mais nous proposons des moments de trêve, où c'est la vie qui l'emporte. »

Comme à l'hôpital Robert-Debré aujourd'hui, plus de 62 000 enfants dans 125 établissements de santé bénéficient des animations de CéKeDuBonheur. Une mobilisation qui essaime partout en France, relayée par 320 artistes, sportifs ou intervenants, encadrée par près de 200 bénévoles. Cette année, CKDB fêtera ses vingt ans.

Jeudi 28 décembre 2023

Sénégal en famille. Soleil. Détente.

Il me dit : « Elsa, tu ne sors pas tes cahiers, hein. »
OK, OK, je note des petits trucs sur mon portable quand même, discrètement.
Comme cette petite scène : Hélène est attablée dehors, Omar passe dans son dos, glisse sa main dans les cheveux

de sa femme : « Comment ça va, mon couteau suisse ? » Elle se retourne : « Ah, qu'est-ce qui me vaut cette gentillesse ? » lui : « Rien. C'est gratuit. Mais si tu veux que je demande quelque chose (là il prend une petite voix douce et chuchote), alors ce sera une nouvelle moto. » Sabah entend, fait les gros yeux à son père : « Non, papa, c'est non. » Il souffle, comme un enfant frustré, s'enfile une pâte de fruits.

Vendredi 29 décembre 2023

Commune de Mbodiène. Derrière un grand portail noir, la ferme Siyah Organics occupe sept hectares que les Sy ont acquis il y a quatre ans. C'est ici que poussent les plantes médicinales qu'Hélène Sy a choisi de cultiver. Le système est permacole, fondé sur l'observation minutieuse des écosystèmes, complètement biologique et autonome. Il y a un forage avec une pompe solaire et un bassin. Six salariés permanents s'occupent des plantes transformées ensuite en produits Siyah.

Ici, chaque parcelle porte le nom d'un enfant Sy.

Une aventure en forme d'hommage rendu à la terre sénégalaise, après l'épreuve subie il y a huit ans, quand Alijah, le fils d'Hélène et Omar Sy, a enfin retrouvé les capacités immunitaires qui lui manquaient, après une maladie longue et difficile.

Lundi 8 janvier 2024

Omar a regagné l'Amérique pour l'avant-première de *The Book of Clarence*, le film de Jeymes Samuel. Et la série

Lupin est numéro 1 du top 10 mondial sur Netflix. Les abonnés de la plateforme ont passé 255,7 millions d'heures devant la partie 3 des aventures d'Assane Diop dans les sept semaines suivant sa sortie.

Samedi 20 janvier 2024

Omar a 46 ans.

– Ça va, tu supportes ?

– Oui, c'est la force de l'âge qui me gagne. Je sens que c'est un virage pour moi.

– C'est-à-dire ?

– Je sens que ça va vite dans ma tête. C'est l'expérience qui permet de comprendre ça. Je regarde les jeunes : ils font tout le tour du pâté de maisons quand ils veulent se rendre juste à côté.

– Tu vas droit au but… D'où l'idée de Carrousel, pour inventer un nouveau modèle de fabrication de films.

– Il n'y a pas de modèle, pour moi. Chaque film invente le sien. C'est ça, la méthode que nous voulons développer.

– Mais là, c'est délicat, le cinéma… Certains films font même zéro entrée, les salles sont désertées.

– Justement, c'est le moment d'y aller.

– Tu t'improvises en sauveur du cinéma ?

– Ah non, pas du tout, je ne veux rien sauver, moi, je mène ma barque, c'est tout. Ou alors je suis un saumon, je nage à contre-courant. Mais c'est l'histoire du manège, Elsa… Je veux juste refaire un tour, c'est tout.

Samedi 10 février 2024

Trappes, enfin.

Il est prévu que je passe le prendre autour de 10 heures.

10 h 10, message d'Omar : « Tu es perdue ? »

– J'arrive, je suis juste là.

– Ça fera dix minutes de moins dans le programme, tant pis.

– Tu n'es jamais en retard, toi ?

– Si, tout le temps.

– Bah alors… ?

– C'est pour t'embêter.

– Ah, tu me fais une réflexion de patron, en fait.

– Voilà.

– Mais tu n'es pas mon boss.

– Si, aujourd'hui, c'est moi qui commande. Alors, tu veux voir quoi à Trappes ?

– Ce que tu veux, je te suis.

– Le côté retour dans le passé, finalement ça ne me parle pas trop, là. Bon, commençons par le début…

On roule sous la pluie, Omar se penche sur le volant en conduisant doucement, il regarde autour de lui, il dit : « Oh là là, la ville a changé, je suis paumé, là. » Puis il s'arrête devant un grand bâtiment blanc : « Ah, lui, il a toujours la même gueule, tiens. » C'est l'hôpital où il est né en 1978, et où vingt-trois ans plus tard, jour pour jour, sa fille Selly est arrivée au monde. On redémarre, il m'indique le golf de Trappes, sur la droite : « On y ramassait les balles perdues dans des seaux, pour les revendre à l'entrée. »

On longe le parcours de santé en face du collège Gustave-Courbet, qu'il a fréquenté, un établissement avec un grand terrain, du vert, des arbres. À gauche, on s'enfonce dans une petite rue qui débouche sur un rond-point serré en forme de cul-de-sac. On est square Auguste-Renoir. Omar descend de la voiture. Tato le suit, tout excité de se promener. Au premier niveau d'un petit bâtiment de quatre étages blanc cassé, c'est là que la famille Sy s'est installée en 1980. Omar avait 2 ans. Il lève les yeux vers ce qui était sa chambre autrefois. Il est pris d'un vertige. Comme s'il avait perdu ses repères spatio-temporels. Tout est petit, tout est différent, le bac à sable là, le circuit de billes ici, tout est resté dans sa tête, il n'y a plus rien en fait, le tourniquet a disparu aussi.

– Ça n'a rien à voir avec les cités où les barres HLM courent sur des dizaines de mètres, où le bitume obstrue l'horizon. Ici, c'est très vert, et les immeubles sont comme de petites maisons.

– C'est pas pour rien qu'on appelait ça « la cité de la joie ». C'est pas trop ghetto ici, tu vois. C'est même un peu cosy. Pour les enfants que nous étions, c'était la liberté, ce quartier, et pour nos parents, la sécurité. Pas de voitures, des allées piétonnes, des voisins qui se connaissaient tous, les écoles collées au pied de la maison. C'est par là que je jouais au foot avec Nico et Jamel.

– Tu étais bien ici ?

– J'ai plein de bons souvenirs.

– C'est loin de toi maintenant.

– Non. C'est derrière moi.

– Mais tu y reviens ?

– Je viens de là. De ma banlieue campagne. Mon attachement à la nature, je le tiens de cette vie que j'ai eue ici, de mes virées dans le petit bois, juste à côté, où je viens encore marcher avec ma mère de temps en temps. Quand tu as 10 piges et que tu te retrouves au milieu de la verdure et des arbres, tu es ailleurs. Je connais la vie de quartier, mais je sais reconnaître l'odeur du fumier, et expliquer à quoi ça sert. Je sais ce qu'est un potager, j'ai pas attendu de partir en classe verte pour ça. Ici, on faisait pousser des choses dans la terre. Petit, je m'en allais avec mes potes voler des épis de maïs dans les champs pour les manger. Je vais te montrer où on a habité avec Hélène, notre premier appartement, et puis notre maison ensuite à Élancourt.

Sur la route, des panneaux signalent le danger, une biche peut traverser la chaussée à tout instant. Il me montre un portail à Élancourt, avec la plaque 15 ter fixée sur le poteau de béton : « C'est là que vivaient les parents de Chillaw. » Rue Simone-de-Beauvoir, Omar ne sait plus bien dans quel logement ils ont vécu quand Hélène est tombée enceinte de Selly : « C'est flou, on n'est pas restés longtemps. » Le couple a vite déménagé rue du Capricorne, dans un petit pavillon juste à côté du parc France Miniature, dans une rue qui monte et qui tourne : « C'est là qu'on prenait la 4L du frère d'Hélène pour provoquer les contractions, impatients qu'on était de voir arriver Selly. »

Omar m'annonce : « Maintenant, on va boucler la boucle. »

Il revient vers Trappes, s'enfonce dans le centre-ville,

m'indique la gare qui mène tout droit vers la capitale, me montre l'allée des Yvelines, où ses parents ont vécu juste avant le square Renoir. Et puis il ralentit rue de l'Abreuvoir devant un bâtiment ancien, une sorte de vaisseau de pierres d'une trentaine de mètres, qui date au moins du XVIe siècle. Omar m'explique qu'il s'agit d'un ancien grenier à sel, où vivaient à l'époque des moines trappistes.

– Pourquoi tu me montres cet endroit ?

– C'est un cinéma, où les gens venaient déjà voir des films au tout début du XXe siècle. Pour l'instant, la salle s'appelle « Jean-Renoir ».

– Ah, un clin d'œil à ton quartier, peut-être ?

– Nan, mon quartier, c'était Auguste. Et là, c'est Jean. Un truc entre Renoir, tu peux pas comprendre.

– Une boucle, tu veux dire ?

– Ma boucle, je veux dire.

– Des espaces Renoir, Jean ou Auguste, y en a un peu partout, hein, Omar.

– Mais ils ne finissent pas tous par s'appeler Omar-Sy. En avril, ce cinéma-là va porter mon nom.

– Ah oui, je comprends la boucle, là. C'est la classe, le cinéma Omar-Sy.

– Tu veux venir sur le tournage du film de John Woo, mercredi ?

– Oui, volontiers. Mais je croyais qu'on s'arrêtait à Trappes pour ce livre ?

– Ah non, ça fait un moment que je t'avais dit que tu viendrais sur le John Woo, Elsa.

– Pas du tout, Omar.

– Si, tu ne t'en souviens pas, c'est tout.

Le ton est calme et affirmatif, le regard écrase tout doute. Omar décide quand il l'emporte.

Mercredi 14 février 2024

Le long métrage de John Woo est un remake de son propre film *The Killer* sorti en 1989. Omar est Sey, un flic charmant, qui porte des chemises, des vestes de costume, qui noue mollement ses cravates. Toutes les scènes se déroulent aujourd'hui au Centre national de la danse à Pantin, transformé pour l'occasion en locaux de la police judiciaire, avec le portrait d'Emmanuel Macron accroché au mur. Plus de deux cents personnes sont mobilisées pour ce tournage où les chefs de poste sont majoritairement des Américains. Tout est minuté. Et les journées sont longues. Dans sa loge aux murs de béton brut, il y a juste un petit canapé en tissu gris, une coupe de fruits, des noix de cajou et la boisson habituelle au gingembre dans le thermos. Tato est sur le balcon, puni. Il n'a pas résisté au saucisson de bœuf qui lui faisait de l'œil. Omar lit son « jour à jour », les dialogues de ses scènes. Il dit que l'anglais demande plus de concentration.

Aujourd'hui, il travaille de 8 heures à 20 heures. C'est long, c'est dur.

Il refait des prises. Une fois, deux fois. « On peut en ravoir une autre, s'il vous plaît, celle-là était vraiment caca. » Et si ça traîne trop, il demande : « On peut y aller, les gars ? J'ai un problème de mémoire là, j'ai 75 ans. »

Omar Sy est un acteur qui ne se coupe jamais vraiment du monde qui l'entoure. Il fait rire les techniciens, il blague avec l'habilleuse, il connaît les prénoms de ceux qui gèrent la cantine. Et dans les moments d'attente, alors que les décors sont mis en place, les plans discutés, alors qu'il pourrait se reposer dans un coin, Omar s'agite. Une foule de personnages se bousculent en lui, comme s'il était une caisse à outils grande ouverte. Il imite l'accent marseillais, il fait le gars de la cité, il fait tourner son petit ventilateur rose au milieu de tout le monde. Il parle fort. Il dit que ça l'aide. Ça l'occupe, ça le remplit. Comme s'il mettait ainsi à l'aise son personnage intimidé, retranché en coulisses de lui-même.

Mais il fait ça pour les autres aussi. Comme s'il distribuait du carburant gratuitement. On lui fait remarquer qu'il a « une pêche incroyable », on lui demande : « Comment tu fais, Omar ? » Il répond du tac au tac, en faisant des squats du haut de ses presque deux mètres, avec la grâce d'une ballerine : « Je me drogue, je me drogue à la vie. »

Il donne tout ce qu'il a. Il répète avec les acteurs, tant qu'ils le demandent. Il arrange les textes pour leur donner de la chair, pour plus de réalisme, « pour que ça glisse, pour pas qu'on trébuche, tu vois ? ».

Il tourne une petite scène, sans texte, dans un espace étroit, d'où il finit par s'enfuir en courant. Il me demande si j'ai vu comment ça filme.

– Non, je ne suis pas rentrée, j'ai regardé de loin.

– Le plan est beau ! Il faut que tu voies ça ! Mets-toi derrière un écran. Tu vas comprendre. Tu sais que j'ai accepté de faire ce film juste pour ça, pour des plans comme celui que je viens de tourner là, à la John Woo, avec du ralenti, des oiseaux, des colombes, des coups de feu aussi. Ce réalisateur a révolutionné le film d'action, tu sais.

– Tu visionnes les images des scènes que tu tournes, toi ?

– D'habitude, jamais. Mais sur ce film, je le fais, je me regarde. Pour comprendre ce qu'ils font à la réalisation, parce qu'ils sont très techniques. Ils sont capables de construire un plan très près, avec une longue focale. Ou comme là, de créer de la poussière d'ange sur l'écran, grâce à une volée de toutes petites plumes.

La nuit est tombée dehors, sans qu'on s'en rende compte dedans. Les tournages font et défont la lumière du jour à toute heure. Seuls les visages des gens qui travaillent s'éprouvent au fil du temps. Omar enfile sa doudoune noire, pressé de rentrer chez lui, Tato trépigne à ses pieds.

– Tu as l'air fatigué… C'était une longue journée, hein ?

– Oui. C'est comme si j'étais dans un tunnel, depuis un trop long moment. J'ai hâte d'en sortir maintenant… Encore quelques jours, et je retrouve ma famille. Tu sais de quoi je rêve, là ?

– Non.

– Je rêve de jouer avec Amani dans sa chambre.

– De te glisser dans son univers plein d'histoires qu'elle s'invente. Là, tu m'annonces ta disparition d'un monde pour un autre. On s'arrête, alors ?

– C'est ça. À vite, Elsa.

À bientôt, Omar le passe-muraille.

Remerciements

Je remercie mes quelqu'uns, mes gens.

Merci Elsa pour ta patience, ta souplesse (parfois, tu lâches rien quand même), mais surtout pour l'expérience du livre, c'était cool.

Je remercie mes frères et sœurs.

Je remercie mes parents.

Je remercie ma femme Hélène.

Et je n'aurai jamais assez de mots, jamais assez de mercis pour dire toute la reconnaissance que j'ai dans mon cœur, dans mon âme, dans tous mes faits et gestes, dans les coins de ma vie comme au centre de mon existence, pour les sept merveilles que sont mes enfants. Alassane, Bayou, Selly, Sabah, Tidiane, Alijah, Amani, je vous aime à l'infini, je porte en moi le bruit de vos cœurs qui battent, et qui me portent toujours plus loin. Vous êtes les couleurs de tous mes dessins, vous êtes en amont de tout ce que j'imagine et invente. Vous êtes mes refuges, vous êtes mes rêves, vous êtes mon inspiration, vous êtes ma quiétude, vous êtes mon moteur. Vous êtes le mouvement qui me dépasse et me ravit. Mon père me l'a dit, et je pense que c'est le moment pour moi de vous donner ces mots : « Foncez, mes enfants, ne regardez pas sur les côtés, vous avez un bon cœur, vous n'avez pas de raison d'avoir peur. »

Omar Sy

Viens, on se parle

Je remercie mes enfants chéris, Sami, Naïm, et Mona, mes poèmes ; merci Adèle. Merci Franky d'oser la vie hors-piste et tout schuss. Merci Lola, Julien, merci mes fidèles amies, Nathalie, Jane, Céline, Eef. Merci Sylvia. Merci Christine Cocquet.

Merci Charlotte et toutes les filles de l'Étrier et de la Molière.

Merci les chevaux, pour la liberté, pour le silence, qui ouvrent les portes de l'écriture.

Merci *Le Nouvel Obs*, mon journal.

Merci Gilles Haéri, pour la patience.

Merci les proches d'Omar, pour m'avoir acceptée dans votre paysage avec une telle tendresse, une telle générosité que vous faites désormais partie du mien.

Merci Hélène Sy, pour l'Amitié.

Merci les enfants Sy, petite brochette de « Surnat' », qui avez ouvert les volets de vos cœurs pour me donner à voir les couleurs de votre vie.

Et merci du fond de mon cœur, Omar, pour la rencontre de nos mondes.

Elsa Vigoureux

OUVRAGES D'ELSA VIGOUREUX

L'Affaire du gang des barbares, Flammarion, 2010.

Lettre à Adama, avec Assa Traoré, Le Seuil, 2017.

Le Journal de Frank Berton, Flammarion, 2019.

Retrouvez toute l'actualité des éditions Albin Michel
sur notre site albin-michel.fr
et suivez-nous sur les réseaux sociaux !
Instagram : editionsalbinmichel
Facebook : Éditions Albin Michel
X : AlbinMichel
YouTube : Editions Albin Michel

Composition : Nord Compo
Impression : Imprimerie Floch, avril 2024
Éditions Albin Michel
22, rue Huyghens, 75014 Paris
www.albin-michel.fr
ISBN : 978-2-226-47875-7
N° d'édition 25202/01 – N° d'impression : 104656
Dépôt légal : avril 2024
Imprimé en France